斜線堂有紀

YUKI
SHASENDO

楽園とは
探偵の
不在なり

早川書房

楽園とは探偵の不在なり

目　次

常世館間取り図

←地下へ

倉早千寿紗

物置

書庫

大槻徹

小間井稔

食料庫

ワインセラー

キッチン

談話室

←2Fへ

エントランスホール

ダイニングルーム

1F

塔

1Fへ→

ホール

倉庫

倉庫

地下

塔

報島司

政崎來久

争場雪杉

天澤斉

↑2Fへ

天使展示室

常木王凱

3F

塔

客室

青岸焦

客室

客室

↑3Fへ

客室

←1Fへ

宇和島彼方

客室

伏見弐子

客室

2F

登場人物一覧

青岸焦（あおぎしこがれ）　探偵

常木王凱（つねきおうがい）　常世島の主人

政崎來久（まさざきくるひさ）　代議士

天澤斉（あまさわただし）　天国研究家

報島司（ほうじまつかさ）　記者

争場雪杉（そうばゆきすぎ）　実業家

宇和島彼方（うわじまかなた）　常木の主治医

伏見弍子（ふしみにこ）　招かれざる記者

小間井稔（こまいみのる）　館の執事

大槻徹（おおつきとおる）　館の料理人

倉早千寿紗（くらはやちずさ）　館のメイド

第一章　地上の楽園

1

顔の削れた天使たちが灰色の空を飛んでいく。

天使は雨が降る前の空を飛ぶのが好きらしく、天使が二、三体も群れて意気揚々と飛んでいくのを見た後は必ずと言っていいほど雨が降った。

と、なれば常世島にもじきに雨が降るのだろう。

そう思うと、青岸は一層陰鬱な気持ちになった。昨日、四時間にものぼる船旅の末にこの島に着いてから、青岸は溜息ばかり吐いている。

部屋の居心地はいい。十畳ほどの室内は青岸の自宅よりも広いし、家具だってそこらのホテルでは太刀打ちが出来ないほど豪華だ。

半ばおまけのようなでここに招かれることになった探偵風情にしては、申し分のない待遇だと言えるだろう。今回招かれた人間は、誰も彼もが超が付くほどの有名人だ。気後れするわけじゃないが、そこに自分が入る不自然さは拭えない。

そもそも、ここで何をするのかすら青岸には教えられていないのだ。とある甘言に釣られて島ま

7

でやって来たはいいものの、ただこの館に放り込まれて歓待されているばかりだ。詳しい説明もされずに窓から天使を眺めていると、妙に不安な気持ちになってしまう。

一体何に巻き込まれるのか想像も出来ない。何しろここは天使塗れの島で、集まっている人間たちはある種の『天使狂い』なのである。

ある意味では、青岸もその一人だ。

時刻は午前六時。七時半の朝食まではまだ時間がある。起きてしまったほうがいいだろう。けれど、目は完全に冴えてしまっていた。

軽く頭を掻き、適当に支度をしてから部屋を出た。

過度に柔らかいタオルは顔に纏わりつく感触が抜けない。磨かれた鏡に映った、冴えない風体の自分も目に焼き付いている。三十代後半にして既に寿命が近そうな顔つき。縒れたスーツも相まって、全体的にボロボロだ。このままうろついていたら、天使が迎えに来てくれないだろうか。

やたら長い廊下を歩いていると、後ろから声を掛けられた。

「おはようございます、青岸様。お早いですね。何かご不便などございませんでしょうか」

振り返ると、そこには使用人の倉早千寿紗が立っていた。

館の主人である常木王凱の趣味なのか、彼女の服装はおいそれとお目にかかれないようなクラシカルなメイド服だった。足首丈のロングスカートを見て、青岸は思わず中に武器でも仕込まれていないかと考えてしまった。職業病にしたって悪趣味な連想だ。

「特には。ここ、本当に三人で切り盛りしてるのか？ そんじょそこらのホテルよりずっと行き届いてる」

「掃除も洗濯も、大体のことは機械に頼らせていただいておりますし……何よりここは、」

そこで倉早が言葉を切る。彼女が目を遣ったのは窓の外だ。美しい海景色に、天使が二、三体飛んでいるのが見える。ややあって、彼女は笑顔で言った。

「この世の楽園、常世島ですから」

「……楽園か。確かに天使が多い。餌をやったら鳩並みに寄ってきそうだ」

「お望みならば角砂糖をお持ちしますが。青岸様の仰る通り、二、三個放るだけで天使たちが集まってきますよ」

「いや、忘れてくれ」

瀟洒なメイドが笑顔を崩さずに一礼するのを見て、青岸は柄にもなく反省した。自分の不機嫌で場の空気を悪くするなんて赦されない。いつまでも腐っているわけにはいかない。あそこには無料で使えるドリンクサーバーが置かれていたはずだ。

階段を下り、何とはなしに談話室に向かう。

迎えの船は四日後まで来ないというのに、この島に行くと決めたのは青岸自身だ。理由はどうあれ、この島に行くと決めたのは青岸自身だ。

旧時代的な館には似合わない設備だが、こういうところが景気よく近代化されているのはありがたい。常世館の談話室は古式ゆかしい憩いの場というより、空港のラウンジのような印象だった。そこでなら朝食の時間まで適度に暇を潰せるだろう。

しかし、そこには先客がいた。しかも、青岸があまり会いたくない先客だった。

談話室の椅子に座っているのは、見るからに仕立てのいいスーツを着た五十絡みの男だ。ロマンスグレーの髪を撫でつけ、整った顔をした男は、正体を知らなければ俳優か何かに見えるだろう。

他人の目に晒されることに慣れた男だと、誰でも一目で分かる佇まいだ。彼は湯気の立つコーヒーを飲みながら、優雅に本を読んでいる。

小憎らしいことに、読んでいるものは洋書だったので、詳しいタイトルは分からなかった。読みとれるのは『Heaven』という、いかにもな横文字だけだ。

「ああ、おはようございます。青岸さん」

この時間ならお偉方とは遭遇しないと思っていたのだが、よりによって一番会いたくない人間と遭遇してしまった。引き攣った顔の青岸に向かって、男はにこやかに歩み寄ってきた。

「やあ、もう少し早くご挨拶させていただきたかったのですが、タイミングを逃しましたね。常世島へようこそ。まあ、私の島ではないのですけれど。お会い出来て嬉しいですよ、名探偵」

「……そりゃあどうも」

「私は天国研究家の天澤斉といいます。嬉しいですな、ご縁が出来て」

言われなくても知っていた。最近では天澤の名前を知らないでいるほうが難しい。何しろ、テレビでも書店でも天澤斉の涼やかな顔に出くわすのだから。

彼こそがこの国の天使研究の最前線、その分野の第一人者である。天使にまつわる単語は全てこの胡散臭い専門家が命名したときているのだから、その影響力は計り知れない。だからこそ、この島に来ている権力者たちの中でも、一層好きになれない相手だった。いやいやながら、青岸も挨拶を返す。

「……どうも、青岸焦です」

「凄いですよね。たくさん事件を解決されてると聞きました。憧れますよ。私も子供の頃はシャー

ロック・ホームズに熱を上げたものです。いいですよね、正義の味方って感じで」

無頓着に投げられた言葉に、少しだけ反応してしまいそうになる。どうにか取り繕って、謙遜した。

「……俺は別に大したもんじゃありませんよ。第一、今となっては探偵なんて……」

「そうでしょうか。今だからこそ探偵という職業には特別な役割があるとは思いませんか」

「特別な役割とは？」

「天使の手の届かない部分の解決ですよ」

人懐っこい表情でそう言う天澤の言葉に、具体性なんか欠片もない。大方、お世辞の延長線上で言ってみただけだろう。

実際、探偵の役割なんて無いのだ。残っているのは浮気調査や犬猫探し、それに事件の後処理くらいだ。

正義の味方としての探偵の仕事なんて、この世界には殆ど残っていない。

2

五年前に起こった『降臨』は、世界をすっかり塗り替えてしまった。

最初にどこでそれが起きたのか、正確には分かっていない。何しろ降臨に必要な悲劇の舞台は、世界中でたくさん用意されていたからだ。

なのでここでは一番有名な例を挙げることにする。

とある国で起きた、村民と国王軍の戦いの話だ。

その国では以前から、独裁的な性質の王と虐げられる国民のありふれていて不幸な構図が出来上がっていた。権力者に何か不都合があれば殺される。シンプルだからこそ最悪な地獄。そんな場所に村人たちは放り込まれていた。その村が何故粛清されるに至ったかは誰も覚えていない。きっとろくでもない理由だったはずだ。

具体的な理由が無いが故に終わらない虐殺は、多くの犠牲者を生んだ。武器も持たない村人たちを、銃を持った兵士たちが追い、淡々と射殺する。

そうして兵士の一人が逃げ惑う村人を直線上に撃ち抜いた時、空から光の柱が降り注いだ。曇り空を裂くようなその光を見て、誰もが言葉を失ったらしい。どんよりとした曇り空の中で、それは何にもまして幻想的な光景だったようだ。その間も倒れた村人の血は地面を赤く染め続け、足を撃たれた子供が苦しみから地面を掻いていたが、それすら忘れてしまうほどその光景は衝撃的だった。さっきまで逃げようとしていた村人たちまでもが足を止めて空を仰いだ。

と、同時に、光の柱から天使たちが飛び出してきた。

天使は極めて動物的な仕草で兵士に絡みつき、その身体を押さえ込んだ。天使の容貌は今と同じで、人間が想像するよりも数段化物染みていたから、襲われた方は奇怪な猿に組み敷かれたのだと思ったかもしれない。

兵士を押さえ込んだ天使が、濁った色の翼を広げる。その瞬間、兵士の足元が煌々と赤く光り始めた。

次第に肉の焦げる匂いがあたりに立ち込める。燃え盛る地面に押さえつけられた兵士はのたうち

12

回るが、天使の手から逃れることは出来ない。そのうちに、焼けつく地面からも天使が顔を出し、手を伸ばす。そのまま、ものの数秒で兵士は炎に輝く地面へと引き摺り込まれていった。耳を塞ぎたくなるような断末魔の絶叫が響く。

そんな光景があちこちで散見された。銃を持っていた兵士たちは同じように天使に引き摺り込まれ、何処とも知れぬ炎の沼底に沈んでいった。この世のものとは思えない絶叫と、天使の飛ぶ耳障りな翼の音が響く。

あたりが静かになる頃には、兵士たちの姿はすっかり消えていた。村民を撃つことに躊躇していた数人の兵士だけが残り、目の前の光景と頭上を飛ぶ天使たちに怯えていた。彼らは自分たちが何故襲われないのか、その理由をまだ知らなかった。

村人たちはグロテスクな天使たちに感謝の祈りを捧げたが、天使たちはさして嬉しそうでもなく、ただただ血の匂いのする場所を旋回していた。

同じようなことが世界各地で起こった。二人以上の人間を殺した者は漏れなく地獄に堕ちた。これが世界を塗り替えた『降臨』である。

天使は人間の期待の半分に応え、半分を裏切って降臨した。

天使は人間が思い描くように翼を持っていたが、それは鳥類の持つような羽毛に覆われたものではなく、灰色がかった骨ばったものだった。その時点で、人間はその姿に妙な嫌悪感を覚えた。色の悪い血管が透ける様は、蝙蝠の翼に似ていた。

骨ばった翼が接続している様なのは、手足の異常に長い灰色の身体だ。細くて人間に近い構造をして

13

おり、雄のものとも雌のものともつかないそれには、何故か常に霜が降りていた。

天使の外見で一番目立つ特徴といえば、やはりその顔だろう。

天使の顔は鉋で削られたかのような平面になっていて、表情はおろか目鼻口も存在しなかった。触れれば固く、表面は鏡のように輝いているものの、そこには何も映らず、光すら反射しなかった。

何を使おうとそこには傷一つつかなかった。

天使は、ともすれば悪魔を連想するような見た目をしていた。しかし、この生き物を観測した人間は、一様にこれを『天使』と呼称した。

そんなものが天使のはずがないと憤懣やる方ない様子で怒っていた人々も、実際にそれを見ると何故か天使と呼び始めるのだ。蛇を蛇としか呼べないように、天使は天使としか呼べなかった。強い抵抗を抱いていた人々も仕方なくこの新しい天使を受け入れた。

そういうわけで、酷い猫背で空を飛ぶこの『天使』は、旧来のイメージとはかけ離れていながらも、すぐさまその地位を確立した。

天使の性質は、瞬く間に世界を変えた。

天使によって殺人者が地獄に堕ちる様を見た人間は、ぴたりと大人しくなった。同時多発的に起きた審判と、街中に現れるようになった天使を見れば、どんな愚か者でもルールを把握出来るようになったからだ。

一人を殺しても地獄には堕ちないが、二人を殺せば地獄行き。

何故一人はよくて二人は駄目なのか。何故降臨がその日であったのか。罪人が引き摺られていく地獄には何が待ち受けているのか。疑問は尽きなかったが、人間に出来ることは一つしかなかった。

理解し、受け入れることだ。

すぐさま各報道機関が天使の存在を伝え、それから大分遅れて政府が天使に関する想定情報を伝えた。天使が疫病を持っている可能性や、人を害する可能性などが提示され、各国ではしばしの外出禁止令が出た。

しかし、そんな心配は無用だった。天使は病をもたらすことも、誰かを傷つけることもなかった。ただ人間たちの作った文明の間をふわふわと飛び回るだけだ。彼らが与えたのはルールだけ。一人はセーフ。二人殺せば地獄行き。地獄の救いの無さは、生きながら焼かれる罪人の恐ろしい断末魔の叫びが示していた。

この疑問に応えたのは、とある特殊な天使であるが、それはまた別の話なので一旦置いておく。

世界中がパニックに陥り、特に医療機関などは混乱の様相を呈した。二人殺せば地獄行きなら、術中死はどうなるのかという話である。どんなに有能な医師であろうと、命を救えないこともある。

彼らはその至らなさにより裁かれるのか？

降臨の起きた頃、青岸はある連続殺人犯を追っていた。

連続して若い女性を襲い、喉笛を切り裂いてそこに私物を詰めるという残虐かつ目立ちたがりな犯人だった。自身の犯行を報せる挑発的な手紙を送っては警察やマスコミを煽る、典型的な劇場型犯罪だ。青岸は執拗に聞き込みを続け、犯人に気づかれることなく着実にその影へと迫っていた。

青岸が初めて天使を見たのは、そうして証拠集めに奔走していた日の午後だった。

犯人の使っていたアーミーナイフの出所が割れるかもしれず、販売店に向かっている途中のこと

だった。ナイフに使われていた特別な研ぎ粉は、犯人の残した数少ない手掛かりだ。これさえあれば、雲を摑むような犯人に一歩近づけるかもしれない。そんなことを思いながら、息急き切って歩いていた時だった。

青岸の頭上を一体の天使が横切った。

天使はパーツの無い顔を青岸に向けると、何度かその場を旋回した。二メートルほどの、天使にしては小柄な個体であるが、気圧された青岸は後ずさり、近くにあった壁に凭れ掛かるようにして『それ』を仰ぎ見た。

神を信じたこともなければ、聖書の内容すら知らない。賽銭は神社への義理だと思っていたし、何なら墓ですら単なる石だと思っていた。

それでも、その他大勢の人間と同じく、青岸もまた、はっきりとそれを天使だと認識した。子供が不器用に作った針金細工のような天使は、彼にも分かるほどに神々しかったのだ。

青岸の反応に満足したのか、天使はややあって飛び去って行った。

青岸はしばらく動けないまま、抜けるような青空をじっと眺めていた。

青岸が追っていた連続殺人犯は、降臨以来ぱったりと犯行をやめた。無理もない。二人殺せば地獄に堕ちる、というルールは連続殺人犯とは相性が悪い。警察やマスコミへの手紙も送られてくることはなくなり、ひっそりと事件は終息した。犯人が殺人から手を引いたことで、彼の行方は永遠に分からなくなった。

殺人犯の凶行を止めたのは探偵ではなく、地獄の存在だった。誰だって地獄に堕ちたくはない。

生きながら地獄の業火で焼かれることは、逮捕されるよりもずっと恐ろしい。これで人間が殺人から手を引くというのなら、神の采配は素晴らしい。カインとアベルの悲劇から随分経って、神はようやくその重い腰を上げたのだ。

そう何度も自分に言い聞かせても、青岸は荒れた。

保身の為に手を引いた犯人は、この世の何処かで罰せられているのか。それとも改心したとみなされ無事に天国へと迎え入れられる運びになったのか。その答えすら青岸の知るところではないのだ。

降臨以降、探偵の存在意義は消えた。少なくとも青岸はずっとそう考えている。探偵が必死の調査で事件を解決しようと、そんなものは犯罪を無くす一助にはならなかった。

それに対して地獄の存在はどうだ。地獄は探偵よりもずっと直接的に連続殺人を減らした。件の殺人犯のこともあり、その事実は青岸に耐え難い無力感を植え付けた。

だからこそ、降臨直後の青岸はああまで荒れたのだ。

「そう腐らないでください、焦さん」

そんな青岸に対し、妙に明るい声で励ます男がいた。

不機嫌な青岸を宥め、のんびりした猫のような顔で、赤城昴が続ける。

「どうせ例の犯人が捕まえられなかったからふて腐れてるんでしょう」

「そういうことじゃない。やるせないんだよ。あいつがしたことを知ってるだろ。だが、降臨以前の殺人じゃ何人殺しようと裁かれない。あんな悪人が地獄にも堕ちず野放しになってるんだぞ。こんな世の中で腐らずにいられるか」

17

「何言っているんですか。僕らは正義の味方です。こんな世界でも取りこぼされることはたくさんある。僕らはそれを救えばいい。轢かれそうな子供を身を挺して助けたりね」

その声を思い出した瞬間、心臓が大きく鳴り、頭の端がきいんと痛くなる。脳に巣食ってやまない部下の言葉を、頭を振って無理矢理追い出した。

あれから五年も経っていて、ここは遠く離れた島に建つ館の談話室だ。回想に浸るような場所じゃない。それに、タイミングも悪い。急に思い詰めたような表情になった青岸に対し、目の前の天澤が驚くというより引いている。

「失礼、偏頭痛が酷いもので」

「……それは、お大事に」

天澤からの印象が悪くなった気がするが、別に構わなかった。どうせいけすかない相手だ。この島を出れば会うこともない。

気まずい沈黙を消化しながら、珈琲をちびちび飲んでいると、談話室に入ってくる人間がいた。青白い顔に、神経質そうな面立ち。長い髪の毛を束ねずに放っているからだろうか。常木の主治医であることを示す為に、男はいつでも白衣を着ていた。

この島で顔を合わせるのは初めてだったが、青岸はその男の名前を知っていた。それどころか何度も話したことがあるし、彼が今何をグラスに注ぐかも予想出来る。烏龍茶だ。当たった。

宇和島彼方は、青岸の姿を認めるなり忌々しそうに顔を顰め、余所を向いてしまった。それを見て、何か言われる前に立ち上がる。自分たちが鉢合わせした時は青岸の方が立ち去る。それは青岸が

3

勝手に決めたルールだった。グラスの中身を飲み干すと、台に下げて部屋を出る。

宇和島が青岸と親しく言葉を交わしていたのは、まだ青岸探偵事務所が崩壊していなかった頃の話だ。青岸がまともな探偵であった頃だ。今とはまるで違う。

宇和島は未だに青岸のことを赦していないのだ。

当たり前だ。青岸には憎まれるだけの理由がある。どれだけ悔やんだところで、よほどのことが起きない限り、この溝が埋まることはないだろう。

常木王凱は煙草を喫わない人間なので、喫煙所は館の外に設置されている。曇り空の朝に外に出るのは気が進まなかったが、談話室を追い出された青岸にはそこくらいしか行き先がない。

玄関ホールから館を出て、少し歩くと『日和見の塔』に着く。中世趣味の石造りの塔は、灯台か何かのように見えるが、本物の灯台は港の近くにあるので、ここはその名の通り日和見だけに使われていたらしい。

今ではその塔の一階が喫煙所として開放されているので、いよいよ存在意義が分からない。塔のてっぺんは開けた展望台になっているが、わざわざ昇りたいとは思えなかった。新しいセブンスターの箱を開けながら塔に向かい、重い木の扉を開ける。するとまたもや先客がいた。

「あ、どうも」

同世代くらいの男が寝間着姿のまま会釈をする。まじまじと見られていることに気がついたのか

「支度する前にヤニ入れないと駄目なもんで」と言い訳が返ってくる。

だらしない印象なのに、髪型だけはきっちりと切り揃えられているのがアンバランスだ。小綺麗な服装をすれば、印象は反転するに違いない。ガワを取り繕わないといけない職業で、ここにいる人間といえば。

「……ああ、記者さんか、あんた」

「そうです。記者の報島です。覚えててもらってるとは」

敢えて選んだような敬語で、報島はにんまりと笑った。

『島には、懇意にしている記者も招きます』と、常木が言っていた。恐らく彼がそうなのだろう。正直な話、そこまで優秀な記者にも見えない。狐のような目に締まりなく開いた口元は、愛嬌がなくもないが。

「えーと、あなたは……」

「青岸焦だ。探偵」

「へえ、探偵ですか！ 常木さんもいーい趣味してる。だってこういうのって付きものでしょう。島で館でって。てことは庭園隠者ならぬ館探偵……あ、そりゃ普通か」

「庭園隠者って何だ？」

「中世の風習ですよ。庭に小さい小屋を建てて、そこで人間を飼うんです。小屋に住まわせてもらう代わりに、庭に住んでる隠者っぽい振る舞いをして、ありがたーいお話をするんです。まあ、生きてるインテリアみたいな」

そこまでぺらぺらとまくしたててから、報島はようやくこれが失礼にあたると気づいたらしい。

仕切り直すように煙草に口をつけた。しかし、今の世界での探偵の役割を考えると、それは鋭い指摘とも言える。生きたインテリアとしての館探偵だ。

小さく溜息を吐いてから、青岸は尋ねた。

「報島さんはここに何をしに来たんだ」

記者を呼んだのだから、それに相応しい役割があるんじゃないかと思ったのだ。しかし報島はにやついた顔のまま返す。

「そうか……」

「特に理由なんかないですよ。単に常木さんのご厚意で呼んでもらっただけです。薄給の記者をリゾートにって戯れですよ。ま、今回だってどうせ常木さんの天使趣味に付き合わされるだけでしょうけど。あの人も飽きないっすねえ。天使に関わるもんなら金に糸目付けないってんだから」

思わず落胆の言葉が漏れた。確かに常世島は他に類を見ないほど天使関連の資料が揃っているし、天使がこれだけ集まっている場所も無いらしい。だが、わざわざそれらを見せるために青岸を呼んだわけじゃないだろう。それだけでは到底青岸の目的には適わない。釈然としない顔でいると、報島が思い出したように「あ、でも今夜は少し特別な催し（もよお）があるとか」と言った。

「特別な催し？　何をするんだ」

「具体的には聞いてませんよ。そうやって招待客を驚かせるのが常木さんの遣り口ですし」

「驚かせたいだけではないだろうな、と青岸は思う。このいかにも口の軽そうな男に話せば、催しの内容を客全員に言って回りそうだ。

「気になるんですか？　もしかして青岸さんもそういうのがお好きとか？」

「そんなことはない」

食い気味に否定したものの、報島はにやにやと気味の悪い笑みを浮かべていた。

「何かはわからないですけど『天使食』だったら、俺は逃げますね。青岸さんはゲテモノ大丈夫ですか」

「大丈夫じゃない。だったら何が何でも拒絶する」

青岸はうんざりした顔でそう返した。喫っている煙草がやけにまずい。

諸々の事情が呑み込まれ、人々が天使のいる世界に順応した後、人間はあっという間に不遜な方向に向かった。

命知らずな人間や、痺れを切らした学者たちが天使を捕獲し始めたのだ。

天使を捕まえるのは、そこらのカラスを捕まえるより容易かった。クラゲのように浮いている個体に飛びかかり、翼と手足を縛ってしまえばいい。人間を地獄に堕とす時はあんなに強い力を発揮するのに、罪なき人間の前で、天使は呆気に取られるほど弱かった。

こうして天使は解剖された。

実際は解剖される間にさまざまな研究が為され、その骨と肉は人間に、その皮膚は爬虫類に似ていることが分かり、一番気味の悪い翼は得体の知れない物質であることが確認され、平らな顔のついた小さな頭には脳が入っていないことが明らかになった。霜の降りた身体に通う血は生温かく赤い。しかし、それで人間の好奇心が終わるはずがない。

天使を最初に殺したのは誰だったのだろう。公式にはとある大学の生物学教授だったそうだが、

22

正確には分からない。天使は死んだ後徐々に灰色の砂に変わる奇妙な性質を持っていたが、町中には死んだばかりの形を残した天使の死骸も、風に捲かれた灰色の砂もいくらでもあった。微かではあるが、天使の残した血痕も足跡のように残っていた。それに、天使降臨後の黎明期には天使の駆除を試みた人間だってたくさんいたのだ。天使は各所で死んでいた。天使を殺してもどうもならないのではないか、とは思われてはいた。

それでも、最初の公式な『天使殺害』の時、教授の周りには誰も立ち寄らなかった。

教授は一体目の天使に薬液を投入し、その身体を死に至らしめたが何の天罰も受けなかった。

二体目の天使は首を切断し、その身体を死に至らしめたが何の天罰も受けなかった。三体目の天使は首を絞められたが、この時の天使はなかなか死ななかった。首の骨が折られたことで、ようやくその個体も死んだ。やはり天罰は受けなかった。

その日教授が殺した天使は十八体にも上ったが、彼が地獄に引き摺り込まれることはなかった。

二体以上の天使を殺しても地獄には堕ちないらしい。

こうして天使を殺すのは容易く、かつ天罰も下らないことが分かったが、だからどうというわけでもなかった。天使を殺したところで、彼らはどこからともなく現れたし、死骸は時間が経つと単なる砂に変わった。これほど殺す意味がない生物もなかったし、そもそもこれが生物であるかも怪しかった。

人間を裁く天使への鬱憤を殺すことで晴らそうとしても、天使はあまりに他愛がなかった。彼らは傷つけられても精々身じろぐほどで面白味に欠けていた。もし天使が人間と同じような顔を持ち、表情の一つでも変わったらこうはならなかっただろう。

それから新たに分かったことと言えば、天使が異常に砂糖を好み、人間が角砂糖を撒けば、わらわらと寄ってきて平らな顔にずりずりと擦り付けることくらいだろうか。天使の見た目は可愛くもなんともないので、何の益もない発見だった。ペットとして飼おうにも、天使が犬や猫に勝っているところがない。

降臨以来、人間は天使に何かを奪われ続けていて、天使の有効活用方法を思いつくことで復讐出来ると思い込んでいる。

捕獲した天使を食べるという『天使食』はその活用方法の一つだった。

「天使食はまだまだ世間では変態趣味扱いされてますし、常木さんの『特別な催し』らしくありませんか？」

報島はにやにやと笑いながらそう言った。

彼の言う通り、天使を食べることに抵抗を覚える人間は多い。天使を食べて地獄に堕ちた例はないが、何となく忌避感があるのだ。食べるには人間の姿に近すぎるし、食欲をそそられる見た目でもない。おまけにそんなに美味くないと聞いている。

「天使ってクソ不味いんだろう。そもそも、あんな気持ち悪いのを食う気がしない」

「ですよね。俺もごめんです」

報島がうげえ、とわざとらしく舌を出してみせた。オーバーなリアクションといい、この記者もまた信用出来そうにない。だが、彼もまた常木王凱が手ずから呼んだ招待客なのだ。本当は優秀な男なのだろうか。

24

「それでも今回は常木さんが自信を持ってお偉方を呼ぶってんで、俺も張り切ってここに来たわけですよ」

「こういう……常世島での会合みたいなもんは何回か行われてるのか？」

「ええ、それはまあ、結構」

含みのある言い方で頷きながら、報島が壁に煙草を押し付けて火を消した。壁には同じような焼け焦げの跡が、数えきれないほどたくさんついていた。報島は何度もここに来ているのだ。

「それで？　青岸さんは何でここに来たんですか？　もしかして天澤先生のお知り合いとか？　それとも代議士の政崎さんとかかな」

「俺も常木さん直々の誘いだ」

「へえ、あの人が。何でですか」

「なりゆきだ。常木さんが俺に依頼を寄越したんだ」

4

常木王凱からの依頼は破格だった。

降臨から五年が経ち、青岸探偵事務所はすっかり寂れていた。所属しているのも、もう青岸しかいない。寂しい場所だ。依頼を受ける頻度もまちまちだった。生きるのに必要最低限の仕事だけをこなし、あとは断る。そんなムラのある探偵にまともな依頼が来るはずもない。

そんな青岸探偵事務所に、常木は法外な額の謝礼を提示してきた。かつては繁盛していた事務所

ではあるし、今は興信所の仕事を引き受けるところ自体が少ない。それでも、相場より大分高い。

「私は常木王凱。あなたが青岸焦さんか」

事務所に現れた常木は、そう言って優雅に一礼をしてみせた。スーツの下には防弾チョッキも防刃用の何がしかも無いように見える。世界が変貌してからすっかり平和を信じるようになったのか、護衛すらつけていない。

御年六十五にもなろうというのに、常木は随分と若々しく、凛としていた。彼は有名居酒屋チェーンをはじめ、飲食店産業で名を馳せた一大実業家だ。常に人の上に立ってきた人生は伊達じゃないのかもしれない。物腰は柔らかいが、目だけが異様に鋭く、底知れなさを感じさせる。

「……ええ、そうです。どのようなご用向きで?」

「私をつけ回している人間が誰かを突き止めていただきたい」

常木は真面目腐った顔でそう言った。さながら任侠映画の登場人物だ。

「もし危害を加えられているのであれば、俺よりも警察のほうがいいんですがね」

「まだ危害を加えられるような段階には至っていない。青岸さんもこの段階での警察がどれだけ無能かはご存じだろう」

確かに、ただ尾行されているだけで警察が動いてくれることはほぼ無い。それでも、常木くらい地位と権力のある人間ならいくらでも融通が利きそうではある。なのに敢えて青岸を頼ろうとする常木はキナ臭いといえばキナ臭い。

「こういう仕事をしていると、信頼出来るかどうかの見定めが一番肝要になってくる」

そんな中で、常木は静かにそう言った。

26

「私は青岸さんを信頼している。だからこそ、お願いしたいのだ」

そうして、青岸は常木の依頼を引き受けた。

常木を尾行している人間と同じく、彼を尾けて同業者を探り当てるのだ。

尾行者の一人は比較的簡単に見つかった。昔界隈で有名だったブン屋崩れの強請り屋だった。大方、何の根拠もないまま適当にゴシップを探っていたのだろう。目障りではあるが、一月もすれば次のターゲットに移るはずだ。

ここで調査を引き揚げてもよかったのだが、青岸は更にもう一人の存在にも気がついてしまった。こちらはケチな強請り屋よりも尾行が上手く、最初は単なる勘違いかと思ってしまうほどだった。

ただ、常木の周りを張っていると、その女が必ず居合わせた。偶然を装い、風景に溶け込んではいたが、流石に頻度が高すぎる。

調査を始めてから十日が経った頃、青岸は普段なら絶対にやらないことをした。いつものように尾行に勤しむ女に近づき、その肩を摑んでみせたのだ。

「おい」

近くで見ると、女の顔は想像よりも遙かに幼く見えた。顔のパーツの一つ一つが小さく、口元が特にあどけない。広い額の下に位置する目は、少女のように黒々としていた。一瞬、見ず知らずの少女に声を掛けてしまったんじゃないかと狼狽える。もしかしたら叫ばれるかもしれない。

しかし、そうはならなかった。時間が止まったかのように、女が青岸を見つめ返す。黒目がちな目が一層丸くなった。

「青岸……焦……」

　呆然としているような表情だった。ややあって、彼女が一気に覚醒する。肩を摑まれていた手を逆に握り返して、爛々と目を輝かせて言った。

「ちょっと待って、あなた、青岸さん？　探偵の——」

「ああ。そうだ」

　表舞台からは退いたものの、まだその名前を知っている人間は多いらしい。ある意味で探偵失格だ。動きにくいことこの上ない。

「ねえ！　話を聞いて、私、記者なの！　どうせ常木に依頼されてるんでしょう？　待って、私、伏見弐子っていうんですけど！」

　その名前には聞き覚えがあった。

　正確に言うなら、その名前が文責に記されていた記事に覚えがあった。青岸の表情にもそれが現れてしまったのだろう。伏見の言葉が勢いづき、息荒く迫ってくる。

「もしかして記事を読んでくれたんですか！……ですよね。青岸さんですもんね。なら、分かってくれるはずです。私が真っ当な記者だっていうことが」

「……記事は読んだ。だが、読んだだけだ。それと常木氏へのストーキング行為は関係がない。第一、あっちはもう気がついている」

「へえ、意外と察しが良いな。やっぱりやましいとしてる女だった。面白いほど表情が変わる女だった。あの理性的な言葉と、目の前の童顔の女が結び付かない。

　伏見が、悔しそうに顔を歪ませる。

　まで冷静な筆致で、大袈裟な表現は一つもなかった。あの理性的な言葉と、目の前の童顔の女が結

びつかない。そもそも、目の前の女は記者にすら見えない。

「お願いです、青岸さん。常木の依頼なんだとしても、どうか私のこと見逃してください。私にはやらなくちゃいけないことがあるんです」

「一般市民のプライバシーを侵害してまでやらなくちゃいけないことがあるのか」

伏見は物々しく頷いた。

「あれが一般市民だなんて本当に言えるんですか。ご冗談がきつい」

「そりゃあ大富豪だからな。言えないだろうな」

「それだけじゃない！　あの人が裏で何をしてるか。それを知れば青岸さんだってこちらに肩入れしたくなるはずです」

「常木王凱が一体何をしたって言うんだ。ふっかけるだけの証拠はあるのか」

「……それは言えませんけど、これは確かな筋の情報なんです」

「情報ソースも内容も言えない状態じゃ、肩入れも何も無いだろう」

伏見は悔しそうに唇を噛み締め、じろりと青岸のことを睨んだ。

「……これは青岸さんにも関係があることですよ。もし常木の尻尾が掴めたら、私の言っていることも分かるはずなんです」

「何の話だ」

「青岸さん。お願いです。だって、あなたは『あの事件』の生き残りじゃないですか」

その言葉で、思わず伏見の手を振り払ってしまった。過剰に反応してしまった自分を嫌悪するより先に、伏見のほうが失言を悔いるような表情を見せた。傷つけてしまったかもしれない、とこち

らを慮（おもんぱか）るような目。

それを見て更に苛立たしい気持ちになる。社会正義に燃えた記者。自分の言葉で何かを変えられると思っている側の人間。そんな彼女の話を、今は聞いてやる気にもなれなかった。あからさまに冷たい声で、青岸は言い捨てる。

「これ以上常木王凱に近づくな。次は警察に突き出すぞ。わかったか」

伏見はショックを受けた様子で青岸を見つめ返すと、そのまま走り去っていった。

後日、青岸は調査報告を提出した。

「あなたを追っていたのは、このあたりでも有名な強請り屋でした。ここに名前とこれまでの犯罪歴、それに写真も」

青岸は常木を尾行していたもう一人の方の資料を差し出した。

伏見のことを報告しないのは不実だろうが、何人調べろとは指定されていない。なので、青岸は敢えて伏見弐子の名前は出さなかった。

「ご苦労だった。やはり青岸さんに頼んで正解だった」

幸い、常木はそれで納得したようだった。伏見は青岸の忠告通り、常木の尾行を諦めたらしい。

「しかし、私なんぞが何故強請り屋に目をつけられたのだろうか。その点については何か分かったか？」

一瞬、伏見の言葉が頭を過（よぎ）る。けれど、彼女の言葉には殆ど根拠がない。確かな筋と言ったって、どうせ噂程度のゴシップだろう。

「いいえ。むしろこういうものは火の無いところに煙を立てる為に行うものでしょう」

青岸がしれっとそう言うと、常木は納得したように頷いた。

「手付金を抜いた報酬は指定通り支払おう。ところで青岸さん、今月の末は予定が空いているだろうか」

「ええ、大丈夫ですが。また何か？」

常木が目を細める。もしかすると微笑んだのかもしれないが、けた時の顔にしか見えなかった。

「青岸さんは天使にご興味は？」

いきなり差し込まれた質問に、頭の端がすっと冷える。

「いいや。あれの所為でこっちの商売は上がったりです。間違っても好きにはなれそうにない」

「ならば天国にご興味は？」

矢継ぎ早に繰り出される質問は、青岸の逃げを許さない。

「天国は……」

「ええ。地獄の対になるもの。天使たちが本来いるべき場所だ」

「そんなもの、信じられませんよ」

「地獄があるというのに？　信じられなくとも信じたいと思いませんか」

「何かそういう兆しでもあれば信じられもしましょうが……。生憎、そんな話は何処を見ても無いようなので」

大々的に観測される地獄の存在とは対照的に、天国は全く観測されていない。

天使は悪人を地獄に引き摺り込むが、善人を天国に連れて行くことはない。そのことも数多の人々を落胆させる事実だった。

人間は神を発明して以降、天国の存在に焦がれ続けている。天使と地獄があるのなら、どうしたって天国を信じたくもなる。しかし、ノーベル平和賞を受賞した聖人が死ぬ時ですら、天使は目もくれなかった。殺人の罪を犯さなかった人間たちは、ただただ淡々と死んでいった。それは酷い裏切りのように思えたが、天使も神も死後の楽園を約束したことはない。天使は嘘を吐かなかった。

「私は天国の存在を信じている。天使の存在するこの世界で、何故私たちのような善良な人間の流れ着く先は無いのか。不公平だと思わないかね」

「……よく分からないですが。人間ってのは元々原罪を背負ってるとかなんとか」

「ならば一様に地獄に堕とせばいい。そうでなければ、我ら全てに祝福を授けてくれなければ困る」

そう言って、常木は上を向いた。そこには煤けた天井しか無いが、常木はまるでその先に神を見ているかのようだった。

「あの天使を初めて見た時、私は不遜にもあれを醜いと思った」

「はあ。まあ、俺は今でも慣れません」

「しかし、今では天使があああいった姿を取っている理由が分かる。これは意識の変革を起こした人間のみ、その美しさを受容出来るようになっているのだ。その証拠に、今の私の目は天使の真の美しさを捉えられている」

このあたりで、既に青岸は常木の話についていけなくなっていた。色々な葛藤を経て、あろうこ

とかあの天使に美しさを見出すようになった人間は少なくない。だが、こうして間近でその狂気に触れると、背筋が寒くなった。表情を硬くした青岸の前で、常木はなおも話し続ける。

「私たちの人生は天国へと向かう為に使う梯子でしかない。それに気がついてから、私は真剣に天国というものに向き合おうと考えた。そして、ついにその梯子を掛けるべき場所を見つけたのだ」

ここでようやく、常木が何故自分に依頼をしに来たのかを悟った。

常木は知っている。天使がやって来たことで、この事務所に何が起こったのかを知っている。この事務所がここまで寂れた理由も。どうしてこのがらんとした事務所に青岸しかいないのかも。全部、全部だ。

ならば何が目的だろう。どうせろくなことではない。今の青岸を焦に天使の組み合わせなんて、いかにも縁起が悪すぎる。これ以上話を聞いてはいけない。無理矢理にでも常木を帰さなければ、と思った瞬間には、もう決定的な一言が吐き出されてしまった。

「常世島に来ないか、青岸さん。その島で我々は、天国の有無を知ることが出来る」

5

この島に来た本当の理由を教えたくはなかった。天国の有無を確かめに来た、なんて言いたくもない。教える代わりに得られる情報もあるかもしれない。ただ、この動機は青岸の傷でもある。それを晒け出したくはない。しばらく悩んでから、青岸は言う。

「あの常木王凱に誘われたんだ、大抵の人間は来るだろう。第一、俺はこの滞在にも報酬が発生し

てるんだ。来ない理由がない」

「あは、いい仕事ですねえ。ま、常世島は何もないとこですけど、館の設備とかはリゾートホテル並みだし、大槻くんの料理は逸品だし、来ただけ得ですよねえ」

その言葉に頷いて、煙草を消す。ちゃんと備え付けの灰皿に押し付けてやった。そのまま適当に会話を切り上げて、塔を出ようとする。

「あ、そうだ」

報島が左手に煙草を持ち替え、ポケットからペンとメモを取り出した。そのまま塔の壁と右手の側面を器用に使って、さらさらと電話番号を書く。

「これ、俺の電話番号なので。この島から帰った後もよかったら連絡してくださいよ。青岸さんのお役に立てるかもしれません」

「生憎、記者相手にやるような商売はない」

「そんなすげないこと言わないでくださいよ。一応これでも敏腕で通ってるんです。世論も何もこの右手次第って。何か書かせる時はいい仕事しますよ」

報島は無理矢理紙片を握らせると、にやりと得体の知れない笑顔を浮かべた。

結局『天国の有無をどうやって知るのか』という青岸の知りたかったことは何も分からなかった。報島の言葉を信じれば、今夜は特別な催しがあるらしい。そこで全てが明らかになるのなら、やはり夜を待つしか無いのか。

天国の有無を天使が教えてくれれば楽なんだが、と青岸は詮無いことを思う。

34

頭上を飛んでいる天使は、今日も不気味な佇まいでゆらゆらと旋回しており、その姿は天国どころか神すら知らなそうな気配を漂わせていた。

このまま大人しく部屋に帰ろうと思っていると、玄関でまたも人に出くわした。

「お、探偵さん。はよーございます。朝早いんですね」

そう言うのは、コックコートのまま煙草を喫っている大槻だった。玄関ポーチの階段に座り込み、曇り空を眺めている。まだ二十代半ばにもなっていないだろうに、気だるげに煙草を喫っている様ははかなり堂々としたものだった。

「ここで喫っていいのか」

『喫煙塔』まで行くのしんどいですもん」

率直過ぎるネーミングだが意味は伝わる。あの壁の惨状を見れば、そう呼びたくなるのも無理はない。

「歩いて一分もかからないだろ。いや、四十秒くらいか」

「その四十秒がしんどいんですよ。分かるでしょ」

聳える塔を横目で見ながら、大槻がそう呟く。塔への小道はよく整備されていて、いい散歩道になっている。ただ、この島で長く働いている彼にとってはもう飽きた道なのかもしれない。

「こんなところで喫ってて怒られないのか」

「そりゃまあ、見つからなきゃね。どんな犯罪もおんなじ。あ、絶対小間井さんに言わないでくださいよ。あの人マジでうるさいんで」

「言わない。第一、昨日厨房で煙草喫ってたの誤魔化してやったのは俺だろ」

昨日、もてなしの一環として、船を下りるなり館の中を一通り案内してもらった。そうして厳重に鍵の掛かった食料庫や最新鋭の器具でいっぱいの厨房周りを見ている時に、厨房に座り込んで煙草を吹かしている大槻を見つけた。どう考えてもアウトな光景だと思った青岸は、咄嗟に気分が悪くなった振りをして厨房を出たのだった。

「あれは神でした。あのまま青岸さんが奥まで来てたら、確実に千寿紗ちゃんや小間井さんに見つかってましたし。引き返してくれるの見て泣きそうになりましたもん。まーじで小間井さんに見られたら何言われてたか」

小間井さんというのは、この館で一番年長の使用人だ。古い言い方をするなら執事頭ということになるのかもしれない。倉早千寿紗がフィクションに出てくる古式ゆかしいメイド姿であるのと同様に、小間井稔は全身隙の無い執事姿をしている。

染め上げたかのような均一な白髪を一本に束ね、背中が反って見えるほど過剰に姿勢がいい。年齢は主人である常木王凱と同じくらいのはずだが、こちらも負けないくらいしっかりとしている。じっと眺めていれば眺めるほど、彼がモノクルを付けていないことが不思議に思えてくるスタイルだ。

それに対して、髪を金色に染めた大槻はいかにも型破りで、常木王凱の趣味からは外れているように見える。そのことを率直に伝えると、大槻はあっさりと言った。

「でもまあ、俺は天才っすからね」

そうなのだ、と青岸は思う。コックコート姿で煙草を喫い、料理をあからさまに面倒がっているこの男は、天才なのだ。

この島に着いて一番驚いたのは、出てくる料理のレベルの高さだ。何を食べても美味しい、とい
う体験は実のところ稀有である。なのに、常世島では白米の一粒から、つけあわせの酢の物に至る
までが限りなく美味しい。

その料理を一手に担っているのが、目の前の大槻徹なのである。

聞けば、彼は天才料理人として数々の賞を獲ってきた優秀な料理人なんだそうだ。もし店舗を構
えていれば、この国でも数少ない三つ星を獲れていただろうと期待されていた存在だ。だが、彼は
突如として姿を消し、常世島に引っ込んでしまった。

曰く、常木王凱の提示した報酬額が法外な数字だったから。それだけで。

「だって、普通に料理作るよりいっぱいお金もらって作った方がいいじゃないすか。どっちにした
って作るのは面倒なんだし」

晩餐のメニューを説明しに来ただけなのに、どういう流れでそんな言葉が出たのだったか。

こうして玄関で煙草を喫っていても、型に嵌まらない天才らしいと思ってしまうのが悔しい。小
間井に告げ口する気にもならない。彼は多分、十全に職務をこなすだろう。

晩餐の席であっけらかんとそう言った大槻のことを、何だか妙に尊敬してしまったのを思い出す。

「はーあ、嫌な天気ですね。天使も滅茶苦茶飛んでら」

「雨が降るかもしれないな。これだけ多いと」

「ま、天使が多かろうが少なかろうが俺はあんまり関係ないっすけど。常木さんが無茶ぶりしなき
や外に出る用事も無いし」

「そうだ。今夜の催しが何か知ってるか？　報島さん曰く、特別な催しだったとか」

「さー、天使食とか？　でも、それじゃあ大したことないですよね。ゲテモノ期待されても、俺な
らそこそこ上手く作るだろうし」

報島と変わらない発想だった。けれど、大槻ならそこにすら自信がある。

「天使を調理したことがあるのか？」

「まー、何度か。料理人ってのは業が深いんで、食材として出されたら何でも使おうと思っちゃう
んですよ。でも、味が駄目っすね。見た目取り繕っても、悪いレバーみたいな味がするんでよっぽ
ど上手く誤魔化さないと無理」

淡々と大槻が言うのを聞きながら、湧き上がってきた疑問を抑えつける。──たとえば、この料
理人は、天国の存在を信じているのだろうか。天使を調理することで、神の国から追い出されるか
もしれないとは思わないのか。あるいは、天罰が怖くないのか。最初に包丁を入れた時、欠片でも
そういう恐れは抱かなかったのだろうか。

大槻が天使に向かって大きく煙を吐き出す。顔のない天使は避けようともせずに、ふわふわとそ
の煙を纏う。

「人は死んだらどうなると思う？」青岸は尋ねた。

唐突な質問だったかもしれない。おまけに少しずるい。本当に聞きたいこと、天国の有無からは
ズレている。

「生き物はみんな土に還ります。そんなもんです」

天国のことなんか全く考えていない声で、大槻はそう言った。

6

朝食は摂る摂らないの習慣が分かれる為、個別で御用聞きしているのだという。この島に来ている招待客一人一人に、部屋に運ぶかダイニングルームに来てもらうかを選んでもらうのだ。スタッフが少ないのに、ホテル並みのサービスだった。

朝からあわただしく働かされる倉早たちが不憫で、青岸はダイニングルームに顔を出すことにした。

中にはゲストの姿はほぼ無かった。主人である常木や、代議士の政崎もいないし、さっき談話室で暇を潰していた天澤すらいない。朝食は部屋でゆっくり摂るのがお偉方の主流なのだろうか。

唯一席に着いていたのは、実業家の争場雪杉だった。

争場はお偉方の中でも一番若い。まだ四十代後半だっただろうか。それにも拘わらず、彼は常木に迫るほどの有名人である。メディアへの露出も多く、時代の寵児と持て囃されているのだ。その自負があるからか、顔つきがやけに厳めしい。ある意味で柔和な常木の対極にいるように見える。わざわざ話しかけたい相手じゃない。

おまけに、青岸はとにかく争場の事業が気に入らないのだ。

背も高く体型も大柄なので、隙が無さすぎてとっつきにくい。

率直な表現をすれば、争場は武器商人だ。

国内で展開しているのは防犯グッズだとかの自衛用のものが大半だが、国外向けにはそれこそ銃だのなんだのを送り出している。長らく先行企業が牛耳っていた事業に、争場は勇猛果敢に切り込んでいったのだ。

39

勿論、天使が現れてから、兵器の需要は激減した。それどころか、人を殺す為に用いられるものは殆ど姿を消したと言っていい。

しかし、今でもなお争場ホールディングスは好調な成績を叩き出し続けている。本来の事業とは別の傘下事業が上手くいっている、というのが表向きの理由だ。けれど、本当のところはどうか知れない。

このどうか知れない部分が、青岸の目を曇らせる。降臨以後の争場ホールディングスは、その成功を賞賛されると同時に、後ろ暗いゴシップの対象でもあった。

二人きりで同じテーブルについているのに、争場はこちらを見ることもなく食事に集中している。まるで王と従者のようだ。傍らにつきっきりの小間井は神経を尖（とが）らせながら、彼の動向を探っていた。

とはいえ、話しかけられないのは楽ではあった。大槻の作った朝食は相変わらず美味しく、これを静かに食べられるのは幸福である。卵焼き一つで何故こうも差が出るのだろう？

だが、気になることもある。

争場雪杉のような男が、何故常世島にやって来たのだろうか。天使にも天国にも興味がありそうにない。いや、それを言うなら常木だって天使フリークには見えないのだが。

オカルトとは程遠い人間が、実は信心深いという話は聞く。ましてや争場は兵器などの製造販売を行っていた人間なのだ。思うところがあるのかもしれない。あるいは単純に、常木王凱と個人的な親交があるのだろうか。

あと顔を合わせていない招待客は代議士の政崎來久くらいだ。あっちは常木から多大な支援を受けているらしい政治家だし、そっちの繋がりは分かりやすい。一見して業界的にも繋がりの無い常木と争場は、どうやって仲良くなったのだろう。

そんなことを考えているうちに、不意に争場と目が合った。丁度食事が終わったところらしい。視線を逸らされるだろうと思っていたのだが、意外にも争場はそのまま話しかけてきた。

「君が探偵の青岸くんだね」

厳めしい顔つきに似合わない――と言ったら失礼かもしれないが――柔らかい声だった。圧の強い外見を自覚しているぶん、意図的に調整を加えているようだ。

そのギャップの作り方は上手いと言わざるを得ない。何せ、争場の稼業にいい印象を抱いていない青岸ですら、少しばかり彼への印象を改めてしまったからだ。

「……そうですが」

「ああ、よかった。僕の方から話しかけるタイミングを窺っていたのだが、どうにも上手くいかなくてね。こんなタイミングになってしまった。君のような探偵さんがこの島に来るというのが何だか不思議で」

「不思議、ですか」

「何しろ天使は不条理の象徴だろう。不条理は探偵と相性が悪い。天使が存在するのなら、密室を不思議な力ですり抜けるなんて話もありになってしまいそうじゃないか？」

「はあ、なるほど……不条理の象徴ですか」

思わずそう間抜けな返答をしてしまう。不条理の象徴。確かに青岸は天使をよく思っていないが、

そういう観点で見たことはなかった。

「巷では天使の存在について神の意志の発現だとか、世界浄化の前触れだとか囁かれているけれど、僕は本質的にそう意味の無いものだと考えている。疫病や災害によって世界のルールが書き換えられることはあったんだから、同じだよ」

「ペストや地震と同列に降臨を捉えるのは、なかなか無い視点だと思いますが」

「そうだろうか？ あの天使たちに人間の善性の喚起や、大いなるものの意志を見出す方が難しいよ」

やれやれといった様子で、争場が大仰に肩を竦める。そんな彼を見て、思わず尋ねてしまった。

「たとえば、争場ホールディングスが銃などの製造から撤退することになったことは、平和主義な神の意志だと考えませんか」

踏み込んだ質問に、争場が一瞬だけ目を細める。生意気だと思っているのか、あるいは興味を持たれたのだろうか。ややあって、彼が口を開く。

「青岸くんの言う通り、降臨以降、護身用の拳銃ですら売り物として成立しなくなった。人を殺せるものの販売が立ち行かなくなるのは、人殺しが嫌いな天使たちにとっては嬉しい展開なのかもしれない」

喋りながら、争場が穏やかな微笑みを浮かべる。まるでこちらを教え諭すような表情だ。

「けれど、青岸くんもよく知っているだろうが、この世にはまだ殺人が存在し、それどころか『天使がいかにも嫌いそうな悲惨な結末』も多く見られるよね。それを防げない以上、やはり平和主義の神なんて存在しないんじゃないだろうか」

『天使がいかにも嫌いそうな悲惨な結末』という持って回ったような表現に顔を顰める。そうなのだ。降臨以降、この世が平和になったわけではない。むしろ天使の出現で、思わぬ副産物が生まれてしまった。それを目の当たりにすると、神がただ罪人を裁くために天使を遣わしたとは思えなくなってしまう。

「まあ、天使に崇高な意味なんか無い、ただの災害だ。なんて言うと、常木さんに怒られてしまうんだけどね。あの人は天使を本気で崇めているようだから。一度『天使は酷い商売敵だ』と言ったら、険悪なムードになってしまったよ」

「争場ホールディングスの立場からすればそうでしょうね。それでも、争場さんの事業は好調のようですが」

「そうでもないんだよ。常木さんのところと協力させてもらって、それでどうにか騙し騙しやってるような感じでね。こんなご時世でも、いや、こんなご時世だからこそ防犯関連のものは伸びているから。そのあたりを常木さんに取り立ててもらっただけで」

「居酒屋をやっている常木さんのところと……となると、食料庫のセキュリティなんかですか。今はどこも鍵を掛けていると聞きましたし」

「そうそう。あれはかなりのシェアになるでしょう」

これで一応、常木と争場の繋がりが分かった形になる。その口振りからして、争場は明らかに天使フリークではない。となると、報島と同じく常木本人と仲が良くて招かれただけなのだろう。何処か食えない印象の男ではあるし、腹に一物を抱えていそうではあるが。どうにか彼の内面を推し量ろうとする青岸に対し、争場はのんびりと言った。

「そういえば、常木さんは今日何を見せてくれるんだろうね」

「見せる？　そういえば今夜は特別な催しがあるとか聞きました」

「うん。何だか凄いものを見せてくれると聞いているけど」

これはかなり有益な情報だった。この島に青岸を誘った時の常木の言葉を信じるなら、その何かが天国の有無を教えてくれるということなのだろうか。そんなことを考えていた青岸に対し、争場はまたも目を細めてみせた。

「青岸くんは常世島に何かを期待してきたのかな」

「期待……しているといえば、そうですが」

「個人的な意見を言わせてもらえるなら、天使に何か意味を見出すのはやめた方がいい。あれは無意味だよ。常世島はのんびり楽しんだ方がいい。何なら、船釣りもいい。僕はこう見えても船の操縦が上手いんだ。……あ、もう出来ないんだっけ。まあいいや、とにかくリゾートとして楽しむのがいいね」

それだけ言うと、争場はさっさと行ってしまった。慌てて小間井が後を追いかける。

一人になった青岸は、黙々と食事を続けながら、争場のことを考える。厳しい外見に反して、随分穏やかな語り口の男。天使によって大きな方針転換を迫られながら、それを気にも留めていない様子だった。主力の商売が立ち行かなくなったのだから、もっと天使に思うところがあっていいはずなのに。

そうならないというのは、争場がよっぽど度量の大きい人間であるか、さもなくば天使の出現によって被った不利益よりも利益の方がずっとめざましいか。後者の発想は飛躍しすぎだろうか。

44

いずれにせよ、青岸には直接関係しないことだ。結局、特別な催しの具体的な内容は誰も知らないらしいし、大人しく夜を待つしかない。流れる時間すらゆったりしている常世島では、面倒事も起きないだろう。

しかし、そんな青岸の予想はあっさりと裏切られた。

朝食から数時間も経たないうちに、招かれざる客がこの館にやって来たからだ。

第二章　天国の在処

1

赤城昴がやって来た時、青岸はまだたった一人で探偵事務所をやっていた。事務所だって今ほど広くなかったし、扱う事件だってそう多くは無かった。一人で出来ることは限られている。

青岸は手の届く案件だけを引き受け、こぢんまりとした部屋の中で一人資料とにらめっこをするような生活を送っていた。孤独で地道な世界だ。青岸にとって探偵とはそのようなものだったし、それで何の問題も無かった。当然、助手を募集したこともない。

だから、赤城昴から「ここで働かせてほしい」と言われて、青岸は面食らった。反応が大分遅れたのもその所為だ。

事務所に押しかけてきた赤城はあれよあれよという間に中に入り込み、青岸がいつも使っている机の前に陣取ると履歴書を掲げた。

「あの、僕、赤城っていいます！　青岸さん！　僕をここで働かせてください！」

「……お前、何言ってんだ？」

「お願いします！　僕は青岸さんみたいな探偵になりたいんです！」

46

暑苦しいほどの熱意でそう言った赤城を、改めて眺める。

見たところ大学を出たばかりぐらいの年齢だろうに、上に着ているシャツも、下に合わせた紺色のスラックスも誰もが知るハイブランドのものだった。恐らくはいいところのお坊ちゃんだろう。

奇妙なことに、その高級そうな服の右側だけが盛大に汚れていた。

長めの髪の毛はワックスすら付けていないようで、彼が揺れる度に大袈裟に跳ねる。これで探偵ときたか、というのが青岸の感想だった。探偵というよりインドア派のミステリオタク風の見た目をしているのに。

「何が探偵だ。いきなり押しかけてきて迷惑だと思わないのか」

「でも、探偵になる為には名探偵の弟子になるのが一番早いでしょう」

「アホか。興信所を当たれ」

「僕はどうしても青岸さんじゃないと駄目なんです」

興奮しすぎている所為で、手に持った履歴書がぐしゃぐしゃになっている。きちんと履歴書だけはきっちりと持参する、その妙な育ちの良さが疎ましい。ややあって、青岸は口を開く。

「お前、法学部の院生だろ」

「え!?」

言われた赤城が大きく目を見開く。不意を衝かれた彼が何かを言う前に、そのまま畳みかけてやった。

「お前は法学部の院生で、就職口が見つからずここに来た。しかし、ここに来る前に他の探偵事務

所に弟子入りを志願して断られている。お前が探偵に固執しているのは、父親が推理小説家だから

だ。だが、その父親とは仲が悪く、実家にも殆ど帰っていない」

「ど、どうしてそんなことが分かるんですか？」

「お前の服の右側が汚れているからだ。当たってるか？」

一通り捲し立てると、青岸はじっと赤城の方を見た。

赤城は驚いた顔のまま固まっている。随分戸惑っているのだろう。逆の立場だったら、青岸だっ

てそういう顔をする。そうして躊躇いながら、赤城がゆっくりと口を開いた。

「凄いです、青岸さん。全然違います」

その言葉に合わせて、青岸は大仰に鼻を鳴らしてみせた。

「僕は法学部の院生じゃなく美大卒のフリーターですし、ここに来る前にどこかの探偵事務所から

追い返されたわけでもありません。父親は食品産業の人間ですし、服の右側だけが汚れているのは、

さっき自転車を避けようとしてうっかり転んだからです。大方、ここから何かどんでん返しがある

赤城の目はそれでも未練がましく青岸を見つめている。探偵は推理を間違えないものだし、間違える時は更なる驚きの真相が

とでも思っているのだろう。

待っているものなのだ。

けれど、青岸はそんなにサービス精神が旺盛な探偵じゃない。ひっくり返してやるつもりは毛頭

無い。黙ったままでいると、赤城が段々と困ったような顔になっていく。それを見てから、青岸は

ようやく助け舟を出した。

「な？　探偵なんて大したことは出来ねえんだよ。精々こっちが出来るのはドブ浚いだ。シャーロ

48

ック・ホームズに憧れてんなら余所へ行け。パイプ一本から人間の何がしかが分かってたまるか」

「……別に僕はホームズを求めて来たわけじゃないんです」

「じゃあ何でこんなとこ来たんだ。美大上がりってことはお坊ちゃんだろう。言っとくけどな、こ

こは固定給じゃないぞ」

「――僕は二年前の誘拐事件の被害者です。青岸さんに助けられました」

その言葉で空気が変わった。青岸も姿勢を正して、目の前の男を見る。

「……待て、俺は赤城なんて知らない」

「そうでしょう。二年前は高階昂という名前でした。あれから変な注目を浴びることが多くて、母

方の苗字に改姓したんです。……まあ、見た目も大分違ってますしね」

そう言いながら、赤城が苦笑する。その言葉で、完全に記憶が呼び起こされた。

二年前、青岸は誘拐事件の調査にあたった。とあるローカルファミレスチェーンの経営者の息子

が誘拐された事件だ。

衝動的で短絡的な犯行であり、犯人は身代金の要求の際にヘマをしてそのまま逃亡した。

最悪なのは、犯人が人質である高階昂の居場所を明かさないまま逃げ出してしまったことである。

青岸は犯人の残した僅かな手がかりから高階昂の居場所を割り出さなければならなかった。犯人

の逃亡から一日が経ち、三日が経ち、一週間が経った頃になると、高階昂の生還はほぼ絶望視され

ていた。

しかし、青岸は諦めなかった。生存は絶望的かもしれない。だが、青岸は探偵として依頼を受け

たのだ。割に合わなくてもいい。ただ、見つけてやりたかった。

そうして誘拐されてから十日経ったところで、青岸はとうとう高階昴を見つけ出した。

発見された時の高階昴は酷く衰弱しており、外見も様変わりしていたが、それでも生きていた。監禁されていた地下室には水回りの設備だけはあり、水を飲んで生き延びていたのだ。

生還した高階昴の証言で、程無くして犯人も捕まり、事件は幕を下ろした。この一件では探偵や警察よりも、高階昴の功績の方が称えられるべきだろう。目を覆いたくなるような状況下にありながらも決死の覚悟で生き抜いたのは彼なのだから。

その高階昴が目の前にいる。今度は青岸が言葉を失う番だった。

「聞きました。犯人が逃亡してから、僕の生存は殆ど諦められてたって。それでも青岸さんは僕を見つけてくれた」

「……仕事だったからだ」

それに、まだ十日だった。これが一年なら流石に諦めていたかもしれない。まだ可能性があったから、諦めなかっただけだ。

「その時に思ったんですよ。探偵って正義の味方だなって。青岸さんは、僕の憧れなんです」

正義の味方なんて青臭い言葉を赤城は躊躇いもなく口にした。今時子供だって使わないような率直な言葉だ。一人きりの地下室で地獄のような苦しみを味わってもなお、赤城は立ち直って、こうして青岸のところまでやって来たのだ。

「お前が求めてるようなものはここにはないよ」

「そんなことはありません」

「きっと失望することになる」

「もう一度だけ言います。何でもします。僕を助手にしてください」

ぐしゃぐしゃになった履歴書を差し出しながら言われた言葉に、何故頷いたのだろう。

やたら斜めった文字で書かれた志望動機を、青岸は今でも一言一句覚えてしまっている。

2

とにかくやることがなかった。

意味もなく館をうろついてはノルマのように煙草を喫い、思い出したように小間井や倉早と鉢合わせる。

何だか迷い込んだ猫の気分だ、と青岸は苦々しく思う。

そうこうしているうちに昼食の時間になり、ダイニングルームに向かう。一段重に収められた和懐石は、ディナーとはまた違った趣があって美味い。

これでは大槻の作ったものを食べるためだけに来たかのようだ。けれど、他にすることもないので粛々と餌の時間だけを待つ。昼は誰とも被らなかった。お偉方はみんなどう過ごしているのだろう。この島には案外娯楽が無いのだ。

そうして、食事を終えた青岸がダイニングルームを出た瞬間、悲鳴が聞こえた。

「離して！　誰か助けて‼」

慌てて声のした方へ向かう。すると、小間井がエントランスホールで小柄な女性を取り押さえている場面に出くわした。女性は小間井にがっちりと捕まってもなお、逃れようとして手足をバタつかせている。まるで罠に掛かった小動物だ。

恐ろしいことに、彼女の顔に見覚えがあった。

「いいですか、あなたのやっていることは犯罪ですよ！　然るべきところに訴えますからそのつもり！」

小間井の言葉に、押さえつけられた女性がさっと顔を青褪めさせる。

殆ど泣きそうな声で、伏見弐子が叫んだ。

「私は……私は記者なんです！　伏見といって……どこかに所属しているわけじゃないフリーランスなんですけど……えっと、どんな記事を書いたかとかは申し上げることが出来るんですが……」

弱々しく呟く彼女を見て、思わず舌打ちでもしそうになった。彼女に何かを誤魔化す能力はない。前も思ったが、伏見はジャーナリストにしてはお顔が素直すぎるのだ。

「どうやってこの島に来たのか言いなさい」

「それは……昨日の船で……こっそり……」

昨日の船と言えば、青岸が乗ってきた船だ。

人一人を運ぶには大きすぎるクルーザーだったから、潜む場所ならいくらでもあった。強いて言うなら巡回していた倉早の責任になるだろうが、あの広さなら責められない。

「今まで何処にいたんですか、まさか屋敷で妙なことをしていないでしょうね」

「昨日は行くところが無かったから、あの変な塔に……」

変な塔というのは喫煙塔のことだろう。展望スペースには注意を払っていなかったが、まさかあそこにずっと潜んでいたのだろうか。

「でも、私、昨日から何も飲んでなくて。　近くの井戸は枯れてるし……だから、水だけ貰って出よ

うと」

「窃盗まで働こうとしていたんですか！」

小間井が悲鳴のような声をあげる。それを聞いて、伏見がますます身を縮こまらせた。

「違うんです！　ちょっと、お水だけ……」

「ほう、これが件の」

その時、小間井に呼ばれたのか、階段から常木が現れた。後ろに倉早が控えている。

彼を見た瞬間、伏見の目に敵意と恐れが混じる。

「申し訳ありません、旦那様。まさかこんなことがあるとは……」

「それはいい。その女性は何故そうまでして常世島に？」

小間井の言い訳を軽くいなすと、常木はまっすぐにそう尋ねた。動じない常木に対し、伏見がし

どろもどろな答えを返す。

「実は、天使の集まる不思議な島があると聞いて……それが大富豪である常木王凱氏の島だって聞

いて……えっと、私は記者で……」

「誰から聞いたんだ？」

「えっと、……インターネットから……」

伏見があからさまな嘘を吐く。インターネットに常世島の情報や常木王凱のことが載っているは

ずがない。そんなもので常木は騙されないだろう。このまま問い詰められて本当の情報源を吐かさ

れるのがオチだ。

「……まあいい。来てしまったものは仕方がない」

だが、常木は穏やかにそう言うと、傍らに立っていた倉早に指示を出した。

「倉早。そこの女性にも部屋の用意を」

「よろしいのですか？」

「当然だ。客には違いないのだからな」

「かしこまりました」

一礼する倉早に頷いてから、常木は伏見に向き直った。

「伏見さんと言ったかね」

「は、はい」

床に伏せたままの伏見が少しだけ畏まって答える。

「降臨以降、この世に偶然は無い。少なくとも私はそう考えている」

「……えっと、そう……なんですね？」

「つまり、君がここに来たことにも何か意味があるということだ。この世は今や新たな　理（ことわり）　と共に動いている。もし君がここに来るべきではないのなら、必ずや、天使がそれを阻んでいたはずだ。よって君に罪は無い。常世島が君を迎え入れている」

本来なら無罪放免を喜ぶ場面なのだろうが、伏見はぽかんとしている。青岸だってついていけない話だ。この島に来るべきではないのなら天使が阻んでいた？　馬鹿馬鹿しい。天使は基本的にふわふわ飛んでいるだけの生き物だ。あれに比べればクラゲの方がよっぽど知性があるように見える。

しかし、常木は自分の論理を全く疑っていないようで、意気揚々と話し続ける。

「後で私の部屋に来なさい。詳しく話が聞きたい」

54

「えっと……わ、私でよければ……大した話は出来ませんけど」

毒気を抜かれたような伏見が、おずおずと答える。

「その前に何か食べるといい。それは小間井に任せる」

「は、はい。かしこまりました」

伏見を押さえつけていた手を放し、慌てて小間井が立ち上がる。そして、呆気に取られている伏見を、そのままダイニングルームへと引き摺って行く。常木は何事も無かったかのように、また階段を上がっていった。

その背を見送ってから、倉早に尋ねる。

「なあ、聞いてもいいか」

「どうなさいましたか？」

「どうして伏見とかいう記者をこの島から出さなかったんだろうか。まさか、彼の中ではこの世の全ては天使の思し召しなのか？」

「それについては半分は当たりで、半分は外れです」

「というと？」

「青岸様の言う通り、最近の常木様は全ての物事が大いなる天使の導きであるとお考えになる傾向にあります。株価の増減から今日の天気に至るまで、全ては天使の思し召しなのだと。だから、常木様は何があろうと動揺なさることがありません」

それはなかなか強迫観念的な話だ。動揺しないというのは、ある意味でかなり経営者向きの資質ではあるだろうが。

「それで？　外れの半分の中身は？」

「単純なお話です。四日後まで何があろうと船は来ませんので」

果たして、あっさりと倉早が答えた。

「何故だ。船くらいいくらでも寄越せるだろう。何せ天下の常木王凱だ」

青岸の言葉に、彼女がゆっくりと首を振る。

「この島にはたくさんの天使がいますが——こうして天使たちを定着させるのは、なかなか難しいのです。彼らがどのような意思でもって定住地を決めるのか、そもそも定住という概念が彼らにあるのかが分かりませんから」

窓の外に視線をやれば、そこにも天使が舞っていた。何処に目をやっても天使が見える。窓枠は天使を切り取る額縁だった。

「なので、常木様は船がお嫌いなのです」

「つまりどういうことなんだ？」

「船が発着すると、天使の何体かは船について島を出て行ってしまうんです。理由は分かりません。習性のようなものでしょうか。それに気づいてからは、常木様は必要最低限の回数しか発着を許さなくなりました。それどころか、この近くを船で通りかかることも禁じています」

「それは——……」

それは、もう妄執の域じゃないか。

続く言葉を言っていいか迷って呑み込んだものの、倉早は言葉の続きを聡く察したようだった。

主人の天使趣味の過剰さは承知しているらしい。船について行くといっても、精々数体の話だろう

56

に。

「俺は後から来た。そのぶんだけ余計に船を出さなくちゃならなかった」

今回は仕事の都合がつかず、青岸だけは他のゲストより後の船で来た。それは常木にとっては耐え難いことだろう。

しかし、倉早はたおやかに笑うだけだった。

「それを顧みないほど、青岸様を呼び寄せたかったのでしょうね」

さっきの話を聞いた後だと、裏返しの期待が恐ろしかった。そうまでする目的が分からない。だが、もう逃げ場はない。

「にしても、今夜は特別な催しがあるんだろう？　いくら天使の思し召しとはいえ、招かれざる記者は邪魔なんじゃないだろうか。下手に何かを見せたら記事にされかねない」

「それについては問題が無いかと思います。彼女の記事を載せるメディアはもう無いでしょうから」

倉早は静かに言った。

「同じようなことが前にもあったんです。常木様の周りを探っていた記者が、突然会社をクビになり、持ち込んだ記事も突き返されるようなことが。彼女の記者人生は終わったも同然です」

そういうことか、と青岸は思う。何もこの島で彼女を叩きのめす必要はないのだ。あっちに戻った後、改めて伏見の人生を握り潰していけばいい。彼女がこの島に滞在することは思し召しとして認めるだろうが、それはそれとして制裁はきっちり受けさせるだろう。

伏見の顔と名前はすっかりバレてしまった。せめて偽名でも名乗っておけばよかったのに。倉早

の言う通り、常木からの圧力を撥ね退けてまで、彼女の記事を載せようという媒体があるかどうか。

「それでも発表くらいは出来るだろう。今はどんな人間だってインターネットに記事が載せられる時代だし、常木に不当な圧力を掛けられているということまで告発してしまえば」

「何の後ろ盾もない人間が潰されるのは早いですよ」

倉早はさらりとそう言った。今まで、常木の近くで同じような事例を嫌というほど見ていたに違いない。

「決定的な証拠を握られていないと、いいえ、握られていたとしても、常木様はどうとでもなります。それに、彼女が島にやって来ている以上、欲しがるような情報は絶対に出しません。常木様はそういう方です」

言い過ぎたと思ったのか、倉早が気まずそうに目を逸らす。この温和なメイドの目にも、常木王凱は容赦のない人間として映るのだろう。

もしかしたら、青岸は伏見の名前を常木に報告するべきだったのかもしれない。まさか、こんなことになるなんて思わなかった。結果的に、そちらの方が傷が浅かったかもしれない。たった一人でこんな島までやって来るほど、彼女が常木に抱く疑念は大きいというのだろうか。

もし伏見が突飛な行動を起こしたとしたら、その責任の一端は青岸にある。そう思うと、更に一段階気分が落ち込んだ。

3

昔のことを思い出す。

ある日、事務所にやって来ると、ソファーの上で見知らぬ女がくつろいでいた。上はパーカー、下はスウェットのコーディネートは、率直に言ってくたびれた部屋着にしか見えない。伸びっぱなしの髪は腰のあたりまであり、前髪はヘアバンドで上げられている。広い額と丸い目が相まって、迷い込んだリスのようだった。

「なんだ、お前は」

「どうも。……真矢木乃香です。名字嫌いなんで、木乃香って呼んでいいですよ」

彼女はそれだけ言うと、手元のタブレットで動画を見始めた。イヤホンを接続していないので、音が垂れ流しになっている。

目の前の状況が分からず、赤城が来るまでずっとそこに立ち尽くしていた。

あとから悠々と出勤した赤城は、全く動揺する風でもなくあっさりと「新しい従業員ですよ」とだけ言った。

「はあ？　お前、何勝手に決めて……」

「歩合制でもいいって言ってますし、これは本人の社会復帰の為でもあるんです。マイペースに通ってもらって、段々慣らしていく形で」

「ちょっと待て、あんな子供みたいなのに何が出来るってんだよ」

「彼女はホワイトハッカーです」

「なんだよホワイトハッカーって」

「探偵なんだからそういう方面の知識も無いと駄目でしょう」

木乃香は話をしている二人をまじまじと見つめている。その目は不安と訝しさが同居していて、見つめられていると何だか落ち着かなくなった。

「この子、青岸さんを頼ってきたんです。……ちょっと、その、いろいろやらかしてしまって。行くところがなくて。本人は反省していますし、能力を生かせるところで働けたらって」

「しかもこいつ前科持ちかよ！」

「クソブラック企業の求人広告にほんとのことを載せてやっただけ。あいつらが過労死万歳って思ってるのはほんと」

木乃香が不満げにそう呟く。

「ね、正義の味方っぽいでしょう。前科はともかくとして」

「ハッキングして求人広告を書き換えることがか？」

「どうせ僕みたいなのを入れちゃったんですから、一人も二人も同じですよ」

「それがお前の目指す正義の味方かよ」

「ええ、そうです。正義の味方はチームを組むものなんです」

結局、青岸は真矢木乃香を受け入れた。

弱冠二十歳のホワイトハッカーである彼女の腕は確かによかった。その分野に詳しくない青岸を、木乃香は綺麗にカバーしてくれた。こうして自分では手の届かない分野に精通している仲間がいれば、今まで解決出来なかった事件にも手が届く。

たとえば、とある高級レストラン宛てに執拗に繰り返されていた殺害予告のメールの発信元を、木乃香はあっさりと特定してみせた。そして青岸たちが現場に向かい、実際に犯人を確保して警察に突き出した。木乃香がいなければ、この事件は解決出来なかっただろう。

「ほら、私がいてよかったでしょ」

子供のように胸を張って木乃香がそう言った時は、生意気だなと思いつつも素直に賞賛した。すると木乃香は年相応の顔になって照れてみせるので、案外上手くやれそうだと思った。従業員を増やすのも悪くない。

それからも、赤城はどこからか従業員を見つけてきた。

刑事を辞めて放浪していた嶋野良太をスカウトして、機動部隊に据えたり。ストーカー被害に悩み、事務所に相談に来た大企業秘書の石神井充希をスカウトして、渉外担当に据えたり。どんどん変化していく青岸探偵事務所は、所長の青岸だけを置き去りにしているようだった。

「ここに来てどうするつもりだ」

「どうというわけではないんですがね、よりよい自分になりたいと思ったんです」

事務所にやって来たばかりの嶋野はそう言った。柳のように痩せた身体と柔和な笑み、それに野暮ったい眼鏡は元刑事よりは元教師の肩書の方が似合う。

「どうして警察を辞めたんだ？」

「警察も一枚岩ではなくてですね。僕の思っている正義とそちらさんの正義が相容れないところもありまして。価値観の相違あいいによる退職を」

「いや、違うか。そういやクビになったんだったな。何やったんだ」

「そうですね。夜な夜な新人を賭け麻雀に付き合わせる同僚を殴って」

「価値観の相違ってのはオブラートか」

「どうでしょう。見栄かも」

「また前科持ちか……」

青岸が言うと、嶋野は大袈裟に肩を竦めて「いや、ついてません。示談です」と言った。それで喜んでいいものか分からない。そのまま嶋野は朗々と続ける。

「正義がなされよ。天は落ちるがよい。たとえ天が落ちようとも正義はなされよ」

嶋野には引用癖があり、それが有名なラテン語の名句であることを青岸は後で知った。また厄介なのが来たな、というのが第一印象だった。

次に来た石神井にも、青岸は同じことを尋ねた。

「ここに来てどうするつもりだ」

「まだ分かりませんけど、昨日より少しだけマシなことをしようかな、と」

「ちなみに前科は?」

「あら、あるように見えます? 今まで生きてきた三十四年で、捕まったのはゲームの中だけです」

石神井は華やかに笑って言った。彼女はこんな寂れた探偵事務所にいるよりは、女優でもやっていた方が似合いそうな美女だった。ストーカーの一件は解決したものの、結局秘書は辞めてしまったらしい。無理もないだろう。予想外なのは、赤城がそんな石神井をここにスカウトしたことだった。

「私ね、結構諦めてたんですよ。世の中にはどうにもならないことがあって、私はそのどうにもならないものに足を摑まれちゃったんだって。でも、本当に事件が解決したのを見て、あるのかなって思ったんですよ」

「何があると思ったんだ？」

「正義です」

正義です、正しいこと。石神井が丁寧に言い添える。

「多分役に立ちますよ。私もこう見えて秘書として長く働いてましたし、敏腕だって言われてました。ところで、この事務所って車ありますか？」

「無いな。必要ならレンタカーだ」

「そうですか。車さえあれば役に立てると思ったんですけど」

「運転が得意なのか？」

「いえ。ペーパードライバーです。探偵事務所に所属出来たらカーチェイスとかがやってみたいですね！興奮してきました！」

カーチェイスも石神井充希も断ろうとしたのだが、結局赤城に丸め込まれた。後から思い返すと先見の明はあったのだが、あの頃の青岸にとっては狂気の沙汰でしかなかった。

赤城が連れてくる人材には共通点があった。一つ、色々な理由で元の職場にいられなくなったりで、居場所のないはぐれ者。二つ、それでいて各々が青岸探偵事務所に必要な優秀な人材であること。

そして最後に、誰もが『正義の味方』という赤城の理念に大真面目に賛成していること。

青岸だってその言葉に絆された一人だが、それでも驚きの方が大きかった。この世界で大真面目に正義がどうとかを語れる人間は珍しい。少し前の青岸なら、絶対に反りが合わないと言っていただろう。こんな場末の探偵事務所から世界をよくしようなんて夢見がちが過ぎる。

気づけば、青岸探偵事務所のメンバーは青岸を含めて五人に増えていた。

それだけじゃない。赤城は様々なところに人脈を繋いでいった。

本来探偵とはあまり相性がよくないはずの警察や、医学的な助言を得る為の医者の伝手や、人探しなどに実力を発揮する商店街の情報網など。赤城は洞察力があるとか、推理が得意であるわけではなかったが、こういう人と人を繋ぐことには異様に長けていた。

青岸の探偵活動にも徐々に幅が出るようになっていった。今までは受けられなかった難しい依頼も引き受けられるようになったし、手の届かない事件も解決出来るようになった。

たとえば、銀行での立てこもり事件だ。犯人との交渉なんかどう考えても探偵の仕事じゃない。けれど、赤城がわざわざ自分と人質の交換を申し出たお陰で、青岸が出て行く羽目になった。この時ばかりは赤城を雇ったことを後悔したが、どうしようもなかった。赤城昴はそういう男だった。

犯人との交渉には石神井があたり、その間に青岸が犯人の本当の目的と、銀行に仕掛けられた爆弾のことを明らかにした。木乃香の力を借りて銀行に忍び込み、人質の解放に一役買ったのは嶋野だった。嶋野はその身に似合わないほど俊敏な動きで機動部隊に相応しい役割を果たした。結局、この事件では一人の死者も出なかった。

赤城の独断専行を叱ったものの、聡明なる青岸焦は、自分たちが首を突っ込まなかった場合に被

64

害がどれだけ大きくなったかも理解していた。　銀行には六十人あまりの人間がいて、諸共死ぬはずだったからだ。

「本当にすいません。次からは青岸さんに一言宣言してからやります」

「せめて『一言相談してからやります』だろ」

青岸は呆れたように呟く。思わず笑いそうになったのを堪えるのに必死だった。派手な大捕物を演じたこともある。とある殺人事件を解決した青岸だったが、あろうことかその犯人は近くにいた人間を人質に取って逃亡を図ったのだ。

今までの青岸なら、その時点で警察に一切を任せていただろう。自分の失態を悔やんでも出来ることがないからだ。

だが、赤城は近くを走っていたスポーツカーを強引に止め、どうにか借りることに成功した。当然のように乗り込む嶋野たちに促され、青岸も助手席に乗り込む。

「私の出番が来ましたね！」

運転席に陣取った石神井が高らかにそう宣言する。本当に彼女のカーチェイスを見る羽目になるとは思わなかった。快適なドライブとは言い難かったが、少なくとも犯人には追いついた。

青岸一人では解決出来なかった事件も、そもそも関わろうとしなかった事件もある。今までより、青岸は『探偵』をしている。

そのことは素直に喜ばしかった。これで赤城の言う『正義の味方』とやらに近づいているのかは分からなかったが、活動が充実しているのは確かだった。

『青岸焦』の名前が知れ渡る度に、赤城は諸手を挙げて喜んだ。その様子を見ているのが気恥ずか

しくて、ややぶっきらぼうに青岸は言う。

「何がそんなに嬉しいんだ。給料が上がったことか」

「焦さんが探偵としてどんどん世間に見つけられることですよ」

「俺自身の能力が上がったわけじゃないけどな。それに、お前の人脈だの木乃香の技術だののお陰だし、嶋野の方が断然動けるし、石神井は……まあ運転はアレだが……。何にせよ俺は手を借りてるだけだ。俺の力じゃない」

「そんなことないです。だって僕らは勿論、三船（みふね）刑事も、宇和島先生も、みんな焦さんのことを認めて協力しているわけじゃないですか。凄いのは僕らじゃなくて焦さんですよ。そもそも、推理をしてるのは焦さんですし」

赤城は本心から言っているようだが、そうは思えなかった。確かに推理をしているのは自分だ。

だが、最近の青岸は探偵として推理をすることと、事件を解決することはイコールではないのだと知ってしまった。自分一人で推理は出来ても、事件そのものを一番ベストな形で終わらせられるのは周りのお陰だった。

それに、周りが協力してくれる理由だって的外れだ。赤城が作った人脈に青岸が上手く乗れるのは、偏（ひとえ）に赤城が青岸のことをよく話すからだ。

赤城は、青岸焦がどれだけ優れた探偵で、自分をどんな風に救ってくれたかを屈託なく話す。その所為で、周りは青岸に対しある程度のいい印象を引きずったままコミュニケーションを取ってくれる。その時点で青岸は少し下駄を履かせてもらっているわけだ。

それは自分の力じゃなくて赤城の力なんじゃないのか。その思いが拭えなかった。ややあって、

青岸は言う。

「……お前がここに来て、ちょっとは世界がマシになってるかもな」

それは青岸なりの最大限の感謝の言葉だった。

あの時に赤城を受け入れてなければ、ここまで事務所は大きくならなかった。助けられる人や解決出来ることが増えたのは、赤城が来たからだ。

赤城なら、この言葉を聞いていつものように無邪気に喜ぶだろうと思っていた。しかし、そうはならなかった。

赤城は呆けた顔をしたまま、静かに涙を流し始めた。それがあまりにも予想外だったので、青岸まで呆然としてしまった。大の大人が二人して見つめ合っているのは異様で、戻ってきた石神井がげらげらと笑ったのを覚えている。

そうして、青岸探偵事務所は世界の片隅で正義を目指していた。

4

夕食時は、昼とはうって変わって盛況だった。

ダイニングルームに一同が会すると、やはりかなりの緊張感があった。

貴族の食事にしか使われなそうな十二人掛けの長テーブル、その中の八席が埋まっている——即ち、この館にやって来た八名全員が夕食の席に揃っていた。

寛容なことに、招かれざる客である伏見にもちゃんと席の用意があった。青岸の向かいだ。気ま

ずいことに隣の席は宇和島だったので、出来るだけ大人しくしていようと決める。

給仕に入っているのは小間井と倉早で、大槻の姿はない。恐らくは厨房にいるのだろう。

小間井が全員にワインを注ぎ終えた後、グラスを掲げた常木が挨拶に入った。

「この度は常世島にようこそ、皆さん。今回の滞在では楽園の如き待遇を約束しましょう。その一環がこの宴席です。あなた方は天使に拒まれることなく常世島の地を踏むことを赦された選ばれし方々。老い先短い年寄りの道楽に付き合う酔狂な皆さんに、天使の加護あれ。乾杯」

乾杯の音頭に合わせて、青岸もワインを飲み干す。上等なものなのだろうが、味はよく分からなかった。それよりも、さっそく運ばれてきた前菜のトマトと山羊乳のスープなるものの美味しさの方が理解出来る。この絶妙な塩梅のスープを、玄関先で煙草をふかしていた不真面目な男が作っているというのが不思議だ。

「いや、実に美味い！　流石は常木氏だ！」

そう言って雰囲気をぶち壊しながら食べているのは、代議士の政崎だった。全体的に小柄で、鼠（ねずみ）のような印象を受ける男だ。左手に持ったフォークには柄までソースが飛んでいるなど、妙に食べ方が汚いので、不快なハムスターのようにも見える。

「楽しんでいただけて何よりだ」

「いつ来てもここの料理は素晴らしい！　私も色々なものを食べてきたが、常世島での食事が一番だ！　常木氏は食材のなんたるかを分かっている！」

逐一感嘆符を付けながら、政崎が常木を持ち上げる。ここで褒められるべきは常木ではなく作っている大槻なのだが、その点は全く頭にないようだ。

68

それ以降も、政崎はことあるごとに常木を褒め、天澤を褒め、周りを持ち上げることに終始していた。その様子から、何となくこの集団での力関係が窺い知れる気がする。お喋りで周りに媚びる立ち回りの男。

それに対し、争場は大人しかった。最低限の受け答えだけをして、場を読むことだけに集中している。朝食の席であれだけ穏やかに親しみやすく話しかけてきた男とは思えなかった。この集団の中にいる時は、あまり喋らないのだろうか。

そうして周りを観察しながら食事を続けていると、不意に常木が話しかけてきた。

「時に、青岸さん」

今まであれこれ話をしていたゲストたちが、それに合わせてぴたりと会話をやめる。目の前の金目鯛のポワレに集中していた青岸は、うっかりフォークを取り落としそうになった。

「何でしょう」

「……こうして見ると、やはりあなたのオーラの特別さには目を見張るものがある。この島にやってきて何か感じるかね。天使との絆の高まりは？」

思わず「は？」と訝しげな声が出そうになった。天使趣味は知っていたが、いきなりオーラだの何だのを言われても対応出来ない。天使との絆とやらも感じないどころか、この島で見る天使はやはり小汚い異形の化物でしかなかった。当然、オーラのことも全く感知していない。

「常木さん、まだ青岸さんはこの島の強い天力に慣れていないんじゃないでしょうか。感度の高すぎるアンテナだからこそ、天使のアウラを無意識にシャットダウンしているのかもしれませんね」

呆けている青岸を見かねたのか、天国研究家の天澤が口を挟む。正直、天澤の言う天力も天使の

69

アウラも同じくらい訳が分からないのだが、それを聞いた常木が「なるほど、天使のオーラと波長が合っていないというわけか」と訳知り顔で頷くので、引き続き黙っておいた。居心地がどんどん悪くなっていくが、天澤以外に助け舟を出してくれそうな人間はいない。ややあって、常木が再び口を開く。

「先ほどは不躾な質問を失礼した。改めて尋ねたい。青岸さんは探偵として、降臨をどう捉えている？」

今度は比較的答えやすい質問だった。しかし、慎重に答えなくてはいけないことに変わりはない。少しだけ迷ってから、どうにか答える。

「……えと、そうですね。あまり一口には言えませんが。人間はまだまだ天使のことがよく分かっていないわけで。あれがどういうものかを判断することも難しいんじゃないかと」

「ほう、なるほど」

「常木さんは降臨に対して肯定的のようですね」

遠回しにそう言ってみるが、答えは分かりきっていた。船の件といい、乾杯の音頭といい。常木は降臨肯定派どころか完全に天使信者だ。案の定、常木は破顔しながら続ける。

「ああ、私は素晴らしいものだと思っている。事務所で美しさを知ったと言っただろう？　天使がよくやってくるという理由でこの島を買ったくらいだ」

それを聞いて、面食らった。この島は元々所有していたわけじゃないのか。

だとすれば、常木の天使信仰は想像よりも重度だ。青岸にはいよいよ理解出来ない。目の前に座る伏見も、分かりやすく動揺している。

70

「私はね、天使がこの世界を少しだけ楽園に似せたと思っている。このまま天使が人間を見守っている限り、悪人だけが淘汰されていく。そう思わないかね」

「……いや、どうでしょうね」

青岸は注意深くそう答える。

「何故だ？　殺人を犯すような罪人が地獄に堕ちていくのだから、世界はよくなっていくはずだろう。現に世界の殺人事件の被害者の数は減っているのだから」

「ええ、まあ減ったは減ったでしょうが……。悪人だけが裁かれ、善人が救われる仕組みにしては、この世は穴が多すぎる気がします。それに、善人だって地獄に堕ちないわけじゃない」

たとえば『牧師造薬殺人事件』という出来事があった。とある牧師が天使降臨にいたく感銘を受け、自分で薬を調合して信徒に配り歩いた事件だ。

牧師はそれを奇跡の妙薬と称し、万病に効くと触れ回った。しかし、薬を配ってから程なくして惨劇が起こった。最初に薬を貰った主婦が身体の悪い子供たちに薬を飲ませ、それを飲んだ子供が死んだのだ。主婦はルールに従い、地獄に堕ちた。

それを皮切りに、薬を飲んだ者が次々に体調不良を訴え始め、やがて牧師は主婦の後を追うように一つがなく地獄に堕ちた。

のちの調査にて、牧師が配っていた薬に水銀が含まれていることが発覚した。どうして人間にこんなものを配ろうとしたのかを訝しむほどの毒だ。

それを、彼は特効薬だと信じていた。三日三晩月の光を浴びせ、抜け落ちた天使の羽を粉にしたものと混ぜ合わせた水銀は、身体の中をまるごと殺菌することが出来るのだという。最終的には六

人が彼の薬で死んだ。

地獄に堕ちた牧師は人格者だったらしく、彼に救われたという人間が多かった。

ここで重要なことは一つ。『本人が有毒だと思っていなかった場合でも、他人に水銀を飲ませて殺せば地獄行きである』という単純な事実だ。

誰かを救えると思い込み、清貧を貫いて薬を作り続けた彼は悪人だっただろうか。

そうではない、ただ彼は馬鹿で罪深いだけだった。そういう人間が道を誤ることを止められない時点で、この世界には不備が多すぎる。

「そうか。面白い」

常木は静かに呟き、一心に青岸のことを見つめている。

常木王凱は、事務所で話していた時よりもずっと得体の知れない雰囲気を湛えていた。彼の天使趣味は青岸の理解を遙かに超えている。お互いの間には、確かな理解の溝がある。今の一連の質問で量られているものが何かすら、青岸には分からないのだ。ややあって、青岸は観念したように言った。

「正直なところを言ってしまえば、探偵なんてもんと天使の裁きはかなり相性が悪いんですよ」

「探偵と天使は相性が悪い。それは一体どうして？」

「そりゃあ、犯罪が無くなれば探偵もお役御免ですから」

わざと露悪的な風に言って、常木の反応を見る。

だが、彼は不快さを示すこともなく、むしろ青岸の言葉を面白がっているかのようだった。

探偵は天使と相性が悪いはずだが、赤城昴は天使降臨に際してもずっと楽観的だった。

赤城は不貞腐れる青岸に向かって、人好きのする笑顔を浮かべたまま、明るく言ってのけたくらいだ。

「これでもしかしたら世の中がよくなるかもしれませんよ」

降臨が始まり、大体のルールが把握された直後にはもう、そんな期待を懸けていた。

「あの薄気味悪い連中に何を期待してんだ。生きた人間を地獄に引き摺り込んでるんだぞ、ありゃ悪魔だぜ」

青岸がうんざりした顔で言うと、赤城は少しだけ顔を顰める。あの過剰な裁きには思うところがあるのかもしれない。殺人は赦されざる罪だが、生きたまま焼かれる様は、凄惨だし残酷だ。

けれど、赤城はまた笑顔を見せて言った。

「もっと単純に考えましょうよ。少なくともこれで連続殺人は無くなるんですよ。それだけでもいいことです。死後の世界があるって知った人たちはいいことをしようって思うでしょうし」

「どうかな。地獄に引き摺り込まれんのは見たが、天国があるかは分かってないんだろ」

「ありますよ。善人がいるんだから、天国は絶対にある」

そう言う赤城には全く躊躇いがない。

そんな赤城の姿は、ここに来たばかりの時を思い起こさせる。あまりにまっすぐで、見ていることちらが恥ずかしくなる。けれど、彼のそういうところが無ければ、青岸は一緒に働こうとは思わなかった。

「……第一、このまま行くと俺らが食いっぱぐれることになんぞ。いいのかよ」

「いいじゃないですか。探偵が仕事をしなくていい世界は平和な楽園ですよ。　楽園でも犬とか猫は迷子になりますから。それを探せばいいじゃないですか」

「それだけで食っていけるかよ」

「もしあれなら、みんなで独立しましょう。ご飯屋さんでもやって……」

「そうなったらお前が一番最初にクビだな」

「え!?　なんでですか!?」

「美大上がりなんか一番要らねえだろ」

「えー、そんなことはないですよ。看板とかチラシとかタダで描いてもらえるありがたみ、実際やってみないと分かんないってことか—」

赤城が唇を尖らせて、あれこれやってみたい店の話をする。

正義の味方が平和に飯屋か、と思ったものの、赤城の語る未来の話はそう悪くなかった。

この世の不道徳を全て天使に任せ、お役御免の夢を見ていた。

「意外だ」

常木のその言葉で現実に引き戻された。　慌てて常木の方を見る。

「意外ですか」

「ええ、意外だね。青岸さん自身もそう思うだろう。自分が未だ天使に心を預けていないことが」

その言葉にぞくりと背が粟立つ。

せっかく美食に喜んでいた胃が重くなり、喉の奥が鳴った。　素知らぬ顔をして、青岸は答える。

「……さあ。そうでもありません。人間、そう簡単には変わらないので」

「私は変わった。明確な変化が起こったよ。天使が私の人生をよりよい方向に向かわせてくれたんだ」

「というと?」

「……実を言うと私は二年前に大きな病を経験してね。死を強く意識したんだ。その時にだね、啓示を受けたのだよ。神は人を受け入れる場所を作ってくださっているが、その場所に辿り着く為には資格が必要なのだ、と。病から立ち直った私は、天国にアクセスする為に天使に心を開くことを決めた」

「天使に極限まで近づいたものなら分かるはずだが、君は——」

常木は更に何かを畳みかけようとした。青岸も微かに身を固くする。けれど、常木はすんでのところで言葉を呑み込んで、穏やかに言った。

はあ、と青岸は気の無い返事をする。死に際にそういうスピリチュアルな方面に目覚める例は珍しくない。この世界には天使なんてものが降臨してしまっているから、余計に影響されてしまったわけだ。しかし、彼はそれが世界の真理であるかのような顔をしている。

「……いや、ここで議論しても始まらない。今は食事をいただこう。答えはすぐに出る」

「答え?　何のですか」

「勿論、青岸さんの一番知りたいこと、天国の有無だ」

そう言って、常木が再びグラスを掲げた。それが何かの合図かのように、各々も会話を再開する。

その仕組まれたかのような態度は不穏だった。しかし、ここまで来たら逃げるわけにはいかなか

った。天国の有無、と常木ははっきり言った。つまり、そのはったりを利かせるに足る催しが何か

しらあるということなのだ。

それからは食事をしながら、青岸もぎこちなく食事を再開する。

た。昔の話を振られた時は、適当に躱した。青岸探偵事務所について彼らに語ることなんて無い。

そうしてぎこちない夕食が終わると、この館にいる全員が地下のホールに移動させられた。

5

地下のホールは石造りになっていて、どこかシェルターのような雰囲気を思わせる。『せっかく

だから作ってみました』といった雰囲気のホールには必要以上の照明が焚かれており、それが却っ

て不気味だった。奥の方には小部屋が二つほどあり、そちらは本当に倉庫として使われているらし

い。

「ここで何をするんです？」

そう尋ねたのは、いつの間にか合流していた大槻だった。後片付けもそこそこにやって来たあた

り、彼も催しが気になっていたのだろう。一見不躾な質問にも拘わらず、常木は笑顔で答えた。

「皆さんに見ていただきたいものがあってね。ここにいる皆さんは同じ奇跡を共有するに足る絆が

ある。そうだろう」

常木の言葉に対し、政崎や報島が媚びたような薄ら笑いを浮かべる。ここに何か絆があるとは思

えなかった。

「何を見せていただけるんですか？」

争場が落ち着き払った声で尋ねる。この中で最も天使に関心が無さそうな上に、常木に媚びるような様子も見られない。

「争場くんは天使にはあまり興味が無いようだが……天国についてはどうかね」

「いやあ、私は天国ともあまり縁が無さそうな不信心者なので。こちらから距離を置いている形です。あると知れたら少しは生活態度を改めるやもしれません」

「素直でよろしい。なら、今日出会う天使は争場くんの生活習慣を変えるトレーナーになるかもしれない。……この比喩は少し俗に寄り過ぎか？」

「ということは、我々は秘蔵の天使にお会い出来るんですか？　慣れないことを言うものじゃないな」

政崎が右手に嵌めた腕時計をさすりながら、すかさず持ち上げる。何が素晴らしいのかも分からない薄っぺらい言葉だ。こっちもこっちで大して天使には興味が無さそうだ。落ち着きがない。

「そうだ。私はその天使こそが我々と天国を繋いでくれる架橋であると考えている」

「ほおー……」

政崎は感嘆とも何ともつかない微妙な声を漏らす。前置きはいいからさっさと進めてほしい、と青岸は思う。

この中で一番奇妙な反応を見せているのは天澤だった。天国研究家としてもう少し積極的に発言をしてもおかしくないだろうに、妙に引き攣った顔をしている。この雰囲気や地下室が怖いのだろうか。さっきから手の平の汗をハンカチで頻りに拭い、取って付けたような愛想笑いを浮かべていた。明らかに様子がおかしいが、青岸以外はそのことに気づいていないらしい。そのまま催しが進

行していく。

「最初はこの奇跡にどう向き合えばいいか分からず、拒絶反応を覚えるかもしれない。しかし、これこそが神から我々への歩み寄りなのだ。もしこの天使のオーラに当てられても心配は要らない。私たちはいずれ必ずこの天使のことを理解出来る。溢れんばかりの天力によって！」

オーディエンスの反応なんか気にも留めず、常木は一人恍惚とした表情で語っている。そうしているうちに、小間井が地下室の奥から大きな荷台を押してきた。その上には、布の掛かった箱状のものが載っている。

その箱から、既に奇妙な『声』が聞こえていた。

「何だ、この声⋯⋯」

思わず素の声が漏れた。そんな青岸に対し、常木は笑顔のまま言った。

「さあ、青岸さん。こちらへ。この声がもっと聞こえるところまで」

指名された青岸の心臓が痛いほど跳ねる。嫌な予感がした。オーディエンスの期待を読むことには慣れている。何せ、青岸はずっと探偵として生きてきたのだ。

なのに、何故ここに来るまで、常木の歪な期待に気がつかなかったのだろう。

青岸は促されるままふらふらとその箱の前に立った。箱は何かを察知しているのか、がたがたと大きく揺れ始めている。地下室はおぞましい沈黙に包まれ始めていた。この箱の中に恐ろしいものがいると全員が察しているのだ。

「さあ、小間井。覆いを取りなさい」

常木の声に従って、小間井が覆いを取り払った。

78

そこには美しい銀の檻に閉じ込められた天使がいた。

天使の外見は何の変哲もない。いつもの通り痩せた身体を檻の中に畳み、翼を下ろして這いつくばっている。平らな顔は部屋中に取り付けられた照明を浴びても、何も映していなかった。

唯一特筆すべきところは、天使が絶えず『声』を発しているところだった。

「うううぅ、ゆうううぅ、」

正確に言えば、天使が発しているのは声とも言えないような雑音だった。

しかし、降臨以来天使が羽搏き以外の音を発したことはない。なら、これが初めて確認された天使の肉声であると言われても疑いようがない。

檻の中の天使は自分を見つめる人間たちを順繰りに眺め、またも「うるるぅぅぅ」という声を漏らした。ひく、と青岸の喉が鳴る。感じていたのは紛れも無い恐怖だった。

この化物が意思を持ち、発声を行っていることへの恐怖だ。

「こ、……これは……」

天澤が小さく声を漏らす。その顔に浮かんでいたのも困惑と恐怖だった。天澤は見えない手に引きずられるかのように、天使から後ずさっていく。今にも地下室から逃げ出してしまいそうだ。

周りの反応も大差ない。声を発する天使は、想像したよりもずっと恐ろしい。今にもその天使が神の声を代弁するんじゃないかという、根源的な恐怖。

「どうですか、青岸さん」

その中で、常木だけが恍惚とした表情を浮かべていた。

「どう、とは」

かろうじてその言葉だけを返す。その間も呻き声に似た天使の声は、地下のホールに深く響いて
いた。

「お分かりでしょう、青岸さん。この天使は言葉を喋れるんです。他に言葉を解する天使が発見さ
れた例はありません。この天使は特別なのです」

馬鹿な、と反射的に思う。これが天使の言葉だと無邪気に言えるだろうか？　こんなものは獣の
呻き声と変わらない。

「青岸さん。天使に対して何か言いたいことがあるんじゃないですか」

「言いたいこと、だと」

その時、天使が銀の檻から手を伸ばし、青岸の腕を摑んだ。体温の感じられない、作り物めいた
手だ。しかし、それは紛れもなく生きている。

「忘れたわけじゃないだろう、青岸さん」

常木の声は妙に明るく、調子が外れていた。

「あなたは天使に選ばれたことがあるじゃないか。あれは祝福だった。私は確信している。あなた
は特別な人間なんだ。あなたならその天使と会話が出来るはず！」

「出来るわけないだろう！　こんな……」

摑んでくる手を振り払おうとしたものの、天使の手は少しも離れない。人間を地獄に堕とす時以
外の天使は力が弱いはずなのに。まるで溶け合って癒着してしまったかのようだ。冗談じゃない、
と青岸は思う。これじゃあ逃げられない。

「さあ青岸さん！　天国があるのかどうか、天使に尋ねなさい！　私の言葉は通じなかったが、あ

6

それに合わせるかのように、青岸の腕を摑む天使が一段と大きな声をあげた。

「おい、今すぐこの茶番をやめさせろ！」

「誰に向けるでもなくそう叫ぶ。

なたならきっと」

泣き声にも吠え声にも聞こえる奇妙な音だった。

ぞわぞわと全身が寒気立ち、重力が反転したような気味の悪さを覚える。天使が鳴いた。つるりとした顔面が青岸を見る。

何も映らないはずのその場所に赤城の幻影を見た。それだけじゃない。彼に連れられてやって来た木乃香に嶋野、石神井の姿もだ。それを目の当たりにした瞬間、視界が暗くなった。

青岸が倒れると同時に天使の手が離れた。天使はまだ鳴いていた。

赤城たちの幻は未だに目蓋の裏に居座っていた。片時も忘れたことはない姿だ。

常世島を出ても、青岸はもう彼らには会えない。

天使のいる世界で正義の味方を目指していた理想家たちはもういない。

全員死んでしまった。殺されてしまった。

『たった一人でも多く道連れにしたい』という破滅的な願いの犠牲になって、一瞬のうちに燃えてしまったのだ。

天使が現れ、人間が地獄に堕ちるようになると、殺される人間の数自体は減った。

しかし、前よりも衝動的な殺人事件は起きやすくなった。

——二人殺せば地獄行きなら、一人までなら殺していいのでは？

そんな風潮が、いつの間にか出来上がってしまっていたのだ。

勿論、そんなことが赦されるはずもない。天使の存在は殺人を肯定しているわけじゃない。前よりも活発に活動するようになった宗教団体や、あるいは事態の収束に奔走する政府がいかに殺人がよくないことかを説いても意味が無かった。

連続殺人が起こらなくなった代わりに、その『権利』を用いて人を殺す人間が増えた。折角一人までなら殺せるのなら、殺した方が得なのではないか？　本当におかしな理屈だ。でも、その理屈は人々に納得を与えた。

それに、天使が現れて以降、全ての国が死刑を廃止していた。殺人に対しては地獄行きという罰があるのだし、そもそもこの世界に死刑執行人は存在出来なかった。どんな理由であれ、二人殺せば地獄行きなのだ。この世で連続殺人を裁けるのは天使だけになった。それによってもまた『赦された』実感を得る人間が増えた。

「おいおい、マジで世紀末じゃねえか……」

新聞では殺人事件が日々報道されるようになっていた。犯人の多くは罪の意識すら感じていないようだった。この頃の青岸はまだ殺人事件の調査にあたっていたが、自分の犯行を隠さない犯人や、少し追及されただけで自白を行う犯人が増えた。

そういう時の彼らは「たった一人を殺したくらいで何だというのだ」というような態度を見せる

82

のだった。自分たちの殺人は神に赦されたものなのだ。人に裁かれる謂われはない。

降臨によって世界が正義の方向に向かっているとは思えなかった。むしろどんどんよくない方向に向かっている。

「ずっと収束しなかったらどうなるのかな」

ソファーの上の木乃香が不安そうに呟く。残念ながら、収束のビジョンはまるで見えなかった。

このままこれが倫理のスタンダードになり、地上は天使の決めたルールに制圧される。そうなった時、人間はどんな風に落ち着いてしまうのか。

「大体お前、こんなので怖がるタマじゃないだろ。それともあれか、恨みを買ってる自覚あんのか」

「恨みを買ってる自覚はあるし、私はろくな死に方しないとは思ってる。でも、私が怖いのは殺人より、それ」

木乃香が指さしたのは、一面に報じられている事件——とある会社で起きた爆破事件だった。犯人は勤めていた会社に爆弾を仕掛け、一斉に起爆させた。死者は八名、意識不明が二人。犯人は諸共爆死したはずだが、すんでのところで地獄に引き摺り込まれたという生存者の証言もある。どちらが正確なのかは分からない。天使の短距離走のタイムを知らないからだ。

天使による地獄行きのルールが判明した後、急激に増えたものがもう一つある。

この事件のような無差別テロだ。動機も何も関係なく、人を殺したものは業火に焼かれる。

二人殺せば地獄行き。動機も何も関係なく、人を殺したものは業火に焼かれる。

そのルールを聞いて、別の方向に振り切れてしまった人間たちもいた。

二人殺して地獄行きなら、まとめてたくさん殺すべきなんじゃないか。

どうせ地獄に堕ちるなら、もっと多くの人間を道連れにしてやった方がいいんじゃないか。

まともな発想じゃない。けれど、この発想に至る人間はそもそもがまともじゃないのだ。

地獄に堕ちても構わないほどの殺意を抱いた人間が、最後の瞬間に考えるコストパフォーマンス。

それが大規模な無差別殺人を引き起こす。

色々なパターンがあった。手っ取り早い爆破だけではなく、銃の乱射を行う者もいれば、人混みの中に車で突っ込む人間もいた。毒ガスの噴霧を行った人間も、駅構内で地獄に堕ちるまで鉈を振り回したパターンもあった。

世界中で似たようなことが起こっていた。

誰かを殺さざるを得ない人間は、限られた命を効率よく使うために、一度でたくさん殺す方向へ進化してしまった。それ専用の爆弾が出てきたと聞いた時は、青岸でさえ思わずえずいてしまったほどだった。

「焦さん、私怖いよ」

木乃香が不安そうに呟く。いつも飄々としている彼女が、やけに年相応に見えた。どれだけ木乃香が優秀なハッカーであるとはいえ、まだ二十歳そこそこなのだ。

木乃香の肩が震えているのが分かる。その震えが止まるとも思えないが、思わずそこに手を載せた。床に向けられていた木乃香の視線が、くるりと青岸の方を向いた。

「大丈夫だ」

その目が言葉を求めていたので、何の根拠もないがそう言った。

84

「心配してるようなことにはならねえよ。きっと収まる。赤城のやつも、嶋野のやつも、石神井の
やつも、こんな世界でどうにか正義の味方をやろうと頑張ってる。俺もそうだ」

「……青岸さんも？　見えない？」

「見えないじゃねえよ。お前らの為に雑事だの事務所経営だのしてんのは誰だと思ってんだ。俺は
こういうことする探偵じゃないっつったのに」

それなのに、いつの間にか変わってしまった。赤城に誘われるがままに、青岸も正義の味方であ
ろうとしてしまった。今でも、探偵は正義の味方ではないというスタンスは変わらない。探偵がそ
んなものになれるはずがないとも思っている。

だが、赤城昴が馬鹿なことを言うので、少しだけそちらに舵を取るようになってしまった。なれ
なくとも目指すことだけは正しいのではないかと思うようになった。

「大丈夫だ。お前だって青岸探偵事務所の一員だろ。天才だっていっつも調子乗ってんだから、こ
ういう時こそ胸張れ」

「……私が天才なことと、事件に巻き込まれるのが怖いって話は関係ない」

不満げに呟く木乃香は、それでも少しだけ落ち着いたようだった。

——これじゃ地上が地獄になってるじゃないか。

心の内でそう呟く。天使を遣わせた神様は一体何を考えているのだろうか。こんな道連れを赦す
ような世界で、本当に満足なのだろうか？

一体、地獄は何の為にある？

とにかく、この事態は見過ごせなかった。

自分たちの正義を信じて、青岸たちは非合法に銃などを扱っている人間を摘発することに血道を上げるようになった。そうすれば、その先を未然に防げるかもしれないからだ。

少しでもおかしな動きがあれば現地に行って確認し、実際にショットガンの取引現場を押さえたこともある。新しい爆薬やら何やらが次々現れている状況では焼け石に水かもしれなかったが、やらないよりはマシだった。

その時に追っていたのは、とある爆弾の密輸入だ。延焼性能が高く、犯人が地獄に堕ちてもなお被害を広げる、用いられるには最悪な部類の凶器だ。

「どうも焦さんが当たりつけてたところがペーパーカンパニーっぽいんですよね。明日、僕らが行って見てきます。石神井さんは途中で降ろして、蘇我弁護士のそがところに向かってもらいます。四人とも出ることになっちゃいますけど、事務所はお任せしてもいいですか？」

赤城はてきぱきと資料を捌きながら、真面目な顔をして言った。赤城は出会った頃とは比べものさばにならないほどしっかりしてきていた。連日の仕事でまともに休めていないはずだが、その目はやる気に満ちていた。そんな彼を感慨深く見つめながら、青岸は返す。

「おーお、任せろ。そもそもお前らがいないほうが事務所の風通しがいいぞ」

青岸は事務所に残って、そのペーパーカンパニーが関わっている企業の洗い出しをする役割だった。怪しい取引が無いか、妙な動きが無いか。世界が変わっても、犯罪が関わっているところのキナ臭さは変わらないし、青岸が育んできた探偵の直感はこういう時にも役に立つ。木乃香が怖がっはぐくっ

86

ていたのもあって、絶対に犯人を挙げてやると決めていた。

それにしても妙ではあった。死のうと思っている人間がどうやってこういった非合法の取引に辿り着くのか。車で人混みに突っ込むなどの初期に比べて、悪意がどんどん先鋭化している。追い詰められた人間が、そこまで害意を煮詰めることが出来るものだろうか。

そこで青岸はとある可能性に行きついた。

この流れに乗って利益を得ている誰かがいるのではないか。死のうとしている人間に近づき、爆薬や銃などの『手段』を提供することで利益を得ている存在がいるなら、この一連の傾向にも説明がつく。病人に棺を売るような話は想像するだにおぞましいが、もしこのラインが確立していれば、安定した商売になるのではないだろうか。

「ちょっと、焦さん。めちゃくちゃ顔色悪いですよ。最近全然休んでないからですかね」

よほど思い詰めた表情になってしまっていたのか、赤城から心配されてしまった。推理にもならない想像をして酷い顔になっていたらしい。

「馬鹿か。お前らの方がよっぽど動いてるだろ。それに、俺はこういうのに慣れてる」

「僕らだって、もうここに来て三年近くになるんですよ。それなりに様になってきたでしょう」

「まだまだだっての」

赤城が笑う。その声を聞くと、ささくれ立っていた心が少しだけ和らぐ。

その時不意に、赤城が真面目な顔になった。

「焦さん、ここに僕たちを迎え入れてくれてありがとう」

その言葉は、別にその日だけの言葉じゃない。

赤城は自分が死ぬと分かっていてあんなことを言ったわけじゃない。

一緒に働くようになってからというもの、赤城は折に触れてその言葉を口にした。聞いているこちらが恥ずかしくなってしまいそうな、ストレートな感謝の言葉を。

だから、そうだ。

翌日はよく晴れていた。天使が飛び回るのには適さない晴天だ。天使のいない空を見て、何だか妙に嬉しく思ったのを覚えている。

長らく自前の車を持っていなかった青岸探偵事務所だったが、忙しく全国を飛び回るようになってからは念願の所用車を導入していた。

車は石神井が選んだ。出会ったばかりの頃から車のことを気にしていた彼女は、とうとう買おうとなった時に息急き切ってカタログを持ってきた。

「まさかこんなに早く車が持てるなんて思いませんでしたよ！ 青岸探偵事務所に来て本当に本当によかったなぁ〜」

そう言う石神井は本当に幸せな顔をしていた。

「よかったことがそれでいいのか」

「いえいえ、日々幸せは感じてますし、やりがいを覚えてますけど、それはそれですよぉ」

最終的に選んだのは水色で五人乗りのボックスカーだった。

お前のじゃなくてみんなのだぞ、という青岸の呆れた声に「だから青にしたんですよ」と返して

きたのが忘れられない。ともあれ、納車の日に石神井は嬉し過ぎて吐いていた。はしゃぎすぎだ。

あの日のことに話を戻そう。車庫から四人の乗った車が出た。運転していたのは石神井で、助手席には赤城、後部座席には木乃香と嶋野が乗っていた。

事務所の前の交差点に差し掛かったところで、それは起こった。

信号を無視した白い車が勢いよく走り出てきたのだ。石神井たちには避けようもなかった。水色の車体が勢いよく弾き飛ばされ、轟音が響く。その音で、青岸は窓に駆け寄った。直後、ガラスが震えるほどの衝撃を感じる。誰かの悲鳴が遅れて届く。

世界から音が消え、こわい、という木乃香の声だけが青岸の脳内に反響していた。怯えるのも無理はない。その光景は、青岸の想像よりも数倍恐ろしかった。

ぶつかってきた白い車が爆発したのだ、と把握した瞬間に、青岸は事務所を飛び出していた。二台の車は火に包まれていて、どうなっているのかすらよく分からない。助けなければ、と思った。

「木乃香！　赤城！　嶋野！……石神井！」

名前を呼ぶ。返事はない。炎に包まれた車内の様子が分からない。あの中に人間がいるという事実を、頭が拒絶する。泣きたくも無いのに涙が溢れてきた。泣くなんて最悪だ。これじゃあ本当にあいつらが助からないみたいじゃないか。

その時、白い車の下が炎に負けないほど緋い光に染まる。天使の腕が伸び、何かを引き摺り込んでいく。引き摺り込まれるものですら原形を留めておらず、だらりと伸びた舌だけが微かに動いていて、間に合った、と反射的に思った。

『犯人』は、死ぬ前に地獄行きになったのだ。

天使の裁きは公正に為された。死んで逃げることを赦さなかった。

それを目の当たりにすると同時に、恐ろしいことにも気づいてしまった。

転手は地獄に堕ちた。二人以上殺したのだ。　突っ込んできた車の運

ようやくサイレンの音が聞こえてくる。消火活動が始まるのを待たずに、青岸は燃える車に突っ

込んでいった。炎に巻かれるのにも構わず、扉を開けようとする。この中にいる人間のうち、二人

は死んでしまった。なら残りの二人は？　まだ助かるのか、まだ生きているのか。

そんな青岸の身体を押し返したのは、天使だった。

光にたかる虫のように、数体の天使が車に張り付いていた。天使はつるりとした頭を青岸に向け、

これ以上青岸が近づけないようにしてしまう。いつもは飛んでいるだけの天使が明確な意思を見せ

るのは初めてだった。

「なんだ、なんだよそりゃ、お前ら……そこに何があるのか知ってんのか」

天使は答えない。天使の翼や肉が焼けていくが、彼らが苦痛を感じているようには見えなかった。

ただ、炎を受け入れ捲かれている。

「おい！　クソ天使ども！　邪魔すんならお前らが救え！　助けろよ！　おい！　頼む、助けてく

れ！　そいつらは何も悪いことはしてないだろうが……」

必死にそう叫びながら、頭の端でこう考えてもいる。　──何でもする。助けてほしい。今まで天

使に悪感情を持っていたことを反省する。これから毎日祈りを捧げてもいい。散々天使に反感を抱

いていたはずなのに、この期に及んで縋ってしまう。こんな風に、最も大切なものが焼かれようと

していれば、もう駄目だ。青岸のそれまでの人生なんか消し飛ばされてしまう。

90

「いやだ、やめろ、頼む、ゆるせ、赦してくれ」

涙声でそう繰り返す。

何でもするから。何もしていないのに。そこにいるのは、この世で最も地獄とは縁遠い人間たちなのに。

しかし、天使は燃え盛る車の中から、みんなを助け出してくれはしなかった。

ただ、肉を焼け焦がしながら、車に張り付いて青岸の方を向いていた。

事件としては単純なものだった。

莫大な借金を抱え、自暴自棄を起こしていたとある男が、白い車に爆弾を積み込み、徐々に速度を上げて交差点で赤城たちの乗っていた車と衝突。歩道にいた歩行者も巻き込んで爆発を起こした。

男が積み込んでいた爆弾は、外国で流行っている『フェンネル』という名前の新型の爆弾だった。プロメテウスが原初の火を入れて運んだとされている、植物の名前に由来する。それは軽量でも爆発力が高いのが特徴で、この爆弾でついた火はなかなか消えなかった。確実に周りの人間を巻き込んでいく。

たった一人で大勢を殺すのに適した爆弾だった。降臨以後に流行ったという、ニーズに合った殺人兵器だ。……青岸たちが、追っていた爆弾だった。

犯人の目論見通り、このテロは大きな成果を上げた。死者八名、重軽傷者六名。爆発の被害を直接受けた青岸探偵事務所の社員四名は、一人残らず死んだ。あまりに凄惨な有様で、最初は誰が誰だか判別出来ないほどだった。

報告は病院のベッドで受けた。青岸も両手に酷い火傷を負っていたからだ。もう二度とまともに指を動かせないという話だったが、それすら気にならなかった。もっと重要なことがある。

四人が死んだ。助からなかった。

あの事務所にはもう誰もいない。

そのことが上手く消化出来ない。

正義の味方になりたいと言っていた赤城も、自分の正義を貫いて警察を辞めた嶋野も、渉外を一手に引き受けてくれていた石神井も、――優秀で頭がよく、巻き込み型のテロに怯えていた木乃香も、全員死んだ。

それも、対象を全く限定しないテロで。

善人も死ぬのだ、という当たり前のことを見せつけられた気がした。

あれだけ人の為に尽くしてきたのだから、何か見返りがあっていいのではないかと思ったのだが、そんなことはなかった。むしろ、普通の人より大分運が悪いことに巻き込まれてしまっている。

車に群がる天使は、何もしてくれなかった。

あれは一体何だったのか。それを熱心に考えていたのは、青岸よりもむしろ周りの人間だった。必死過ぎて周りの様子なんか覚えていないが、人だかりが出来ていたことだけは覚えている。その動画には、燃え盛る車に飛びつこうとする馬鹿な青岸と、それを防ぐように車に纏わりつく天使の姿が映っていた。

事件の一部始終は動画に撮られていたらしい。

拡散されていく動画には、たくさんのコメントがついた。天使が青岸を守ろうと燃える車に纏わりついたのだという意見もあれば、天使の行動に意味はなく、ただそこにいただけだという意見も

92

あった。

あるいは、車内から立ち込める何かの臭いが、天使の好きな砂糖に似ていたのだという意見や、燃える車に故郷である地獄を思い起こさせたのだという意見も出た。

その中で一番我慢ならなかったのは、車内にいた四人を祝福していたのだ、という意見だった。赤城を筆頭に、四人の経歴が晒されていく。木乃香に前科があったとはいえ何処に出しても恥ずかしくないくらい、彼らは善良な人間だった。天使たちが祝福し、天国に昇らせるのに相応しいほどに。それが余計に憶測を呼んだ。天国の存在は確認されていないけれど、彼らは天国に行けたのだ、と無責任に思われてしまった。

そんなもので四人が救われるわけじゃないのに。

青岸はやって来た取材陣にも、軒並み酷い対応をした。話を聞きたいと言う記者を口汚く罵って追い返し、噛みつかんばかりに暴れ回った。

あんなものが天使の祝福であっていいはずがなかった。もし彼らが神に目を懸けてもらえるほど善良なら、どうしてあのテロで殺されなくちゃいけなかったのだろう？　奇跡的に無事でなければ、祝福なんて意味がない！

痛む両手を抱えながら、毎日のように自問して過ごした。

本当に神はいるのか。あの時の天使は何を考えていたのか。何で赤城たちはあんなことに巻き込まれなくちゃいけなかったのか。どうしてあのタイミングで送り出してしまったのか。答えは出ない。天使は窓の外を飛び回り、今日も悠々自適に過ごしている。

そして、決定的なことが起こった。

青岸の両手が何の後遺症もなく、綺麗に治ったのだ。

「神の奇跡ですよ。こんなことはありえません」

ペンすら持てないと言われていた火傷だった。だが、青岸の手には痕すら残らなかった。焼けた皮膚は歪にくっついていたはずなのに、知らない間に別人の手に挿げ替えられたようになっている。

このことがバレて以降、尚更好奇の目に晒された。治らないはずの火傷が治った。それも、まともなリハビリも無しに。古来より、似たような奇跡の逸話には事欠かなかった。

祝福だ、とまた言われた。

こんなものが祝福であるはずがない。単に運が良かっただけのはずだ。青岸の回復力が高かっただけだ。仮に奇跡であったとしても、こんな奇跡を望んでいたわけじゃなかった。

代わりとでも言うかのように、手の完治を持ってきた神は悪趣味だ。もう一度両手を火傷しようと思い、熱したフライパンに手を押し付けたが無駄だった。数秒も耐えられない。あの時、自分がどれだけ必死だったのかと思い知らされただけだ。

事務所は空になり、青岸はただただ呆然としていた。自分が何故探偵なんかをやっていたのかすら思い出せない。正義の味方を目指していた赤城は死んでしまった。それも、身勝手な殺人者による最悪のテロに巻き込まれて。

泥のような日々の中で、青岸は段々とある疑問に頭を支配されるようになってしまった。

はたして、天国はあるのだろうか。あるというなら、最後に天使が纏わりついた四人は、天国に行けたのだろうか。

勿論、神や天使への憎悪と不信はある。彼らが本当に善人だけの暮らす楽園を作ろうとしている

のなら、あの四人が無残に殺される理不尽が起こるはずがない。青岸の中での神は、節穴の目を持った愚かなクソ野郎でしかなかった。

その憎悪を抱えてもなお、天国に焦がれた。馬鹿げた考えだと思っているはずなのに、日を追うごとに天国の存在が頭を離れなくなった。

常木の言葉にのこのこ誘われてしまったのもその所為だ。もし本当に四人が天国にいるのなら、それはせめてもの救いになる。だって、こんな終わりが赦されていいはずがない。

「僕にとって、探偵っていうのは正義の味方なんです。青岸さんみたいに、誰かを助けられる探偵に僕もなりたい」

赤城の言葉が頭から離れなかった。

こんなことを言っていた人間すら迎えられないのなら、天国は一体誰の為にあるというのだろう?

7

気づくと部屋のベッドに寝かされていた。喉がからからに渇いている。時計を確認したが、それほど長い時間気を失っていたわけではないらしい。

「青岸様」

起き上がろうとした時、頭上から涼やかな声がした。

「大丈夫ですか?」

倉早が心配そうにこちらを見下ろしている。いきなりゲストが倒れたのだから、現場はさぞかし最悪な空気になったことだろう。最低の催しではあったが、流石に申し訳ない気分になった。

「……大丈夫だ。悪い。あんなに……取り乱して……」

「当然だと思います。あんなに……目に遭わせてしまい、誠に申し訳ありませんでした」

「倉早さんの所為じゃない。これは俺の問題だ」

「それでも、この館でご不快な目に遭われたのですから私の責任です」

倉早はきっぱりとそう言うと、心の底から辛そうな顔をした。

「……もしかしたら、もう常世島を離れたいと思っているでしょうが……その、迎えの船は来ません。申し訳ありませんが、当初の予定に従って青岸様にはここに滞在していただくことになります」

「……分かってる。そんな顔しなくていい」

彼女を責めるつもりはなかった。まんまと常木に嵌められた青岸が悪かった。あの天使趣味の金持ちは『祝福を受けた探偵』と『呻き声を出す天使』を引き合わせたくてたまらなかったのだろう。オーラがどうとか祝福がどうとか言っていた時点で気づけばよかった。そうして青岸を天国という餌で釣った。あんなことで、天国の在処なんて分かりようもないのに。

それとも、あのまま会話をしていたら、本当に天国についての話が聞けたのだろうか？ そうは思えなかった。常木は本気で祝福とやらを信じていて、天使が青岸に語りかけると思っていたのだろうか？

何にせよ、青岸には天使の言っていることなんて欠片も分からなかった。天国の有無も知れず終(じま)

「俺が天使に祝福を受けた、なんて馬鹿な言いがかりをつけられてること、あんたも知ってたのか」

「……はい。　常木様から聞かされていました。　その所為で常木様は青岸様に凄く興味を持っていて、どうしても常世島に招待したいと……」

「……そうか」

溺息交じりで青岸は呟く。　今となっては知っていてくれる方が気が楽だった。

凄惨な事故。　死んだ同僚たち。　焼けた両手。　天国への飽くなき執着心。

「どうしてこんな世界なんだろうな。　俺にはもうさっぱり分からん。　天使の奴らに聞いてやりたい。何であいつらが死ぬようなことになったんだって」

赤城の言葉を馬鹿げたものだと一蹴しながら、本当は何より焦がれていた。

正義の味方になりたいと真面目な顔で言う美大上がりは、阿呆臭くて眩しかった。

あいつが死ななきゃいけない理由が見当たらない。　最悪な言葉だと思うが、言わずにはいられない。　他に、もっと、死ぬべき人間がいただろう。　何なら青岸でよかった。　あの四人は青岸よりもずっと善良だったのだから。

「だってそうだろ。　あの日誰かが遅刻でもすれば、いや、そうまで言わない。　一分でも出るのが遅れていたら、あいつらは死なずに済んだ。　もしかしたら、犠牲者すら出なかったかもしれない。　なのに神様はなんでそれを見過ごしたんだ？」

解けない謎を抱え、あの日からずっと、青岸は地獄の中にいる。

97

「あの天使は本物なのか」

ややあって、青岸は静かに尋ねた。

「そうみたいです。……その、例の天使の世話は私ではなく小間井さんが行っておりまして。私は

さきほど初めて見ました」

「……あれで言葉を喋れる判定だっていうなら、大分ザルだけどな」

獣のような声を聞いて、常木がショックを受けなかったのが不思議なくらいだ。あんなものでも、

常木には美しく感じられるのかもしれない。何だか常木のことが羨ましくなってしまった。あそこ

まで天使に耽溺出来たらどれほど楽だろうか。

これでこの島に期待していたものは全て掻き消えてしまった。常世島に、青岸が求めていた答え

はない。今すぐにでも逃げ出したいが、船が来るのは四日後だ。あんな醜態を晒して、他のゲスト

の前に出るのを考えるだけで気が滅入る。

そんな青岸の気持ちを察したのか、倉早が言う。

「もしご気分が優れないようでしたら、これからの食事はお部屋にお運びします。この館には本や

映画の用意もございますから、船の到着までお部屋でくつろいでいただくことも出来ますが」

「……ありがとう。考えておく」

彼女の提案も悪くはなかった。少なくとも、これ以上常木たちと顔をあわせずに済む。

「それでは、失礼致します。何か御用がありましたら、内線でお申しつけください」

「ああ、ありがとう」

「青岸様の残りのご滞在が、心穏やかなものでありますように」

倉早が一礼をして出て行った。

一人になると、またもフラッシュバックが襲ってきた。

あの気味の悪い天使の姿も目蓋の裏に蘇ってくる。救えないことに、本気であの天使と対話出来ればよかったと思った。自分が本当に天使に祝福された、選ばれた人間であってくれたら。未練がましいことだ。そんなことで何が変わるわけでもないのに。

――この島にいる限り、心穏やかにはなれそうにない。

絶望に近い気持ちで目を閉じる。

そして、次に目を醒ました時には、常世島が地獄に変わっていた。

第三章　そして、楽園は破られる

1

「青岸様は船に関する事件を解決されたことはありますか？」

常世島に向かう長い船旅の途中で、倉早千寿紗からそう尋ねられた。

「船に関する事件か……」

「ええ。青岸様は名探偵でいらっしゃいますから」

常世島に向かう船は、船というよりは海上を移動するホテルのような趣があり、船上ラウンジには メイドの倉早が常に控えていた。

そのことも一般庶民の青岸には居心地が悪く、身の丈に合わないシャンパンや、退屈凌（しの）ぎの映画を断っているといよいよやることがなかった。島に着くまではスマートフォンも使えるようだが、それで遊ぶ習慣もない。

そんな中で倉早が話しかけてきたのは、ある意味でサービスだったのかもしれない。何をするでもなくぼんやりと洋上を眺め、船に纏わりつく天使に舌打ちをする青岸を見ていれば、何か声をかけなければと思うだろう。倉早に気を遣わせているのだと思うと申し訳なくなり、記憶の中を掘り

起こす。

「……あったな。それも千人以上乗れる派手な船で」

「すごいですね！　よければ少しだけお話を聞かせていただけませんか？」

「俺じゃ上手く話せないかもしれないが」

「いえ、青岸様がよろしければ是非。私、実はミステリーが大好きなんです。……こう言ってしまうと、まるで探偵というご職業を小説の中の存在のように扱っているふうに聞こえてしまうかもしれませんが……」

「いや、本来そういうもんでいいんだ。そうやって解決譚を楽しんでもらった方が、因果な職業も報われる」

サウザンドメモリアル号の殺人事件は、青岸にとっても思い出深い事件だ。事件解決の礼としてさる事業家に招かれたクルーズだったが、あろうことかそこで殺人事件が起きたのである。おまけに殺されたのは招待してくれた事業家その人だった。船上パーティーに珍しく目を輝かせていた木乃香や、意外と社交的に周りと打ち解ける嶋野は特に息急き切って解決にあたった。

「豪華客船に探偵団って」

「探偵団って呼び名やめろ。恥ずかしいだろ」

「そう言って赤城を窘めたのも懐かしい。

「探偵団っぽいですね、焦さん！」

そう言ってこの船上パーティーに参加している数十人が共犯者であるという結論に達した時は衝撃を受けた。そんなはずはないと思ったのだが、何とその数十人の招待客は全くの別人で全員が入れ替わっていたのである。サウザンドメモリアル号の船長まで脅されて協力させられ

ていたのだ。

青岸がそのことに気がついたのは船の旗が救難を求める赤い×印になっていたからだ。『私はあなたの助けを必要としています』という、ヴィクターのサインである。一瞬のうちに掲げ変えられたそれは、脅されていた船長の決死のメッセージだった。船が港に辿り着くまでに企みを暴くのは、確かにそれっぽかったかもしれない。

ちなみに、石神井だけは早々に酔い潰れて事件に一切関わらなかった。蚊帳の外だった彼女は子供のように駄々をこねたが、陸に上がる頃には「でもまあ、私が一番純粋に楽しめたってことなのかもしれませんね」とあっけらかんと言っていた。石神井は正しい。

一連の話を聞き終えた倉早は、少しだけ興奮した面持ちで「素晴らしいですね」と言った。

「秘密の暗号に入れ替わり、そんなに華麗な解決篇が現実にあるなんて。こう言ってはなんですが、少し憧れてしまいます」

「国際信号旗は暗号ってわけじゃないかもしれないが、あれは船長の機転だな」

「それをちゃんと受け取って助けてくれた青岸様は名探偵ですね」

俺だけじゃない、と言うべきか迷った。あの船の事件は他のメンバーも奔走し、みんなで解決したものだ。それを言うなら、ある時期からの事件は全部、みんなで解決したものなのだった。

しかし、それを改めて倉早に言えば、その後に続く顚末も話さなくちゃいけなくなる。当時解決した事件の記憶は鮮やかで大切なものだ。けれど、その全てがあの日の炎に紐付いている。青岸は静かに続けた。

「……そうだな。あの頃は名探偵だった」

その言葉に、倉早が顔を綻ばせる。

「もし青岸様が常世島で事件解決にあたるのであれば、是非とも私を助手に引き立ててください。きっとお役に立ちます」

「そうなると常世島で事件が起こることになるが」

「あ、そうですね……。大変失礼致しました。そんなことは起こり得ません」

姿勢を正して、彼女が続ける。

「常世島はこの世の楽園です。何不自由無い楽しい滞在をお約束致します」

2

「青岸さん！　青岸さん！」

喋る天使との邂逅で最悪の眠りに就いた青岸は、大槻の声とけたたましいノックの音で目が醒めた。入眠の時に勝るとも劣らない最悪さだ。

時計を確認する。時刻は丁度八時になるところだった。――朝食の時間に遅れたからそんなに慌てているのだろうか？　そんなことを考えながら扉を開ける。

大槻は例の縺れたコックコートではなく、灰色のパーカーを着込んでいた。

「……どうしたんだ。　寝坊の件なら――」

「青岸さん、」

そう呟いた大槻の顔は、真っ青だった。

103

「常木さんが殺された」

「…………は？」

「殺されたんだ。殺人事件だよ、青岸さん」

その声は大槻のものとは思えないほど強張っていた。

支度もそこそこに現場に向かった。部屋にはもう全員が揃っているのだという。朝に弱い政崎ですら叩き起こされて、青岸が最後の一人らしい。探偵が一番遅れて登場するのはいかがなものかと自分でも思う。

心臓がうるさく鳴っている。殺人事件。天使降臨以前は、人よりも数倍多く巡り会ってきた言葉だ。

けれど、最近は本当にご無沙汰だった。降臨以後の殺人事件は犯人が分かり切っているものか、大量殺人かだ。探偵に依頼されるような事件は少ない。加えて、青岸自身が探偵として殺人事件に関わるのを避けていたのもある。

それがこの常世島に来ていきなり出くわすことになるのだから、信じられないような気分だった。

殺害現場は最上階にある常木王凱の部屋だった。

彼の部屋は客室の五倍ほどの広さで、もはや部屋というよりはそれ自体が一つの家のようだった。窓からは島の景色が一望出来て、空を飛び回る天使たちの姿もよく見える。

そんな部屋の中央、いかにも高級そうな一人掛けのソファーで、常木王凱が死んでいた。

胸には大振りのナイフが深々と突き刺さっている。血はほとんど出ていなかった。

「心臓を一突き。これが死因です。一撃で殺すことを狙ったのかは分かりません。初撃で死ななければ何度でも刺せせたでしょうし」

検死を請け負っている宇和島が、淡々と報告する。

「このナイフは常木氏の私物で、壁に飾っていたものです。元々は狩猟解体用のもので、よく手入れされていました」

死因なんか分かり切っていた。獣の解体をするような刃物で刺されれば誰だって死ぬ。

この凄惨な死体を見て、現場に集められた一同は、刑場にでも引き立てられたような顔をしていた。

誰もが不安そうに怯えている。

その中で、探偵である青岸だけが一種の特権階級として存在しているかのようで、それがなおのこと落ち着かなかった。

しかし、青岸にはもう選択肢が無かった。求められるがままに口火を切る。

「常木さんが死んでいるのを最初に発見した人は？」

「……私です。旦那様の朝のご支度を手伝わせていただくのは私の役目ですので」

そう答えたのは小間井だった。聞けば彼は、毎朝七時半に主人を起こしに行くことになっているのだという。

「いつものようにノックをして、旦那様のお部屋に入ってみると、ベッドにお姿がありませんでした。不思議に思って客間に参りますと、そこで……旦那様が」

長年仕えていた主人を失った小間井はまるで幽霊だ。精気が無く、あれだけ伸びていた背筋まで丸まっている。

「死亡推定時刻は？」

じっとこちらを見ていた宇和島に尋ねる。　険のある態度は相変わらずだったが、そこは分けて教えてくれた。

「午前零時から午前一時の間ってところだね」

「じゃあ、アリバイが……」

「無い。僕も含めて、ここにいる全員にアリバイが無い」

宇和島がはっきりと言った。

殺害時刻には、全員が自分の部屋に戻っていたというのだ。

時間が時間であるし、青岸だってそうなのだから文句は言えない。

容疑者が揃ったこの部屋が静まり返っているのは、誰も安全圏にいないからだ。この時点で誰かを糾弾しようとすれば、自分に跳ね返ってきてしまう。ここにいる全員が無意識のうちに牽制し合っているのだ。

厄介なことになった、と青岸は思う。あまりにシンプル過ぎて、とっかかりがまるでない。誰にでも犯行が可能であり、現場にも不審なところはない。それでは容疑者の絞りようがない。凶器だって常木王凱の部屋にあったものだ。突発的な犯行なのか、計画的な犯行なのかも分からない。

「私は関係ないぞ！」

沈黙に耐え切れなくなったのか、政崎がそう叫んだ。

「私は、常木氏の部屋に招かれて歓談した後、まっすぐ部屋に帰ったんだ！　私だけじゃない！

天澤くんも、争場くんも、報島くんもそうだ！　まっすぐ帰った。私たちは無関係だ」

政崎はアリバイの意味がよく分かっていないのか、鬼の首でも取ったかのように喋り続ける。近くにいる天澤の顔が微かに歪むのが見えた。

こういうタイプはまずい。他の人間にも無用なパニックを引き起こさせるし、時間とともにどんどんまともに話せなくなっていく。どうやら政崎は相当ストレス耐性が低いらしい。どうにか政崎を宥なだめなければ、と思った瞬間、ずっと黙っていた争場が口を開いた。

「残念ながら、政崎さん。それは道理が通らないように思う」

意外な方向から反論が出て驚いたのか、政崎が目を剥いて唇を震わせる。その隙に争場が畳みかけるように言った。

「僕たちのそれはアリバイになっていないんだ。確かに僕らは一旦帰ったが、引き返して常木さんを殺したのかもしれない。そうなってくると、むしろ僕らの方が怪しいということになってしまうよ。忘れ物をしたとでも言えば、常木さんの部屋に戻るのが簡単なのだから」

流れるような言葉に、政崎がさっと顔を赤くした。一体お前は誰の味方なんだ、とでも言いたげな顔だ。

「……争場くんよ、私たちは社会的な立場を弁わきまえた一角ひとかどの人物ばかりだ。そんな人間が嘘を吐くはずがないだろう」

「ええ、勿論。だからこそ僕たちはちゃんと段階的に、手順を踏んで無実を証明しないと。妙に気負う必要もない。いずれ真実は明らかになるだろうから」

全く理屈の通っていない反論に対しても、争場は冷静に返した。すっかり出鼻を挫くじかれたのか、妙に気

政崎は真っ赤な顔のまま押し黙っている。それを見た争場は小さく頷くと、青岸の方を向いた。

「……と、僕は思うんだけれど。青岸くんの見立てではどうかな。僕たちも等しく容疑者圏内だよね？」

「……あ、ああ。そうですね。この中の誰にもアリバイはない」

「よかった。本職の探偵の前で余計なことを言っていなくて助かったよ」

争場が穏やかに笑う。余計どころか的確な言葉だ。争場が言っていなければ、青岸が同じことを言っていただろう。しかし、旧知の間柄である争場が率先して発言してくれたお陰で、政崎を抑え込むことが出来た。これでやりやすくなる。それが自然と出てきた振る舞いなのか、場の空気を読んだ行動なのか。

「とはいえ、僕は門外漢だ。あとのことは本職の探偵である青岸くんに任せるよ。これからは僕も政崎さんも報島くんも天澤さんも——後ろ暗いことの無い人間は協力して解決にあたろう。いいね？」

政崎が穏やかに言ったことで、指名されたゲストたちが渋々といったように頷く。筋道は立った。差し当たって青岸は、一番引っかかった部分から切り込む。

……争場にお膳立てされた舞台であることは気になったが。

「その飲みの席では何を話されていたんですか？」

青岸の問いに、政崎が、ぐ、とわかりやすく言葉を詰まらせる。

「……大したことはない。世間話のようなものだ。私たちのような人間が腹を割って話せるのは、常木氏と話すのは数少

こうしたビジネスでもプライベートでも信頼の置ける相手とだけなのでね。常木氏と話すのは数少

108

「そうですか」

ない楽しみの一つだ」

どうやら、詳しい内容は言うつもりがないらしい。動揺している政崎のこと、その会合に参加していた天澤や報島も緊張していた。きっとろくな話ではなかったのだろう。逆に争場の表情が変わらないのも薄気味悪い。

「その会合で何かおかしなことはありませんでしたか？　そもそも給仕などは……」

「それは私が担当させていただいていました」

そう言って手を挙げたのは、倉早だった。

「青岸様が意識を取り戻された後、ワインや日本酒などのアルコール類を持ってくるようにとのお申しつけがありまして。以後、皆様がご歓談を終えられるまで私が給仕を務めました。皆さんがお戻りになられたのは午後十一時だったかと思います。変わったことは特にありませんでした」

「終わった後は常木さんの傍から離れた？」

「常木様がもう休むようにと仰られたんです。そこで私は自室に戻り、以後は午前五時まで休んでいました」

話し終えた倉早が一礼をする。残念ながら、彼女のそれもアリバイにはならない。

「この中で、夜中に何か物音を聞いたとか、誰かが出ていくのを見たとかそういう人はいますか？」

誰も口にしない。それを言ってしまえば、逆に自分が疑われることになると分かっているのだろう。こうなると泥仕合だ。魔女裁判の始まりと言い換えてもいい。

案の定、さっきやり込められたばかりの政崎が標的を定めた。

「怪しいというなら、そこの女記者が怪しいだろう」

「はあ？」

指を差された伏見が、露骨に顔を顰める。けれど、政崎の勢いは全く弱まらない。

「この部屋に来たばかりの時も、何やら部屋を探り回っていたじゃないか」

「へ？　え？　そ、そんなこと……記者の性さがですよ！」

「家具をひっくり返さんばかりだったじゃないか。あれも記者の好奇心か？」

「う、いや……」

伏見が突然言葉に詰まる。最後に部屋にやってきた青岸は知らない情報だったが、それは確かに怪しい。

「わざわざここまで来たからには、何か目的があったのに違いない。そもそも、常木氏が放免したとはいえ、彼女は既に不法侵入の罪を犯している。彼女が常木氏を殺したというのが一番辻褄が合うだろう」

「ちょっと待ってください！　私は部屋の外に出るなって言われたから、大人しくしてましたよ。第一、私の目的は謎に包まれた常世島であって、常木さんを殺すなんて……」

「そこまで君が天使に興味があったとは思えない。君の目的は常木氏の殺害だったのではないか ね？」

伏見の顔がさっと青褪める。

おまけに、青岸は彼女が怪しいことを知っている。記者としてあるまじき素直さが痛々しい。元から常木をつけまわし、無理矢理島までや

110

ってきたような人間だ。何かしらで彼を問い詰め、勢い余って彼を殺してしまうという展開も考えられなくはない。むしろ、今の時点でほっきりと動機が分かるのは彼女だけだった。

「……私は、常木さんと、常世島に興味があっただけです。……信じてください」

「なら、今度こそ然るべき処置をするべきじゃないかね。迎えの船が来るまで彼女を拘束し、我々の安全をはかるというのは」

勢いづいた政崎はそのまま大仰な手振りで宣言する。いよいよまずい展開だ。しかし、一方的に攻撃されていた伏見も口を開く。

「……そんなこと言うなら、青岸さんだって怪しいじゃないですか！」

「……は？」

思わず気の抜けた声が出てしまう。

「昨日の催しは気絶するほどショックだったんですよね？　なら、それが原因で常木さんに殺意を抱いたとしてもおかしくないんじゃ……」

あまりのことに青岸の反応が遅れた。ここで俺を売るのか、と思うと逆におかしな気持ちになってくる。笑いごとじゃない。責められた伏見はよっぽど追い詰められているのだろう。天使に祝福された探偵から殺人犯に格下げされた状況の皮肉さといったら！

「じゃあ、お前が殺したのか？　そうか、探偵なら疑われたりしないだろうからな。そういうことか！　いい隠れ蓑を持っているじゃないか！」

単純な政崎はそう言って睨みつけてくる。素直なのはいいことだが、そんなことでよく代議士をやれているものだ。

流石にこの展開は無いだろう――そう思って、反論しようとした瞬間、意外な人物が割り込んできた。

「それは少し乱暴すぎると思いませんか」

ずっと黙っていた宇和島だった。

「確かに青岸さんは常木さんの行動にショックを受けていましたが、それで短絡的に相手を殺そうとするような人ではありません」

宇和島はあくまで冷静だった。それでも、その言葉には裁判官のような毅然とした響きがある。

「人となりを擁護されてもだね。そんなものに何の意味があるというんだ」

「政崎さんも仰っていたでしょう。ここにいるゲストは一角の人物で嘘を吐く人間じゃない、と。同じことです。私と青岸さんは少なからず面識があります。あまり決めつけないでいただきたい。それに、隠れ蓑という言い方もどうかと。青岸さんは誇りを持って探偵という職業についています。

……犯人であるかも判明していない状況で、それを踏み躙るのはどうかと」

宇和島にそう言われ、政崎が言葉を詰まらせる。

「……じゃあ、やはり女記者の方か」

再び容疑が一周してきたことで、伏見が目を剝いている。これじゃあ結局堂々巡りだ。終わらない。収拾のつかない状況に溜息を吐きかける。

状況が一変したのは、その時だった。

バサバサと耳障りな翼の音を立てて、天使が二体部屋の中に入ってくる。外にいる時はあまり気

112

にならなかったが、室内に飛び込んでくるとその大きさに圧倒される。細長い手足を含めれば成人男性とそう変わらない大きさの天使は、率直に言って恐ろしい獣に見えた。

「きゃああああああ！」

天井近くを飛び回る天使を見て、倉早がしゃがみこむ。何で入ってきたのかは分からないが、早く追い出さないと邪魔で仕方がない。すると、飛んでいた天使が不意にはたき落とされた。天使が床をごろごろと転がり、手足を絡ませながら悶える。

「この！……入ってくるな！」

そう叫びながら火かき棒を振り回したのは、天澤だった。床に転がる天使を何度も火かき棒で殴打し続ける。その鬼気迫る様子に、誰も止めに入れない。殴られた天使はそのまま動かなくなった。

そのうち砂に還るだろう。

天澤が肩で息をしている隙に、報島がもう一体の天使を窓から外に逃がす。天使は状況が分かっているのかいないのか、ふらふらと飛び去っていった。

「窓を開けたのは誰だ！」

火かき棒を投げ捨てながら、天澤が怒りの滲んだ声で叫ぶ。すると、報島がびくりと身を震わせた。

「すい、すいません！　いや、ちょっとした出来心で……！」

「出来心？　何が出来心なんだ！」

「だって、常木さんレベルの天使信仰者が死んだわけで、もし常木さんを天使と引き合わせたら祝福が起こるんじゃないかって……」

ますます萎縮したような顔で言い訳を連ねる報島に対し、天澤は更に怒りを募らせた。

「またお前のくだらない『祝福レポート』か？ そんなもので天使を、神を、冒瀆して……！」

「大衆が求めてるのは結局のところそれなんですよ！ 地獄行きなんてうんざりだ、救いを得られる祝福がいい。ちょっと可能性があるなら試してみたくなるもんでしょう！」

報島がそう言うと、天澤は忌々しそうに舌打ちをして、そこで初めて自分と報島以外の人間がいることに気がついたような顔をした。そこはもう青岸の知るテレビスターの姿はなく、決まり悪そうな男が一人いるだけだった。

どういうことだ、と青岸は思う。天澤は天国研究の第一人者のはずだ。この国で一番天使に親しんでいる存在であるはずなのに。さっきの彼は天使を心の底から憎んでいるような――あるいは恐怖しているような――そんな様子だった。思えば、地下室で喋る天使を見た時の天澤も、天使それ自体に拒絶反応を示していたように見えた。

青岸以外も取り乱した天国研究家を見て動揺している。そんな空気を察したのか、天澤は取り繕うように言った。

「……いや、申し訳ない。皆さん。こちらもヒートアップしてしまって。私は、死者と天使を引き合わせるような真似は相応しくないと考えているのでね。そんなもので祝福を引き起こそうとするのは、天使を試しているのと変わらない。そうなれば、神から怒りを買う恐れすらある。第一、常木氏の魂はもう既に天国に迎え入れられているかもしれない……。こちらが妙なお膳立てをすれば……神の迎えを妨げてしまうかもしれない」

そうでしょう？ と同意を求めながら天澤が妙な笑顔を浮かべてみせる。しかし、祝福にも天使

にも明るくない一同は、気まずそうに天澤を見つめ返すだけだった。

天澤の言葉はいかにも言い訳染みているように聞こえる。青岸に言わせれば何が真の祝福だ、というところだ。

床に転がっていた天使の死骸は早くも指先が砂に変わり始めていた。それに合わせて、またも争場が口を開いた。

「やめよう、皆さん。もう考えても仕方がない。このまま議論を続けたところで、誰か一人を吊るし上げるまで終わらない」

争場の目は伏見に向けられていた。天使の乱入でうやむやになっていたが、このまま話が続けば、また伏見を拘束する流れになっていただろう。それを防ぐ為に、争場は強引に流れを切ったのだ。

「そもそも、犯人を捜そうとすることだってナンセンスなんだよ。常木氏が殺されたことは悲劇だけれど、ここにいる私たちがそれを解決しようというのが間違っている」

「争場くん。しかし――」

「それに、もう犯行は起こらないだろうからね」

なおも食い下がろうとする政崎に対し、争場ははっきりと言った。そのまま、争場が青岸を見る。

「そうだね？　青岸くん」

「……あ、ああ。確かに」

促されるままそう答える。なし崩しに説明を引き継がされた青岸は、ゆっくりと言葉を続けた。

「二度目の殺人は起こらない。何せそうなれば地獄行きだ。これ以上の犠牲者は出ない」

青岸の言葉に、争場が頷く。添削するような態度が気に食わない。

「勿論、犯人が地獄を恐れることなく、もう一人を殺そうとする可能性はあるかもしれませんが…

…それならばいっそ我々全員を殺す方法を取るでしょうし」

争場が淡々と言うと、政崎はさっと顔を青褪めさせた。

「馬鹿な！　私が殺される理由なんてあるものか！」

「僭越ながら申し上げますが、ここにいる全員がそう思っていますよ」

政崎の言葉に対し、宇和島がぴしゃりとそう言い放つ。

「だから、私たちが今やるべきことは疑わず、怯えず、この状況を受け入れることだ。三日後には迎えが来るのだから。私たちはただ、考えなければいい」

争場は大仰に両手を挙げながらそう締めくくった。事態は綺麗に収束し、微妙な空気ながらもみんなが落ち着きを取り戻している。表に出る職業でもないだろうに、彼は妙に場慣れしていた。

「大丈夫。罪人は全て地獄に堕ちるんだよ」

争場のその言葉で、この場は収まった。それぞれがゆっくりと自室に戻っていく。

部屋を出る前に、青岸はもう一度死体の周りを検分する。ソファーの近くの丸テーブルには、封の切られたワインや空の徳利、ビール瓶が何本も置いてあり、グラスが十数個も並んでいた。これだけ派手に飲めば、常木がソファーで眠り込んでも不思議じゃない。その胸にナイフを突き立てることは簡単だろう。

他にも何かないかと床を見回す。見落としがないように、家具の隙間までくまなく調べた。そして、ドレッサーの下を覗き込んだところで、あるものが落ちているのを見つけた。

金の飾りの付いた紺色の万年筆だ。

3

警察への連絡は小間井が行った。

概要を聞いた警察は出来うる限り早く常世島に向かうことを告げたが、彼らの出来る限りがどれほどのものか分からない。常世島は長らく常木王凱の小さな国であり、その場所を正確に知っている人間もごくわずかしかいなかった。常世島にただちに向かえる船を見つけるのにも難儀する。そもそも、常木王凱の名前が出た時点で地元警察は関わりたくなさそうな素振りを見せた。

「これでは結局三日後の船が一番早いということにもなりそうですね」

小間井が苦々しく言う。

既に殺人が起きているという事実も大きかった。連絡を受けた警察官は、これ以上何が起こると思っているのですか、とでも言いたげだったらしい。

部屋に戻り、さっき拾った万年筆を回しながら考える。

これは一体誰のものなのか。これを残したのは偶然なのか故意なのか。

そして——常木王凱は何故殺されなければならなかったのか。

手がかりが少ない状況での推理なんて妄想でしかない。万年筆の持ち主を探してもいいが、これも夜中の行動と同じく名乗り出ないだろう。そもそも事件と関係があるかも分からないのに。

今回の空気はいい意味で異様だった。

こうしたクローズドサークル下での殺人事件では、必ず人間関係が破綻し、疑心暗鬼が更なる悲劇を生んでしまうことがあった。

殺人犯と同じ館にいるという前提は、自分が次のターゲットになるかもしれないという疑心を生む。早く犯人を挙げなければ今度は自分が狙われるかもしれない。

しかし、この館のゲストたちは、次の殺人が無いことを知っている。

連続殺人が滅びかかったこの世界では、比較的安心出来る状況だった。自分が無いことを知っている。顧みず二人目を殺す人間はそういない。それほど地獄は恐ろしいものだ。自分が地獄に堕ちるのを顧みず二人目を殺す人間はそういない。それほど地獄は恐ろしいものだ。

本音を言えば、お偉方は「もう一人死んでくれれば」と思っているに違いない。そうすれば、おのずと犯人が分かるし安全も確保される。天使の裁きによって探偵要らずで事件が解決する。

そう、本当にそこまで単純な事件であれば。

それ以上のことを考えようとしたのだが、それにしてもとっかかりがない。

思考の進展のないまま万年筆を胸ポケットに仕舞い、立ち上がる。

それは天使降臨以後の青岸には考えられない行動だった。一人きりになってから、正義の味方を諦めた青岸が探偵として積極的に動いたことはない。しかし、青岸はごく自然に調査に向かっていた。

全員が私室に籠っていると思っていたのに、ダイニングルームは盛況だった。正確に言うなら、政崎が大槻に詰め寄り、倉早と小間井が懸命にそれを宥めているところだった。

118

さっきの狼狽が嘘のように、大槻はけろっとしている。切り替えの早さが彼らしい。そんな彼に向かって、なおも政崎が食ってかかる。

「お前、もう一度言ってみろ！」

「だから、常木さんも死んだことですし、俺は料理やめますわ」

「こんな時にボイコットか！　お前には料理人としてのプライドが無いのか！」

よほどショックを受けているのか、その声は悲痛だった。そんな政崎に、大槻が冷ややかな目を向ける。

「雇い主が死んだのに、どうして働かなくちゃいけないんですか。そもそも、ここで料理するのはリスクが高いし」

確かにな、と青岸は思う。ただ、政崎は全く言葉の意味が分かっていないのか、ますます目をばたたかせていた。

「飢え死にしろっていうのか……！」

「だから、調理しなくてもいい食材とか、あとはワインならいくらでもあるし。千寿紗ちゃんは皆さんの為に働くつもりみたいだし。小間井さんもそうでしょ」

「ええ、私はそのつもりですが……」

小間井が困ったようにそう呟く。

「なら、俺は鍵返します。これで厨房と食料庫の鍵が開けられますし。あ、千寿紗ちゃんに渡した方がいいのかな」

重そうな鍵の束を倉早の手に押し付けながら、大槻が早口で捲し立てる。

「鍵は私も小間井さんも持っています。一応、大槻さんが持っているのがいいかと」

倉早は困ったように笑いながら言った。彼女は雇い主が死んでもなお、この館を守り切るつもりらしい。一方の小間井はどうすればいいのか惑い、視線を彷徨わせていた。こうしてみると、どちらが先輩なのか分からない有様だ。

「大変失礼致しました、政崎様。私は最善を尽くしますが、大槻さんほどの料理は提供出来ませんし、保存食をお出しする形になると思います。ご容赦ください」

倉早に面と向かってそう言われ、政崎が言葉を詰まらせた。そのまま、大袈裟に足音を立ててダイニングルームを去っていく。その後に続くように小間井と倉早も出て行ってしまった。

「まさかこんなことになるとは思いませんでしたよ」

二人きりになったダイニングルームで、大槻が呟く。

「政崎さんもご飯が出てこないってだけであんなにぎゃーぎゃー言っちゃってさ。みっともないよ。そもそも俺が作るのやめるって言ってるだけなんだから、勝手にすればいいのに」

「本当にもう作らないのか」

「だって俺、基本的に料理すんの面倒なんですって。仕事って大体みんなそう思いながらやってるでしょう？　不労所得で暮らしたいでしょう？　たとえ俺が天才であったとしても、そんところは変わらないわけですよ」

「残念だな。ここに来てからは毎日楽しみだった」

青岸が素直に言うと、大槻はきらりと目を輝かせた。

「じゃ、青岸さんだけには作ってあげてもいいですよ。煙草を含めた恩もあるし」

120

「……そういえば、常木王凱が死んだから、この館の禁煙令も解かれたんじゃないか」

「あ、そうかも。じゃー、いっちょあの高級なワインセラーで煙草喫ってやろっかな」

大槻がけたけたと楽しそうに笑う。雇い主が死んだことへの距離感なんてこんなものなのか。ある
いは、大槻がそういう人間なのか。

「で、青岸さんは事件解決するんですか。ほら、やっぱり探偵だし」

屈託無くそう尋ねられて、一瞬言葉に詰まる。ごく自然に調査に出てしまったが、実のところ、

何故こうして解決に動こうとしているのかは分からなかった。天使が降臨して以後、そういう類の
探偵行為には消極的だったはずなのに。逡巡の後、青岸は誤魔化すかのように言う。

「そういうのはやめるべきだって争場さんは言ってたけどな」

「やめろって言われてやめるの悔しいでしょ。あ、だったら俺、助手やりましょうか、助手。あれ
って探偵の横でふわついてるだけでいいんだもんね」

世の探偵助手を全て敵に回すような発言をしながら、大槻がまたも笑う。業務からの解放感が、
大槻を浮かれさせているようだ。

「ねえ、俺、探偵助手やりたいなー、島の大富豪が殺された事件調査って、絶対料理より楽しいっ
すよ」

「お前はミステリーとか好きなタイプなのか。そうは見えないが」

「いやー、探偵に憧れるようなきっかけの一つや二つ、俺にもありますよ」

そう言われても、大槻は単に面白がっているようにしか見えなかった。

「そうだ、昨夜は何をしていた？」

「え？」

「助手志望ならとりあえずアリバイを確認しとかないといけないだろ。何処にいた？」

軽くいなされると思ったのに、意外にも大槻はぴくりと眉を震わせた。瞳に軽い動揺が過っている。

「えー、普通に部屋にいましたよ。青岸さんが倒れた後、俺は後片付けに戻って明日の仕込みをして、そんで午後九時くらいからはずっと部屋でダラダラしてました」

「九時からずっとか？　一歩も出ていない？」

「一歩も出ていない」

「そうっすね。俺は朝昼晩の飯を十全に出す以外のことは求められてないんで。それで適当に寝ましたよ」

いつもの飄々とした様子からは、さっき見せた一瞬の動揺の理由が分からない。それに、頑なに部屋を一歩も出ていないと言い張るのも妙だ。大槻は喫煙者だ。喫煙塔に行く為に、ないし館の外で喫う為に一歩に出た、とは言うと思っていたのに。

眠そうな瞳にはもう何の色も浮かんでいない。じっと見つめていると、大槻がにんまりと笑った。

「それで？　俺は助手試験に合格っすか？」

「合格……はしたかもな。けどな、俺は基本的に助手をとらない主義だ」

「えー、嘘だ。だったら今回からとりましょうよ。俺、旬のものに詳しいから、いざという時に役立つんすけど」

冗談か本気か分からないことを言いながら、大槻が首を傾げる。

どう見ても大槻は何かを隠している。それが明かされない以上、信頼を置くわけにはいかない。

122

どうやって大槻を撒こうか考えていたその時、不意にダイニングルームの扉が開いた。

扉の陰から宇和島の顔が覗いている。この鉢合わせは昨日の朝と同じ構図だ。けれど、今度は宇和島が扉を閉め、さっと逃げてしまった。

「悪い、この話はまた後で」

大槻にそう言い残し、宇和島を追う。追いかけてくるとは思わなかったのだろう。宇和島は廊下の半ばであっさりと捕まった。手首をがっちり摑まれたまま、彼が忌々しそうに言う。

「何。もう僕たちは他人同然だろ」

「そんなこと言ってる場合じゃないだろう。殺人事件なんだぞ。医者と探偵が調査状況を共有しないでどうする」

「調査状況も何も、僕は隠してないよ。今朝みんなに開示したので全部だ。こんな世界でも探偵だけ別枠で立ち回れるなんて思わない方がいい」

「俺だって特別だなんて思ってない」

「じゃあ何かな。焦さん」

昔のように下の名前で呼ばれて、青岸は少しだけ怯む。最後にそう呼ばれたのは、もう何年も前だ。

4

宇和島彼方は、青岸探偵事務所の近くに開業していた医者で、事務所のメンバーではなかったが

調査中には医学的な知見を聞きたいこともあり、そんな時に宇和島は頼りになった。

宇和島も赤城の理念に絆された一人で、世の中をよくしたいと思っていた。青岸のことも慕ってくれていて、事務所のみんなを交えて色々なことを話したものだ。

そんな宇和島との別離は、事件から程なくして訪れた。

「大丈夫？　焦さん」

マスコミの取材で疲れ果てていた青岸にとって、宇和島の見舞いは嬉しいものだった。宇和島は病室に入ってくるなり、泣き出しそうな様子で言った。

「……よかった。　焦さんだけでも助かってくれて。あなたまでいなくなったら……」

宇和島の言葉は本音だったのだろう。けれど、ベッドの上の青岸はその言葉に身を固くした。

「心配かけたな。……色々と」

「いえ。……一番大変だったのは焦さんだろうし。本当は僕が治療にあたりたかったくらいなんだけど。……手、もう平気？」

「問題ない」

青岸はそっけなく言う。この時点で既に手の火傷は大分治ってきていた。医者の宇和島もその異様な治りの早さには気がついていただろう。しかし、自分たちの間に天使の祝福、なんて馬鹿げた考えを持ち出す気にはなれなかった。宇和島はただ「よかったです」とだけ言った。

二人はそのまま入院状況や事務所の対応など、事務連絡と雑談の中間のような話をした。その何気ない会話にも、赤城や木乃香や嶋野や石神井の影がついて回った。故人を悼んでの思い出語りな

124

んかしたくないのに。

そもそも、青岸と宇和島は元々、赤城昴を通して繋がっていたのだ。それを失くした二人は、ど
こか借り物のような会話をしていた。そのことに気がついたのか、宇和島は意を決して言った。

「焦さん。犯人を見つけよう」

元よりこれを言いに来たのだろう。顔は緊張で強張っていたものの、目は復讐に燃えていた。

「……犯人なら地獄に堕ちた。見たよ」

「そうじゃない。『フェンネル』だよ。例の、延焼力の強い小型爆弾。犯人は地獄に堕ちたかもし
れないけれど、奴にフェンネルを売った人間がいるはず。だったら、その人間だって地獄に堕ちて
然るべきだ。そいつを探して、せめて法の裁きを受けさせよう。……お願い。僕に出来ることなら
何でもするから」

宇和島がシーツを掴み、懇願した。

宇和島の言うことは尤もだ。

ネルだった。青岸探偵事務所が憎み、今回の事件に使われたのは、巷で流行っていた例の爆弾――フェン
がフェンネルを入手したのだから、渡した人間が存在するはずなのだ。事件を引き起こした犯人
罪深いのは当然だが、その罪の一端を担う人間がいる。

「このまま放っておけば、きっと同じような被害を被る人間が出てくる。そうしたら、赤城さんた
ちだって浮かばれない。……青岸探偵事務所の人たちは正義の味方なんだよね。だったら、それに
協力していた一人として僕も出来る限りのことをしたい」

宇和島の中ではもう心は決まっているようだった。元より宇和島はそういう人間だ。決めたこと

を絶対に譲らないところは、どこか赤城昴に似ている。それでも、一人で立ち向かうのは恐ろしいのだろう。だから、こうして青岸を誘っているのだ。

正義の味方の最後の一人、探偵である青岸焦を。

本当はすぐにでも手を取ってやりたかった。共に戦うと言って、喪失に震える宇和島を安心させてやりたかった。それが死んでいった仲間への餞（はなむけ）にもなるだろう。赤城が自分の立場なら、間違いなくそうしていたはずだ。

けれど、口が全く動かない。

それどころか、反対の言葉が口を衝（つ）いて出た。

「そんなのは無理だ。あれは表に出られない連中のいい稼ぎ頭だ。俺みたいなのが一人で挙げられるような相手じゃない。もし外国から入ってきたんだとしたらいよいよ追いようがない。俺にほどうにも出来ない」

宇和島は何を言われたのか理解出来なかったらしく、しばらく目を丸くしていた。そんな宇和島に畳みかけるように、青岸は続ける。

「大体、それでどうなる。そんなことしたってあいつらが戻ってくるわけでもないのに」

「……え？　焦さん、それ、本気で言ってるの？」

「本気だよ」

口に出して言ってみて分かった。それが混じりけの無い青岸の本音だった。

青岸と宇和島が手を組んで、奇跡的にフェンネルの流通元を挙げられたとしよう。青岸探偵事務所は戻らない。だが、それで赤城たちが生き返ってくるわけじゃない。自分の愛した青岸探偵事務所は戻らない。どうしようも

126

ないことなのだが、その事実が青岸から全ての気力を奪っていた。

「みんな死んだのに、俺がそんなことをする意味があるか？　辿り着く保証もないのに。そうやってフェンネルを追い続けながら、一生あいつらのことで苦しみ続けるのか？」

「意味って……どうしたの、焦さん。本気でおかしいよ」

「おかしいかもな。おかしくもなるだろ、こんな世界じゃ」

勿論、これが探偵として間違っていることは分かっている。赤城が憧れてくれた青岸の姿はここにはない。きっと失望させるだろう。

けれど、正しさなんて代物は、今の青岸が背負うには重すぎるのだ。自分が感じているよりももっと激しく、もっと切実に、青岸の心は折れている。赤城たちの無念を晴らす為にフェンネルを追う。青岸の大切な仲間を殺した真犯人を挙げる。

以前の青岸なら一、二も無くそうしていただろう。今だって、心ではそうしたいと願っている。なのに、どうしても身体が動かなかった。ただただ、生きるのが怖くて、悲しい。あの車の中で、青岸自身も死んでしまった。

目の前にいる宇和島がじわじわと失望を深めていくのが分かる。まるで繋いだ手を振り払われた子供みたいだ。実際に、青岸は彼を突き放そうとしている。宇和島は今まさに、青岸を――正義の味方の名探偵を必要としているのに。不意に手の火傷がじわりと痛む。それが何かの免罪符になるとでも言わんばかりに。

「青岸さんは正義の味方なんだろう。あんなことを二度と繰り返させちゃ駄目だ」

宇和島は泣きそうな声で言った。

「正義の味方は死んだよ」

その言葉に、宇和島がはっきりと傷つく。それでも、言わずにはいられなかった。

「正義の味方は全員死んだ。もういない」

もしここが病室で無ければ殴られていたかもしれない。しかし宇和島は震えながら立ち上がり、苦しそうな声で呟いた。

「……わかった。もういい。もう二度と、あなたなんかに『探偵』を期待しない」

それきり、宇和島が青岸の元を訪ねてくることはなかった。

宇和島は自分の病院を売り払って姿を消した。

それを知った時は寂しかったが、納得もした。あんな傷を負ったまま、同じ場所にはいられないだろう。青岸探偵事務所の近くにいるのも耐え難かったかもしれない。優秀な医者だから、何処へ行こうと働き口はいくらでもある。そう思えることが唯一の救いだった。

けれど、まさか常木王凱の主治医になっているとは予想していなかった。国内有数の富豪を担当する医者なのだから、開業していた時よりも稼ぎはいいかもしれない。だが、意外だった。人の為に尽くすのを信条としていた宇和島が、たった一人の為の医者になるまでの道程は想像するしかない。ただ、彼の目は出会った時よりもずっと暗い光を湛えていた。

「第一、今更どういうつもり？ そっちはもう探偵なんか辞めたんだろ。あの時立ち上がらなかった人間に何が出来るっていうんだよ」

「あの時はお前に悪いことをしたと思ってる。……赦せないのも当然だ」

128

「ああ。本当にそうだよ。挙句の果てに天国の有無を知るために常世島に来たっていうんだから救えない。天国があれば何か解決するとでも？」

「……そうだな。それで解決出来ると思ってた。今でも天国のことを諦めきれない」

結局、何にも得られないまま、常木王凱まで死んでしまった。宇和島からすれば忌々しいことこの上ないだろう。

「なら、ありもしない天国を追いかけていればいい。いつまでも探偵みたいな顔をしてないで」

青岸の手を振り払って、宇和島が去って行こうとする。あのときの病室と同じ構図だ。けれど、今度はその背に声を掛ける。

「お前もじゃないか」

「はあ？」

「お前だって、まだ俺のことを探偵だと思ってるだろう」

「……何を言っているのか分からない」

宇和島の口元が強張ったように見えた。

伏見と政崎が青岸に標的を定めた時、庇ったのは宇和島だ。あの時青岸は、擁護されたことより、宇和島の中で自分がまだ探偵であることに驚いた。もしかするとそれは政崎のことを言いくるめる方便だったのかもしれないが、それでも宇和島がちゃんと言葉にしてくれたことは青岸の中で大きかった。

だからだろうか。以前の青岸を知りながら、今の青岸を探偵と呼んでくれた人間がいたから、青岸はごく自然と部屋を出て調査を始めたのかもしれない。

赤城たちがいなくなり、正義の味方の名探偵である青岸も一緒に死んだのだと思っていた。

けれどこの島で、宇和島の前で、青岸はまだ探偵なのだ。

「俺はこの事件がまだ終わらない気がする」

青岸の言葉に、宇和島が眉を顰（ひそ）める。

「犯人が次に殺人を犯せば地獄行きなんだよ。それとも、ここには複数の殺人鬼がいて、一人一殺のルールのもとに事件が繰り返されると？」

「そうなるかもしれない。なら、俺みたいな探偵失格でも調べないよりはマシだ。お前もこの事件が気になってるんだろ。犯人を挙げるべきだって」

「常木王凱が何故殺されたのかは気になるよ。雇い主なんだから」

「それに、ここにいる人間は軒並み怪しい。ゲストたちは当然だが、大槻の奴も何か隠してるその言葉が意外だったのか、宇和島が素直に驚いてみせた。

「大槻くん？　何で彼が……」

「少なくとも、昨夜部屋から出たことを隠そうとしてる。常木殺しに関わってるかもしれない」

「……そうか。……なるほど……」

「別に俺を赦せとは言わない。あの時逃げたことが全てだ。ただ、事件を解決した方がいいと思ってるなら、ここにいる間だけでも協力しないか」

宇和島の目が揺らぐ。宇和島だって常木殺しを解決したいのだろう。そして恐らく、宇和島もこの事件が終わらないと思っている。溜息交じりで彼の口が開いた。

「……あの場ではああ言ったけど、僕はあんたが犯人である可能性も捨ててない」

130

「それはそっちも同じだろ」

「なら、僕も昨日の行動を言っておくよ」

明確に言葉にされたわけじゃなかったが、それは申し出を受け入れた証だった。

「僕は基本的に常木さんに呼び出された時にいつ何時でも彼を診る役割だから、決まった退勤時間はない。倒れた青岸さんを診てからは、部屋でずっと過ごしてた」

「ああ、お前が診てくれたのか。ありがとう」

「……それも仕事だからね。昨日僕がやった仕事はそれくらい」

「そこから朝まで一歩も出なかったのか？」

「出ないよ。必要なものは全部部屋に揃ってるし、出る用事が無い。僕は喫煙者じゃないしね」

大槻を意識しているのか、わざわざ煙草について触れている。確かに、宇和島に喫煙の習慣は無かったはずだ。

「青岸さんも、昨日は本当に一歩も出なかった？」

「煙草を喫う気分にもなれなかった」

その答えに納得がいったのかどうなのかは分からないが、宇和島はただ頷いた。

「お互いに何の収穫にもならない話だったね。言っておくけど、僕から話せることはもう無いよ。協力して益になることも特に無い」

「いや、早速一つ頼みたいことがある。俺一人だと門前払いを食らわされるかもしれない」

「門前払い？　二人で行ったって警戒が解けるとは思えないけど」

「警戒云々より、あっちがどういう態度で来るのか分からないからな」

青岸が一人で行っても、気まずさから扉を開けてくれない可能性もある。青岸だって何となくペースの摑みづらい相手なのだ。

「一体誰に会いに行くつもり?」

「伏見弐子だよ。この島にやって来た疑惑の記者だ」

5

伏見弐子の名前を初めて知ったのは、事務所の四人が死んだ、並木通り交差点事件の記事だった。

彼女が書いた記事は、悲惨さだけを強調した煽情的なものでもなければ、天使に傾倒してオカルトに染まったものでもなかった。彼女はただ淡々と状況を整理し、事件のバックボーンを洗い出し、憶測を抜きにして正確な記事を書いていた。

彼女の記事は、使われた新型爆弾『フェンネル』がどれだけ悪質なものであるかを訴え、同じような事件を二度と起こさないよう、犯人がこれをどうやって手に入れたのか、国内にこれがどれほど入り込んでいるのかを調査するべきだと締め括っていた。こういう視点で書かれた記事は珍しかった。

この記事を書く人間は信用出来る、と思った。

実際の彼女は向こう見ずかつ直情的な人間で、どこか赤城昴を連想させるようなところがあった。

だからこそ、青岸は後先考えずにやって来た彼女のことを、どこか信用してしまっている節がある。

132

『あれ？　宇和島先生ですか。どうなさったんですか？』

「すいません、少し伏見さんにお話を伺いたくて」

『分かりました！　今開けますね……』

宇和島とやり取りを交わした後、伏見はすぐに扉を開けた。そんなに簡単に開けていいのか、と思う。仮にも今は殺人事件が起きたばかりなのだ。伏見はいちいち警戒心が足りない。そんなことだから、まんまと青岸と顔を合わせる羽目になるのだ。

「あ、青岸さん!?　うわあ」

案の定そのまま扉を閉めようとするのを、足で強引に止める。伏見はいよいよ追い詰められた顔をして、唇を震わせた。

「いいか、ちょっと話をしたいだけだ」

「す、すいません！　その節は本当に……本当に青岸さんが犯人だと思ったわけじゃないんですよ？　ただ、あそこで疑われてたら完全に私が犯人ってことで決着しそうで……」

「別にその件を責めにきたわけでもない。一旦全部忘れろ。悪いと思うなら協力してくれ」

「…………はい……」

渋々といった様子で、伏見がようやく中に招き入れてくれる。

今朝ぶりに見た伏見は明らかにやつれていた。こんなことに巻き込まれて、途方に暮れているのだろう。ある意味で一番『殺人事件に巻き込まれた人間』らしい姿だった。

部屋は青岸に用意されたものと全く変わらない。この一部屋で生活が完結してしまいそうな豪奢(ごうしゃ)な部屋だ。

らしい。

伏見はベッドに腰掛けたので、青岸はデスクチェアに座る。宇和島はこのまま立っているつもりらしい。

デスクの上にはタブレットの他に、メモらしきものがいくつも載っていた。パッと見て他人に内容を知られないようにする為か、それらは全て日本語ではない言葉で書かれていた。

「どうしよう、私本当に馬鹿だ。きっと全部罠だったんだ。ここの島に呼ばれたのも全部、私に濡れ衣を着せる作戦だったんですよ」

座るなり、伏見はそう言って項垂れた。

「自分の判断でここに来たんじゃないのか?」

「……手紙が来たんです」

伏見が真面目な顔でそう話す。

『常木王凱の罪を暴きたくはないか』って。その他にも手紙には、青岸さんが乗る船の情報と、その船の何処に潜めば見つからないかとかの情報が」

確かにあの船は広かった。青岸一人が乗るには豪華すぎる船だと思っていたが、まさかもう一人紛れ込んでいたとは。

「手紙にはあのメイドさんがどんなスケジュールで船内を見回るのかも全部書いてあったんです。だから常世島に来ることが出来ました」

なら、やはり内部に協力者がいたということなのか。

常木王凱の罪を暴き、告発してくれる人間が常世館の中にいる。

「それで、常木の疑惑……罪って何なんだ。あいつはただの金持ちじゃないのか」

134

少しだけ躊躇った後、伏見が話し始める。

「天使降臨以降、なるべく多くの人間を巻き込んで死ぬのが流行ったでしょう」

「ああ、そうだな」

「それこそ数十件以上起きてるわけですけど……そこに常木王凱が関わっているかもしれないっていう疑惑です」

「何だって？」

「常木王凱の競合企業の上層部が、不自然に事件に巻き込まれて死んでるんですよ。一人二人だったらまだ偶然で済ませられるかもしれないけど、それが八人にもなったら多すぎる」

そう言いながら、伏見が見せてきたリストには、八人の被害者に対応する八つの事件が載っていた。駅での銃乱射事件や、とある会社での爆弾テロ。あるいはレストランに爆弾が仕掛けられた事件など。そのうちのいくつかは青岸も知っている有名なものだった。

「この事件に共通しているのは、用いられているのが機関銃であったり、あるいは爆弾であるところ。特に爆弾は、今流行りの小型で殺傷力が強いもの――『フェンネル』でした」

その名前を聞いて、喉の奥が引き攣る。赤城たちの命を奪った爆弾と同じだ。殺傷力が高く、この爆弾でついた炎はなかなか消えないので、二次被害が広がりやすい。あの爆弾の悪辣さなら、青岸が一番よく知っている。

思わず宇和島に視線を向けると、彼にも微かに動揺が見えた。壁に凭れ掛かる宇和島の身体が、緊張で固くなっている。

「お金を出して手に入らないものなんてほぼない世界ですけれど。それにしても、普通の人間が手

に入れるには骨が折れるものですよ。　特に『フェンネル』は強力であるぶん、手に入れるには伝手か運が要ります」

「まさか、」

「もう何を疑ってるか分かるでしょう？　これらの事件を誘導したのは常木で、爆弾や銃を調達したのは、争場雪杉なんじゃないかってこと。　実際、争場はそういう物騒な稼業に伝手がある。……もしかしたら、あの爆弾自体、争場が開発に携わってるんじゃないかって話も」

この島で話した争場の様子を思い出す。ゲストの中でも理知的で穏やかな、一番話の通じる相手だ。それがあの凶悪な爆弾と結びつかない。

「馬鹿な。飛躍しすぎだ。そもそもあれを開発したのが争場である証拠もない」

ただ、争場ホールディングスの不自然な成長については、青岸も訝しんでいたところだ。傘下事業の成功だけでそんなに儲かるものだろうか、とも。

だとすれば、宇和島の探していた『フェンネル』を作って売った人間は――彼の言う犯人は、争場雪杉だということになる。

青岸が追うのを諦め、然るべき報いを願う宇和島と別離するきっかけになった真犯人。

「マスコミでこの不自然な部分が報道されることはほぼありません。代わりに取り上げられるのは事件現場付近で天使が妙な動きをしたとか、祝福の兆しが見えたとかの話ばっかり。それを書いて一躍有名になったのが、あの報島っていうクソ記者なんですよ」

するとすると編み上げられていくように、ゲストの関係性が明らかになっていく。

「報島司の祝福レポートか。あの天澤斉がお墨付きを出したったっていう」

136

宇和島が補足したことで、更に糸が太くなった。

「祝福レポートってどんなものなんだ？」

「くだらない記事ですよ。天使が死体に寄り添ってたとか、光が綺麗に差し込んでたとかこじつけみたいなものを書き立てて、不幸な事件に巻き込まれた人たちは天国に行ったんだ、とか。みんな天国や祝福が気になって仕方がないから」

その言葉は青岸にも刺さる。大切な者を失った人間は誰しも天国を求めてしまう。報島のくだらないこじつけの記事だって、福音として受け取ってしまうだろう。

「残念ながら祝福レポートは大人気。報島の影響力はどんどん強くなって、記事が表に出ることも多くなって。全部常木や争場に有利な流れが出来上がっていく。ほんっと最悪ですよ。……常木と争場を軸に、こういうビジネスが横行してる。本物の巻き込み自殺に、奴らが殺人を混ぜてる。そ

れが、常木王凱たちの疑惑です」

にわかには信じられない話だった。それが真実なら、常木は悪人であるというレベルの話じゃない。邪魔な人間の行動パターンを把握し、タイミングを合わせて事件を起こす。金で人を雇い、代わりに地獄に堕ちてもら人を殺しても、地獄に堕ちるのはあくまで実行犯だ。金で人を雇い、代わりに地獄に堕ちてもらうのだろうか。それとも、また別のもので強制するのだろうか。

真相は分からない。それでも、探偵の勘——往々にして信じてはいけないものだとされている——

は、常木が罪人だと告げていた。

「だから、私は自分の力で常木を探ろうと思ったの。証拠はない。疑惑はある。なら、足で証拠を集めるしかない」

「……大企業のトップ相手に、そんな力業が……」

けれど、それ以外に何が出来るだろう。一介の記者がテロと謀殺の関係を主張したところで、まともに話を聞く人間がいるはずもない。なら、常木に張り付いて一発逆転を狙う気持ちも分からなくはない。

その時ふと、とある可能性に行き当たった。

天使の為に島一つを買い、異様なまでの天使信仰に傾倒し始めた常木王凱。その熱は病的なまでに高まっている。天国があるのかどうかを気にし、その為に喋る天使を囲って、祝福を受けたと噂される探偵と引き合わせるほどだ。

それが、ルールの裏を掻いている罪悪感の裏返しだとすれば、納得がいく。

彼が天国の有無を知りたがっていたのは──自分がそこに行けるかが気になっていたからなんじゃないか。地獄行きを免れた罪人である自分は、死後どのような処遇を受けるのか。それが怖くて、常木はどんどん溺れていったのかもしれない。

「そういえば、君はどうして常木に目を付けたんだ？ それも君の調査能力？ なら、随分優秀だね」

宇和島の指摘に、伏見が顔を曇らせる。

「……いえ、元々は私が調査していたわけじゃないんです。お世話になっていた先輩記者が、ずっと追っていた案件で。託された私は檜森先輩の代わりに、常木の罪を暴かなくちゃいけないんです」

今までの調査は全部伏見じゃなく、そのベテラン記者が行っていたということらしい。となると、

常木に辿り着くまでの優秀さと、目の前の記者の有能具合にギャップがあるのにも頷ける。伏見は先輩に託された事件を懸命に引き継いでいるわけだ。

「それなら、君の動機ははっきりしてるね」

宇和島がさらりと疑惑を向けるようなことを言う。案の定、伏見は不快そうに顔を歪めた。

「でも私は常木のことを殺したりしてない！　そんなんじゃ、常木の罪を暴けない。今回のことは私にとって最悪の結末ですよ。……あいつは死んで、地獄に堕ちることもなかった」

死んで清算だとは思えないのは、地獄の存在を知っているからだ。常木はもう地獄に堕ちることはない。人間が死後、改めて裁かれるのでなければ。

死後には何があるのだろう。

常木の魂は何処にいるのだろう。

「私は私で、まだ全然諦めてませんから！　どうにかして常木の悪事を暴いてみせます。ここに出入りしているゲストたちは全員が怪しい。一人残らず表に引き摺り出してやる」

伏見は雄々しく拳を固め、見えない敵に突き出すようにしている。その動作に見覚えがあった。

「そうだ。常木の部屋に行った時に何か探していなかったか？」

青岸がそう尋ねると、伏見が分かりやすく狼狽した。

「それは本当に、自分でも調査しようと思ったんですよ！　なんで探偵はあれこれ調べても何にも言われないのに、記者が調べてると文句を言われるんですか？」

青岸だって部屋を調べ、事件に関係しているかも分からない万年筆まで回収している。

一方で気になりもした。伏見も大槻と同じだ。恐らく何かを隠している。

「聞きたいことはこれだけですか？」

伏見が恐る恐るそう尋ねてくる。

「ああ、これで終わりだ。そっちも気をつけて」

それだけ言って引き揚げようとすると、伏見が「待って」と引き留めた。

「……謎を解くつもりなんですか」

青岸はとりあえずそう返す。

「解くも何も……まだ分からないことが多すぎる」

「そうですか。なら私を助手にするのはどうでしょう？　私も一応は記者として動いてきました。

私はきっと青岸さんのお役に立ちますよ」

真面目な顔をしているが、伏見の目には隠し切れない好奇心が覗いていた。

大槻といい伏見といい、館で探偵と殺人とくれば、この状況下でもそういう気持ちが湧いてくる

のだろうか。

「助手っていうほどやることがないんだ、今の段階だと」

「そうですか。……まあ、私のことなんか信用出来ませんよね」

伏見が薄く笑う。単なる思いつきだと思っていたが、この質問で自分自身への疑いを測っていた

のだろうか。

「あの、青岸さん」

「何だ」

「本当に謎、解くんですよね？」

「……何でそんなことを？」

「……私は争場のことを疑っていますし、絶対好きにはなれませんけど……あの人の言うことも一理あると思う。常木さんが殺されたことで、私たちの安全は確保されました。地獄に堕ちる覚悟で人を殺す人間なんているんでしょうか」

ああ、と青岸は思う。伏見は不安なのだろう。青岸が積極的に調査を続けることが、犯行が終わらないことの証明のように見えている。争場の言う通り、この事件自体に蓋をしてしまいたがっている。そんな彼女を安心させるために、青岸はまっすぐに見つめて言った。

「別に犯行がこれからも続くとは思ってない。ただ、常木王凱殺人事件を暴くことで、君の知りたい真実も明らかになるかもしれない。なら俺は探偵として向き合いたい」

半分が嘘で半分が本当だった。犯行がこれで終わるとは思っていない。これは伏見のための方便だ。そして、後半の決意は本物だった。

常世島の殺人事件は、否応なしに過去の因縁と結びついている。あの時青岸が逃げ出したものに繋がっている。なら、挑まずにはいられなかった。天使の祝福を受けた手は、今も憎らしいほどよく動く。まるで、この時を待っていたかのように。

その時、背後からくつくつと低い笑い声が聞こえた。

「何笑ってんだ、お前」

「いえ、別の可能性もあるな、と」

宇和島はそう言って、静かに指を折り始めた。

「今館にいるのは十人。地獄行きを気にせずとも、五人までは殺せる。僕もあなたも、青岸さんも、一人は殺す権利を持っているんだから」

6

「俺の気遣いをあっさり無駄にしやがって」

部屋を出るなり文句をつけたが、宇和島は全く響いていない様子だ。

「あれを言わないのはフェアじゃないかなって」

宇和島の言葉はある意味では正しい。犯人がもし複数人いるのだとすれば、既に犠牲者が出ているというのは安心材料にはならない。彼の言う通り、五人までは死ぬ可能性がある。この館にいる全員が、実は共犯者である可能性の悪夢を見る。

神は何故、地獄行きの基準を二人にしたのだろう。地獄の火で炙り続けるほど殺人を厭っていながら、何故一人目は赦すのだろう。

その手心を解釈しようと、今日も神学者たちは激論を交わしているのだそうだ。いつか死んであの世に行けば、神にその理由も尋ねられるのだろうか。

「それで、本当に事件を解決するつもりなの？　名探偵」

宇和島は伏見と全く同じ事を口にした。わざわざ尋ねてきたのは、伏見に言ったのとは違う言葉を求めているからだろう。

「俺は天国を探しにここに来た」

少しだけ考えてから、青岸は静かにそう言った。

「お前の言った通りだ。天国があると分かれば、死んだあいつらも報われると——いや、違うな。自分が救われると思ってた」

宇和島は唇を引き結んだまま、じっと青岸を見つめている。

「でも、天国の有無は結局分からなかった。そこにこの殺人事件が起きた。殺された男は『フェンネル』を使った殺人に繋がっているかもしれないときた。……なら、この事件を調べることであいつらを殺した『犯人』の正体が明らかになるかもしれない。そうしたら多分、俺は、俺の地獄から抜け出せる」

道路を走る車を見ては、怯えて目を伏せていた時期があった。

「俺の目的は変わってない。自分が救われたいだけだ。俺は俺の為にこの島で探偵をやる」

それは、赤城たちと目指していた正義の味方としての探偵の在り方ではない。しかし、もうそれを受け入れる準備は出来ていた。今度こそ、青岸はあの燃え盛る車の中から自分を救い出さなければならない。

「……分かった。なら、この島の滞在が終わるまではそっちに協力する。どうせあと数日なんだ」

宇和島は殆ど表情を変えずに言った。

「一回逃げ出した探偵がどこまで出来るか見せてみなよ」

「善処する」

この短い言葉をどうにか吐き出すと、宇和島の雰囲気が少しだけ和らいだ気がした。あの病室からやり直せたら、とどうしようもないことを思う。そもそも、過去がやり直せるなら戻るのはそこ

じゃない。

　妙な沈黙が流れた。距離を測りかねているのだろう。お互いにこの三年は長かった。すぐに前のようには戻れない。

「……伏見の言っていたことはどう思う」

　差し当たってそう尋ねてみることにした。宇和島は急に真顔に戻って、少しだけ考える。

「可能性はある。この国に武器が入り込んでいるのは事実なんだ。誰かが手引きしてるんだろうし、その誰かが常木である可能性は否定出来ない。いや、この言い方だと正確じゃないな。僕も伏見さんと同じく、常木王凱を自分の探し求めた犯人だと思っていた」

「お前が常木の主治医になったのはそれが理由か」

　単刀直入に尋ねると、宇和島は微かに笑った。

「これじゃあ伏見さんを笑えない」

「じゃあ——お前は、一人で戦ってたのか」

「そうだね。あの日から」

　よほど酷い顔をしていたのか、宇和島がフォローするように「別にそっちを責めるわけじゃないんだけど」と続ける。

「ここ最近の常木周りの動きは露骨だよ。常木が何かしら関与してるのは間違いないと思う。常世島に定期的に集まっている政崎、争場、報島も。政崎は常木から支援を受けて、常木王凱と政界を繋ぐ便利なパイプ役になってるし、報島は伏見さんの言った通りの役割を担ってる。争場の担っている役割は言わずもがなだ」

144

喫煙塔に付いた煙草の跡が示すように、この会合は幾度となく行われている。

それが仮に次の犠牲者の選定会議だったとすればおぞましい話だ。抜け目のない宇和島のことだから、常世島の会合の周期と、怪しい巻き込み自殺の周期を突き合わせるくらいはしているだろう。

「常木のところで働き始めてどのくらいになる」

「一年と半年くらいかな。ここまで来るのだって大変だった」

宇和島は本気だ。それでいて、まだ常木の悪事が明るみに出ていないのは、決定的な証拠を掴めていないということなのだ。もし確固たる証拠さえあれば、宇和島は何かしら行動を起こしている。

「でも、今回は少し毛色が違ってはいたんだ」

「どういう意味だ？」

「恐らく、常木はこの集まりから抜けようとしていた」

「はあ？　だってこれ、常木が主催なんだろ？　あの男が抜けてどうするんだ」

「この集まり自体を解散させようとしていたのかもしれない。僕ですら分かるほど露骨な動きだからね。常世島での会合も今回が最後のつもりだったようだし」

「待てよ。もし本当に常木が抜けようとしてたら……まずくないか？　少なくとも、関わってた連中は焦るし、止める。常木自身だって危うくなる」

殺されるに値する動機がいきなり出てきてしまった。こうなったら、関わっている誰かが殺してもおかしくない。けれど、そのことに常木が気づかなかったはずがない。

「理屈じゃないんだよ。ついでだからこっちに来て」

宇和島に連れられて向かったのは、常木たちの部屋がある三階だった。お偉方と鉢合わせするのが

嫌で、ずっと避けていた階でもある。その階で常木の次に広い部屋が、宇和島の目的の場所だった。

外開きの重々しい観音扉が二人を迎える。

「随分仰々しい扉だな」

「常木が館ごと買い上げるまでは、小劇場として使われていた部屋らしい」

「小劇場?」

「今は見る影もないけどね」

そして、一歩足を踏み入れて慄（おの）く。

「これで、常木が心変わりをした理由を理屈じゃなく察するはずだ」

そこは、天使の展示室とも言うべき部屋だった。

部屋の中央に据えられているのは、わざわざ作らせたらしい天使の石像だ。少しも美化されていないその像は、痩せた身体の筋の一本一本まで生々しい。ここまでリアルにする必要があったのだろうか？　と思うような出来だ。

現実の天使と違うところがあるとすれば、天使が大仰な槍を携えていることだろうか。豪華な装飾が施されたその槍は、恐らく本当に肉を裂き罪人を貫くことの出来るものだ。

他にも、部屋には天使の写真や、天使を模ったオブジェ（かたど）が大量に飾られていた。悪趣味なことに、天使の残骸と思しき砂までショーケースに収められている。他にも、天使に纏わる書籍や、謎の文様が描かれたタペストリーまである。扉のすぐ横に備え付けられている内線電話にも天使が彫り込まれていた。

額に入った写真の中には青岸の写真もあった。燃える車の前で両手を突き出す青岸を、天使が翼

146

で遮（さえぎ）っていた。加工なのか実際にそうだったのか、天使と青岸の間には光が差し込んでいる。祝福に相応しい美しい光だ。

「……一人で来なくて正解だったな。お前がいなきゃ吐いてたぞ」

「元から常木王凱は天使に愛憎入り混じった感情を抱いていたようなんだけどね。天使を見続けていた所為で、いよいよ耐えられなくなったらしい。天澤に向かって『天国はあるのか』『自分が地獄に堕ちる可能性はあるのか』とよく尋ねてたよ」

「天澤は何て答えてたんだ」

「そりゃあもう。常木が求めるような言葉を」

天澤が行っていたことは常木のマインドコントロールだろうか。天澤がその為に雇われていたのだとすれば、一見あの集団の中で何の役割も果たしていなさそうな男が悠々と振る舞っていた理由も分かる。この世の楽園の支配者は、実質的にはあの天国研究家なのだ。

「……もしかしたら、常木が集団から離れる決め手となったものこそ、天澤斉かもしれないけど」

「どうしてだ。こう言っちゃなんだが、常木王凱は殆ど天澤の信者みたいなもんだろう」

「いや、違う。常木は天澤の信者じゃなく、天使の信奉者なんだ。彼は天澤を通して大使を見ていたんだから、今の天澤は信頼するに値しないんだろう。そっちも見ただろ」

「じゃあ、まさか……天澤は、天使が嫌いなのか？」

火かき棒で必死に天使を殴打する天澤の姿が浮かぶ。

「嫌いというか、怖いみたいだ。元は常木と同じなのかもしれない。天使のことをあまりに見続け

て、人生が呑み込まれてしまった。常木は天使を過剰に愛することで精神の均衡を保ったけれど、天澤はその逆をいった」

「天使が嫌いな天国研究家か。なんとまあ生きづらそうだな」

「僕が天澤の立場だったとしたら、天使が恐ろしくなるのも当然だ。天澤は好き勝手に天使の言葉を代弁し、自分の解釈に拠った『神』を生み出し続けた。いざ死んだ後、天澤はどんな裁きを受けるのか……その点は個人的にも興味がある」

「……そんなに天澤のことが気に食わないなら、さっさと天罰が下りそうなもんだけどな。天使は地獄に連れて行くのが得意だろ」

「さあ、天使の気持ちなんか知りようもない。天澤は好き放題やり過ぎているが、あいつの解釈は天使のお墨付きなのかもしれない」

「いずれにせよ、天澤は天使嫌いを、常木は天使好きを拗らせて亀裂が入ったってわけか」

「常木が天使に入れ込むきっかけを作ったのは天澤だったっていうのに、その本人が天使を嫌いだしたら酷い裏切りに見えるんじゃないかな」

「天澤に引きずられて天使信仰に走ったんなら、天澤が変わった時点で目が醒めそうなもんだが」

「常木王凱は二年前に心臓の手術で生死の境目を彷徨ってる。そのことが大きかったんだろうね。死を意識し始めたら、否応なく死後の世界を考えざるを得ない。それで余計にのめり込んでいった」

「心臓の手術？　そういえば、大きな病気をしたとか言ってたな」

それを聞いて、とある可能性に思い至った。宇和島が青岸の前から消えたのは三年前。主治医と

なって一年半。

「まさか、その手術をしたのが……」

宇和島が静かに頷く。

「それで成功したから、こうして主治医をやっていられたんだ」

「……よく成功させられたな」

色々な意味を込めてそう言う。手術を担当した時には、もう宇和島は常木を疑っていたはずだ。

「殺せないよ。アノディヌスも見守っているんだし」

青岸の言葉の裏を汲み取った台詞だった。

天使のルールが明らかになり、一番混乱を極めたのは医療現場だった。二人殺せば地獄行きなら、手術の失敗はどうカウントされるのか。助けられなかった罪は地獄に値するのか。多くの医者が治療を拒絶し、数名の医師が地獄行きを辞さない覚悟で手術室に入った。どちらが正しいとも言えなかった。

長く続くと思われたこの混乱は、意外にも早く収束した。

各医療機関に例外なく『特殊な天使』が訪れ、壁や天井に張り付いて動かなくなったからだ。ただそれだけのことで、医師たちは落ち着きを取り戻して仕事に戻った。誰かを助けられなくとも、それは罪ではない。それが全ての医療従事者の共通理解になった瞬間だった。人々が天使を見た瞬間に『天使』だと分かったように、そのルールもまたすぐに染み渡った。

医療機関に棲み付く天使は、天澤によって『アノディヌス』と名付けられた。

これは痛みからの解放を意味するラテン語に由来する。アノディヌスは通常の天使よりも更に手足が長く、首を不自然に折り曲げているのが特徴だった。そうして部屋の壁や天井に張り付き、人間の命の瀬戸際を見守るのだ。

あの奇妙な天使の前で、宇和島は仇かもしれない男の命を救ったのだ。

それはどんな気持ちだったのだろう。

「第一、医療ミスを装って常木を殺したって、僕の知りたかった真実には辿り着けない。然るべき裁きを受けさせたい相手は常木だけじゃないんだから」

黙っている青岸を訝しんだのか、宇和島がそう付け足す。

それでも、最初の一人は殺せる。

自分たちはみんなその権利を持って生きている。

「常木の主治医になる為には生半可な功績じゃ駄目だから、そりゃもう本気でやったよ。本気で」

「だろうな。お前はそういう奴だよ」

もう一度、天使で溢れた部屋の中を見回す。青岸には理解出来ないものがたくさんあるが、その

どれもが天国への憧憬に溢れていることだけは伝わってきた。

地上で権力を振るってきた男が、死を前にどう心境を変化させていったのかは想像に難くない。

天澤に飼い慣らされていくうちに、常木は更に天国への思いを募らせていく。同情するつもりはないが、哀れではあった。

「常木が形振り構わず足を洗おうとした理由は分かった。こんな改心で、本当に地獄行きを免れるかは知らないが。……ってことは、更に面倒なことになるぞ」

150

「ああ。常木が手を引こうとしたことに激高した誰かが刺し殺したのかもしれない。それを考えな

くちゃいけなくなるからね。動機は口封じだ」

一転して有力な容疑者が列を成してしまった。段々と常木王凱のバックボーンが明らかになって

いくにつれ、いかに今回の会合が常木にとって危険なものだったのかが分かってしまう。伏見の勘

だってあながち間違っていたわけじゃないのだ。

そこで、ふと思う。

「伏見を呼んだのはお前なのか？」

「まさか。常木が輪から抜けようとしてるのは察してたけど、それでみすみす懺悔を始めるとも思

ってなかったしね。呼ぶ理由がない」

それもそうか、と一人納得する。それに、こう言っては何だが伏見のような他人を協力者に据え

るのは、宇和島のやり方とは思えなかった。

「にしても、お前と伏見の間に何の関わりも無いのに、同じ実業家に目を付けるか？」

「いや、伏見さんと関わりが無いだけで、その上とは繋がってるんだ」

「上？」

「檜森百生だよ。……伏見さんが調査を引き継いだって言っていた相手だ」

「ああ、言ってたな……檜森先輩って」

「彼が最初に常木に疑惑の目を向けて、丁寧に外濠を埋めて、ようやく噂レベルではあっても常木

王凱に辿り着いたんだ。僕は檜森記者と一時期協力していて……」

「それなのに伏見に託したのか？　そいつは今どうしてるんだ」

「死んだよ。都内にある銀行の爆破事件に巻き込まれたんだ。彼は近くにいた子供を庇って、炎に巻かれた」

思わず言葉に詰まる。伏見がぼかした言い方をしていた時点で想像は出来ることだったのに、その事実を突きつけられると込み上げてくるものがある。

伏見が自分の身や手段を顧みずに常木を追っていた理由も分かってしまうのが苦しかった。

言葉を失っている青岸に対し、宇和島は仕切り直すかのように首を振った。

「……さて、結局何も得るものはなかったけど、これからはどうする？」

「得るものが無かったとは言わないが……少し考えをまとめる。このままだと単なる総当たりだ」

「そう。ならここからは別行動だね。何か分かったら共有するよ」

「いいのか？」

「ここを出るまでは協力する。どのみち追うべきものは一つなんだ」

そう言った後に、宇和島は思い出したように続ける。

「あと、この館にはアノディヌスが降臨してないから、大した医療行為は出来ない。そっちが刺されたり撃たれたりしても、助けてあげられない」

「流石にそこまでのことにはならないだろう」

「まあ、僕も容疑者の一人だし。そもそも治療なんか任せないか」

「おい」

「冗談だよ」

ぴくりとも笑わずに宇和島が去っていく。その背を見送って、考えた。

もし常木が伏見の言うような罪人なら、宇和島が常木を殺す理由もあるだろう。それどころか、『フェンネル』に関わっているかもしれない争場に手を掛ける理由もある。

その時、自分はどう止めればいいだろうか。

どう言って止められるだろうか。

7

部屋で考えをまとめていると、控えめなノックの音がした。

「失礼致します、青岸様。よろしければ昼食をいかがですか？」

廊下には、サンドイッチを携えた倉早が立っていた。仕事を放棄した大槻の代わりに、本気で食事の世話をするつもりらしい。その様があまりに健気なので、あとで大槻を説得しようかと思ってしまう。

「……その、味は確かに期待出来ないかもしれませんが、食材の質は妥協しないように、というのが常木様の方針ですので」

「いや、ありがとう。助かった」

慌てて礼を言うと、倉早は嬉しそうに顔を綻ばせた。

「よければ、少しだけお話しさせていただいてもいいですか？　昼食を摂られている間だけでも」

「ああ、勿論。……といっても、話せることなんて大して……」

「そんな。だって、青岸様は探偵ですもの。何か私たちには見えないものが見えていらっしゃるの

「ではないですか？」

　中に入った彼女は、そう言って小さく首を傾げた。

「……なんて、船で言ってしまったことが現実になってしまって、少しばかり気持ちが乱れています」

「そうですね。もし青岸様がよろしければ、私を探偵助手にしてくださいません？　この島に来て一年、きっとお役に立ちますよ」

　落ち込んでいる風に見える倉早を励まそうと、軽口を叩く。

「探偵助手に憧れてるんじゃないのか」

　青岸の言葉を無下にしないためか、倉早は控えめに笑った。

「……まあ、正直なところ、調査自体が助手を必要とするほど捗っているわけでもないが」

「犯人に繋がる手がかりは何かあったのでしょうか？」

　話せる時間が限られているからだろうか。倉早はいきなりそう尋ねた。目には探偵に対する無条件の期待が滲んでいる。出会ったばかりの赤城を思わせるそれに、酷く気後れした。小説の中の探偵のような活躍とはほど遠い。

「……いや、まだ何も。だが、必ず真相は暴いてみせる」

「流石です。青岸様がいらっしゃる以上、心配は要りませんね」

　倉早が明るく言う。主人が殺されて彼女も怯えているだろう。それでも彼女が平常通りなのは、もしかすると青岸がいるからなのかもしれない。なら、自分のような探偵崩れにも価値がある。

「そうだ、この万年筆の持ち主が誰か知ってるか？　常木さんの近くに落ちていたんだが」

154

もののついでに、常木の部屋から持ってきた万年筆も取り出して彼女に見せておく。常木は普段万年筆を使われませんか

「……いいえ。ただ、常木様のものではないと思います。常木様は普段万年筆を使われませんか

ら」

「そうか……」

一歩前進と言っていいのだろうか。どうせあの宴会にいた誰かが忘れていったものだろう。総当

たりする先が見つかっただけでもありがたい。

「皆さんが落ち着かれているのは、やはり天使のお陰なんでしょうか」

サンドイッチを食べている青岸を見つめながら、倉早が静かに訊いた。

「これ以上殺人が起きないっていう前提は安心に繋がるだろうが」

「なら、私たちはやはり天使に感謝すべきなのかもしれませんね」

倉早の目は窓の外、飛び回る天使に向けられていた。

「……ここだけの話ですけれど、私はあまり天使が好きではないんです。あれを遣わした神様のこ

とも」

彼女の言葉が一段階低くなる。

「私、青岸様の気持ちが分かるんです。私もずっと不思議でした。神様が存在するのなら、何故こ

の世に悪人が存在するんでしょうか？　そもそも悪人さえ生まれなければ、地獄に堕とす必要もな

いのに」

「……確かにそうだ」

「それに、この世界には殺人以外にもたくさんの悲劇があります。病も貧困も飢えも――神様はど

うして殺人に対してのみ罰を与え、私たちに救いの手を差し伸べてくれないのでしょうか？」

その問答は、天使降臨以前にもあったものだ。神の存在に折り合いの付け方も様々あって、人間は何故不完全に生まれ、理不尽に苦しみ続けるのか。それに対する折り合いの付け方も様々あって、人間は何故不完全に生まれ、理不尽に苦しみ続けるのか。それに対する折り合いの付け方も様々あって、答えはまだ出ていない。

「だから、きっとここに神様はいません。常木様はここを楽園と呼びましたが、この場所はただ天使を集めているだけのまがい物……」

倉早は独り言のようにそう呟く。それから、思い出したように青岸を見た。

「だから、この島を今守ってくれているのは天使でも神様でもなく青岸様なのだと思います。ありがとうございます」

そんなことはない、と否定しようとしたが、目の前の彼女の瞳があまりに真剣だったので、何かを言うのすら躊躇われた。そのうちに、倉早の目が優しく細められる。

「助手にしていただけなくとも、御用がありましたら何なりと御申しつけください。私も協力します」

倉早が力強く言うのに合わせて、青岸もしっかりと頷いた。

そうして万年筆のことを総当たりしようとした青岸は、いきなり正解を引き当てた。

万年筆を持ちながらのこのこと三階に上がった青岸は、突然飛び出してきた政崎にそれをひったくられたのだ。

「この盗人め！　私の万年筆を何故持っている!?　この……やはりお前が犯人だな！」

156

青い万年筆を胸に押し当てながら、政崎がこちらを睨みつけてくる。

正直な話、一番関わりたくない相手だった。話が通じそうにない上に、ここから何か発展しそうな気配もない。

対する政崎は、まるで子供を奪われた動物のようだ。万年筆は部屋に放り出してあったものだというのに。思わず呆れ声で返してしまう。

「盗人って……」

「盗人だろう！　お前、何処でこれを盗ったんだ」

「神に誓っていいますが、常木さんの部屋で拾っただけです。流石にこんなものを盗まないでしょう」

「拾った？……本当だな？」

「こんなことで嘘を吐きませんよ」

政崎はまだ何か言いたげだったが、やがて渋々「そうか」と言った。釈然としない。

「どうしてこれを見つけたんだ。常木氏の部屋で火事場泥棒でもしたのかね」

「どちらかというと墓荒らしに近そうですが。……調査の最中に拾ったんですよ。一応これは殺人事件なんですから、立場的に調べないわけにもいかない」

「そうか……。探偵だったな、君は」

「一応、こんな世の中でも探偵の看板は下ろしていませんが」

「それでこそこそ調べ回っているのか。……なるほどな」

157

そのまま、政崎がじろじろと青岸のことを眺め回す。ならば私が助手になろう、と言われるかと思って一瞬だけ身構える。だが政崎はふん、と忌々しそうに鼻を鳴らしただけだった。

「事態の収拾に努めるのなら、あれもどうにかしてくれ」

「あれ？」

「常木氏が五千万も払った、あの気味の悪い化物だよ。喋る天使だ」

「ああ……」

思わず溜息が漏れる。あんなものに五千万の値を付けたのかと思うと暗澹たる気持ちになった。

「常木氏が亡くなった以上、あれも処分されるべきだろう。君はそういうのに詳しいのかね。祝福を受けた人間として、天使趣味の人間にたくさん会ってきただろう」

「俺は祝福を受けたことを触れ回っているわけじゃないんですよ」

「だが、そのお陰で常世島にお呼ばれされたんだろう？ 役得だな」

嘲るような口調だった。完全に青岸のことを見下している。常世島で過ごしたかったわけでもない。あんな化物を見せられて喜ぶような趣味でもない。

そもそも、青岸は常木王凱と懇意になりたいとも思っていない。

——お前らと一緒にするな。

そう啖呵を切ってしまいそうになる。だが、ただでさえ事件発生直後だ。出来れば穏便に済ませたい。

「まあ、またとない経験が出来てよかったろう。常木氏がああなってしまった以上、常世島もどう

なるか分からないからな」

何も言い返さない青岸に気分をよくしたのか、政崎が偉そうに言い放つ。

その時、報島が階段を上がってきた。報島は青岸を見てぎょっとした顔をして、露骨に目を逸らした。喫煙塔で会った時とは随分態度が違う。

「おお、報島くん。待っていたぞ」

「ええ、ええ、どうも。あれ、青岸さんはどうなさったんです？」

「いや、……大したことじゃない。政崎さんに落とし物を届けただけだ」

「その通り。さあ、中に入ってくれ」

政崎が報島を部屋の中に招き入れる。そのまま挨拶も無しに扉が閉められた。

ばかりだというのに、何を歓談することがあるのだろう。常木王凱が死んだあるいは、中心人物の彼が死んだからこそ話さなければならないこともあるのかもしれない。

8

夕食前の一服の為に喫煙塔に向かう。すると、今度は塔の近くで大槻と会った。

「奇遇だな。塔まで来るのは面倒だったんじゃないのか」

「面倒っすけど、今日は特別なんで」

「特別？」

そういえば、大槻は塔の中にすぐ入ることなく、周りをうろついていたよう

にも見える。そのまま、大槻が人懐っこい笑顔で言った。

「ほら、喫煙塔に来たら青岸さんに会えるかなって」

「何だそれ」

「実際会えたじゃないすか。ね、それだけでここ来た価値ありますよ」

煙草を燻らせながら言われても、信憑性が欠けている。そんな理由で納得する人間がいるはずもない。

だが、摑みどころの無い大槻の行動を真面目に考えるのには少し疲れてきた。単に仕事が無くなって暇だっただけなのかもしれない。

「ディナーもボイコットか」

「だって、夕食は小間井さんがどうにかしてくれるみたいですし。千寿紗ちゃんも料理上手いんですよ」

「それでもお前が作るのとは違うだろ」

「小間井さんと同じこと言いますね。あの人、作れ作れってうるさいんすよ。夕食を作ったらみんなが喜ぶとか、いいおもてなしになるとか。そんなの当たり前じゃないですか。よく知ってますよ」

「お前はそれを言えるだけの実力があるんだよな。そこは素直に尊敬してる」

「やー、嬉しいっすね。それでも作んないけど」

楽しそうに大槻が笑う。こうしてコックコートを脱いだ姿を見ると、そこら辺にいる大学生のようにも見えた。既にコックコート姿の印象よりも、パーカー姿の印象のほうが強い。

数回息を吸い込んでから、大槻はまだ長い煙草を備え付けの灰皿に押しつけた。

「それじゃ、俺は先に戻りますね」

「もういいのか？　まだ一本しか喫ってないだろ」

その一本だって十分に喫ったようには見えない。義理立てで喫ったような一本だ。

「青岸さんってチェーンスモーカーなんですね。俺は基本的に一本ですよ」

「俺だってそこまで喫うわけじゃ」

「尚更おあいこですよ。お互い舌に優しく生きないとね」

そう言って、大槻は館へ戻っていった。塔の入口を開け、大槻の姿が見えなくなるまで見送る。

そして館の扉が閉まる音が微かに響いた瞬間、青岸は塔を飛び出した。

青岸が来る前に大槻が立っていた場所を探る。あの大槻の様子はどうしたって不自然だ。この場所には何かがある。

そのまま数分探した末に、目当てのものを発見した。

木の根元に煙草の吸殻が落ちていた。しかも、大槻が喫っていた銘柄のものだ。青岸とも報島とも違う銘柄だから間違いようがない。

これをわざわざ探していた理由を考える。吸殻を必要としているとは思えないから、目的はこれの処分だろう。自分の喫っていた煙草の吸殻が落ちていては困るのだ。

これで確信する。大槻は昨夜部屋を出ているし、この塔の近くにも来ている。そしてそれを隠したがっている。後ろめたいことがなければ、わざわざ吸殻なんかを探したりしないだろう。その嘘の吐き慣れてなさには安堵を覚えなくもないが、怪しいことは怪しい。

常世島には謎が多く、誰もが何かを隠している。それなのに、肝心の殺人事件はシンプルで、故に何の推理も赦さない。

遠くで天使の翼の音が聞こえた。天使は屋根を気ままに昇り降りするだけで、死んだばかりの常木王凱を悼む様子も見せない。

それを見ると、やはり天国なんてものはないのかもしれない、と思う。

結局、午後いっぱい動き回ってもこの日に目立った収穫は無かった。

その代わり、神が青岸の無能さに罰を与えるかのように、次の事件が起こった。

162

第四章　やがて、裁きは巡り出す

1

翌日の朝も、控えめなノックの音で目が醒めた。

眠い目をこすりながら時間を確認する。七時半を少し過ぎたところだ。朝食の時間だから、モーニングコールかもしれないとぼんやり思う。そしてすぐに思い直した。昨日も同じことを考えて、同じように裏切られたばかりだ。

「青岸様」

扉の前に立っていたのは倉早だった。しかし、様子が変だ。引き攣った顔は爽やかな朝に相応しくなく、その手が微かに震えている。

「朝から申し訳ありません。どうか、来ていただけないでしょうか」

「どうした。何があった」

そう尋ねながらも、青岸はこの先の展開を察している。彼女がそんな顔をする理由は一つしか思いつかない。

「……政崎様が、殺されています」

倉早が真っ青な顔で言った。

昨日の朝と同じ展開だ。ただ、配役が違う。

常木のパターンと同じく、政崎來久が殺されていたのも彼の自室だった。広さや調度品は青岸た
ちが泊まっている部屋と変わらず、一般的なホテルよりは広い。

その床に、政崎は仰向けに倒れていた。質の良い灰色の絨毯がべっとりと血に濡れている。喉を刺
された政崎の周りには大きな血溜まりが出来ていて、まるで天使の翼のように見える。悪趣味な連
想が止まらない。

政崎の喉には長さ一メートルほどの槍が刺さっていた。細く美しい意匠を施された槍だ。喉を刺
された政崎の周りには大きな血溜まりが出来ていて、まるで天使の翼のように見える。悪趣味な連
想が止まらない。

酷い光景だったが、それよりも疑問が先立った。

何故連続殺人が起きているのか。

天使がいるこの世界で二人目が殺されるなんてことがあっていいのだろうか？

「何で……何でこんなことに……」

血にあてられたのか、倉早は今にも気を失ってしまいそうだった。伏見は死体を直視できずに俯
き、あの争場ですら顔を歪めている。天澤に至っては、昨日の朝の態度が嘘のように、口をぱくぱ
くとさせていた。

「どういうことだろう。どうして、政崎さんが」

絞り出したような声で争場が言う。誰も答える人間はいなかった。槍に貫かれた政崎の顔は苦悶
に歪んでいる。それはこの運命を心の底から憎んでいる人間の顔だった。

164

ぐるりと部屋を見回す。テーブルの上に載っているのは年代物の赤ワインが二本――開封済みのものと未開封のもの――とグラス、そして政崎こだわりの瓶ビール。チーズキューブとミックスナッツの入ったつまみの小皿。近くのゴミ箱には丸められた緑の包みと、広げられたままの赤い包みが放り込まれている。

テーブルの端にはコルクの刺さった銀色のネジのようなものが置かれている。ワインに明るくない青岸には馴染みが無いが、多分オープナーだろう。

政崎は、ここで誰かと晩酌を楽しんでいたところを襲われたのだ。あれだけ不安定な様子を見せていた政崎だ。酒を入れないと眠れなかったのかもしれない。

他に妙なものが無いかと探ってみたものの、驚くほどに何も見つからなかった。この部屋で異様なものといえば、彼を殺した凶器くらいしかない。

人間を裁き、地獄に堕とす天使の槍。

「……酷すぎる。なんでこんなことが出来るの？」

伏見がぽつりと言った言葉を、耳聡く天澤が咎める。

「部外者だからといってお客様気分なのですか。筆頭容疑者でしょう」

「政崎さんだけじゃなく、天澤さんまで私を疑っていたんですか？　信じられません！　第一、常木王凱殺しで私を疑ってるなら、逆説的に今回は無実でしょ？　だって、私は地獄に堕ちてないんですから！」

「それではあなたが旦那様を殺した犯人だということになりますが」

伏見が半ば勝ち誇ったように言う。それに対し、傍らの小間井が呆れたように言い返した。

「いや、そうじゃなくて、あれ、ちょっとよく分かんなくなってきたっていうか……」

「けれど、これで今度こそ事件は解決だ」

弱り切った顔の伏見を横目に、宇和島がそう呟く。

「どういう意味ですか」

天澤が鋭い目で宇和島を睨む。だが、宇和島は全く臆することなく答えた。

「さっき、僕たちは手分けをして常世館にいる全員を呼んだんです。けれど、報島さんの姿だけはどこにも見えませんでした。喫煙塔も確認しましたが、そこにもいません」

宇和島の言葉で、初めて報島の不在に気がついた。他の全員が揃っているのに、報島だけがここにいない。

「どうして報島さんがいないかはお分かりでしょう？」

天澤はまだピンときていないのか、微妙な表情で宇和島のことを窺っている。回答を諦めたのか、天宇和島は言った。

「地獄に堕ちたんですよ。報島司が、常木さんと政崎さんを殺した犯人だから」

宇和島の言葉に、全員がハッとした顔をする。二人が死んで一人が消えた。簡単な方程式だ。天使のルールに例外はない。

「ならば、旦那様を殺したのは報島様だったということですか」

動揺する小間井に、宇和島はそっけなく返す。

「その可能性が高いでしょうね」

「今、姿が見えない報島さんまで誰かに殺されたんだとしたら計算が合わない。常木さんが殺され

た以上、犯人はあと一人しか殺せないんだから。そして、本人も死ぬ。……地獄行きが死ぬって表現でいいのか分からないけど」

確かに、それなら辻褄が合っている。ルールにも則っていて矛盾がない。報島がどうして二人を殺したのかは不明だが、常木が一人だけ抜けようとしていたことを考えれば、動機はそれ絡みだとアタリがつけられる。

「青岸さんはどう思います？　僕の推理」

その時、宇和島が突然水を向けてきた。自説を語る宇和島は、挑むようにこちらを睨みつけている。さながら挑戦状だろうか。宇和島の前で探偵に戻ることを宣言した青岸のことを、試そうとしているようにも見える。

「確かに筋は通っている。実際、連続殺人が起こった以上、誰か一人は地獄に堕ちてないとおかしい」

「完璧に納得がいっているわけでもないみたいだね、名探偵」

皮肉げな宇和島の言葉に頷くと、青岸は未だに刺さったままの槍を指し示した。

「……一番気になるのは凶器だ。何で槍を使って殺したんだ？　こんな手間がかかるもので。もっと他にあっただろう」

「殺すなり地獄に堕ちる殺人だ。宗教的意味合いを付けようとしたのかもしれない。確か天使の武器と言えば槍だしね。報島は天使の祝福を報道した祝福レポートで有名になった天使かぶれの記者だ。彼の独自の思考回路で、地獄行きの罪を雪ごうとしたのかもしれない」

「本当にそうか？　俺には報島がそんなものに縋るような人間には見えなかった。報島にとっての

天使っていうのは飯の種以上のものではなさそうだったが」

「地獄に堕ちる前の人間の気持ちなんか推し量れないんだから、報島の姿が見えないことが全てだ」

宇和島はその点には大した興味も無さそうだった。彼の中ではもう事件は終わりなのだろう。宇和島はゲストたちの内輪揉めの理由も知っているから、尚更考えが固まっているのかもしれない。

しかし、疑問が残るのはその動機部分もだ。抜けようとしていた常木が殺される理由は分かる。なら、政崎が殺された理由とは何だ？ 少なくとも、報島と政崎が対立することは無さそうだというのに。

「そんな……じゃあ、本当に報島くんが……」

宇和島の推理を頭から信じ込んだのか、天澤が悲痛な声を漏らす。

そんな天澤に対し、くつくつと争場が笑い声を漏らした。

「どうした、争場くん。何がおかしいんです」

不快そうに天澤が尋ねる。

「いや、少し可笑しくなってしまってね。僕も宇和島くんに説明されて得心したわけだから、大きなことは言えないけれど。天国のことなら天澤先生の専門分野だろう。もっと早くこの結論に辿り着いてよかったんじゃないのかい。それとも、最近は天使と距離を置いているから、アウラとやらが感じ取れなくなったんじゃないか」

その声には明確な嘲りの色があった。知らない間に、争場と天澤の間には深い溝が出来ていたらしい。

168

常木王凱の心が離れた理由が天澤にあるのではないか、という話を思い出す。天澤が集団の解散の一助になったなら、冷ややかな態度も頷ける。天澤が常木の手綱を握っていれば何の問題も無かったのだから。

「争場くん、いい加減にしろ！……ここ二人で仲違いしているわけにはいかないだろう」

「そんなに怒らないで。ちょっと面白がっただけじゃないか。それとも、そんなに突かれたくない部分だったのかい。もう天使嫌いを咎める常木さんはいないんだから、天澤先生も素直になればいいのに」

言葉の終わりは殆ど聞き取れなかった。言い終える前に、天澤が争場の胸倉を思い切り掴み上げたからだ。

「お前……！　それ以上言ってみろ……第一、お前さえ……！」

「もうおやめください！」

小間井が止めに入り、天澤を無理矢理引き剥がす。

「旦那様のみならず、政崎様、報島様まで失ってしまった状況で、お二人が争われてどうするのですか！……どうか、落ち着いてください」

小間井が必死に嘆願したことで、天澤がゆっくりと息を整え始めた。しかし、二人の間に流れている険悪な雰囲気は拭えそうもなかった。争場は争場でじっと天澤を睨んでいる。部屋には再び気まずい沈黙が流れる。

「あの……この槍、抜きませんか」

沈黙を破るためなのか、倉早がおずおずと提案する。

「これでは政崎様があまりにも可哀想です」

倉早が慎重に槍を摑むが、彼女の細腕ではびくともしない。

「いや、千寿紗ちゃんがやったら危ないって。俺やるよ。青岸さん、政崎さんのこと押さえててくれませんか」

「なんで俺がそっち側なんだ……」

そう文句を言いながらも、大人しく死体を押さえる。大槻はポケットからハンカチを取り出すと、指紋をつけないようにしてから力を込めた。すると、意外にもあっさりと槍は抜けた。血塗れのそれが、政崎の横に置かれる。

こうして抜いてみると、槍は相当鋭いものだった。これなら人間の喉くらい軽く突き破れるだろう。意外にも実用的な凶器である。手間がかかるとは言ったものの、常木王凱の時に使われた短剣よりも、殺傷能力に関してはよっぽど高そうに見える。

刃の周りにごてごてとついている装飾は、何の素養もない青岸でも美しいと思うようなものだった。どういうわけだか見覚えがある。

「……くそ、思い出せないな。これ、何処かで見たんだが」

「それは天使ミカエルの槍でしょう。……展示室に飾ってあった」

落ち着きを取り戻したのか、天澤が答えた。言われて思い出す。この槍は、あの大きな石像が持っていたものだ。石像のインパクトに押されて、槍本体のことはすっかり失念していた。

ということは、あの天使はミカエルだったのか。降臨の煽りを受けて、見るも醜悪な姿になってしまったミカエルの像だ。

「常木氏は降臨前から知られている聖書由来の天使と、降臨以後の天使を重ね合わせて解釈していましてね。有名な天使たちを模った独自の天使の像を造らせていました。その中でも雄々しく美しいミカエルは常木氏のお気に入りでした。私はそういった既存の天使と降臨した天使を同一視することには慎重だったんですが」

さっき争場に煽られたからか、天澤が天国研究家らしく捲し立てる。けれど、その情報はさして重要度が高くない。

「展示室にあったということは、この部屋に持ってくるのは難しくはないね」

争場が尤もらしく言う。

「だとしても、あれを使おうとするなんておかしい。ミカエルの槍だなんて、私への当てつけみたいじゃないか。天使の裁きとでも言うつもりか。他にもっとあったはずだ。まさか犯人はミカエルだとでもいうのか？　どうして槍なんか……」

焦点の定まらない目をした天澤はいつになく思い詰めているようだった。自分の仲間であるはずの三人が死んだからだろうか。それよりも、争場と明らかに険悪になっているからだろうか。どちらにせよ、彼の狼狽えぶりは普通じゃなかった。普段の聖職者然とした佇まいが掻き消えて、哀れに思えるほどだった。

「天澤さん、落ち着いてください。天使のルールは把握しているでしょう。もう殺人は起こりません」

改めて繰り返された宇和島の言葉すら、今の天澤には届かないらしい。大きく頭を振って、引き攣れた声で叫ぶ。

「いや、やはりおかしい！　報島くんが二人を殺すはずがないんだ！　分からないのですか！　こ

何かが起きているんだ。天使を欺き、神を冒瀆して我々を殺そうとしている人間がいるんだ！　こ

の館には何かあるぞ。もう駄目だ。私たちも殺される」

「……狼狽しすぎじゃないのかな。そこまで思い詰めることないだろう」

流石にまずいと思ったのか、争場も宥めに入る。

「これで事件が解決？　本当にそう思っているのか。もう耐えられない。これは神への冒瀆だ！

いいか。もし私に何かしようとしてみろ。お前たちだって殺してやるからな！　私が、私の手で地

獄に堕としてやる！」

まずいな、と心の中で舌打ちをした。天澤はパニックに陥っていた。これでは本当に何をするか

分からない。一人までなら殺してやろうと振り切れる可能性がある。

「信じられるものか！　常木さんが殺されて、政崎さんが殺されて、……犯人が報島くんだと？

信じられるものか！　私はなんとしてでもこの狂った島を抜け出してやる！」

その言葉を最後に、天澤はさっさと出て行ってしまった。遅れて荒々しく扉を閉める音が聞こえ

てきたので、自分の部屋に戻ったらしい。

「……彼に代わってお詫びしよう。私が変なことを言ったのがいけなかったのかもしれない。こん

なことになって気が立っていたんだ」

争場が殊勝にも謝ってきたが、悪くなった空気は戻らなかった。痛いほどの沈黙の後に、小間井

が言った。

「……皆様、もう疑い合うのはやめましょう。……二人がお亡くなりになって、一人が消えました。

宇和島さんの言う通り、犯人は地獄に堕ちた。そう結論付けませんか」
昨日と同じ、仮初めの解決と安心だった。一度は裏切られたその安心にもう一度凭れ掛かれるだろうか。
それでも、その言葉くらいしかこの場を収められるものはなかった。

2

談話室でコーヒーを飲みながら、この現状での探偵としての本分とは何だろう、と考える。
さっき出した結論は一番穏当で建設的なものだ。これ以上があると想像すれば、天澤のように平静でいられなくなってしまう。
どうせ明後日には船が来るのだ。もう殺人は起こらないと決め込んで、粛々と過ごしたほうがいいに決まっている。事件を引っ掻き回す探偵なんか不安を煽るだけだ。真実を明らかにするよりも、ずっと人の為になる。
だが、人を裁くのが天使の役割であるのなら、探偵の役割は真実を求めることなんじゃないのだろうか。
槍が用いられた理由も、報島が二人を殺した理由も分からない。第一、彼が本当に犯人なんだろうか？　確かに、そう考えないと連続殺人が成立しないが、引っ掛かることが多すぎる。
それらに答えを出せるのは、もしかすると青岸だけかもしれないのだ。
ここに赤城昴がいたらどう言うだろうか。静観か、調査の継続か？

彼の憧れた名探偵、正義の味方はどちらを良しとするのだろう？

だが、答えが返ってくるようなら、青岸はこんな島には来なかった。

気落ちしていたその時、青岸の目の前にホットサンドの載った皿が差し出された。

「青岸さん何にも食べてないでしょ。千寿紗ちゃんが心配してましたよ」

大槻がそう言って、無理矢理皿を押し付けてくる。そういえば、倉早が今日も食事を出すと言っていたのを、すっかり忘れていた。

「だから、代わりに俺が差し入れ持って来たんですよ。しかも、直々手作りのやつ」

「手作り？」

思わず妙な声を出すと、大槻はにやりと笑った。

「あ、心配しなくても毒とかは入ってないっすって」

「地獄に堕ちるも覚悟の上なら、むしろ天晴だ」

ホットサンドを摑み、一口齧る。さっくりとしたパンの食感とともに、濃厚なミートソースの味わいが広がる。

「何だこれ……何の……」

「言っちゃえばボロネーゼ入れたホットサンドってだけなんですけど、俺が作るとこんなシンプルなものでもありえないくらい美味いでしょ」

謙遜なんか一欠片もない、不遜な言葉だ。けれど、大槻に至ってはそれがとことん似合ってしまう。

「……本当にこれ、お前が作ったんだな。味で分かる」

「そ、すけど。何ですかその感じ」

「もう料理はしないと言っていたじゃないか」

「青岸さんには作るとも言ったじゃないすか」

大槻が間髪入れず返して笑う。

「一人分作るなら他も同じじゃないか」

「まあ、大っぴらに作るのは嫌だって話ですよ。料理自体も……やっぱめんどいし。青岸さんは俺が不精してても何にも言わないだろうから別にいいんです」

今日の大槻も昨日と同じくラフなパーカーにジーンズ姿だった。恐らくはその格好のまま調理したのだろう。灰色のパーカーには所々ミートソースの飛沫が飛んでいる。

そういう対応をお望みのようだったので、敢えて何も言わなかった。すると、煙草の時と同じく大槻が嬉しそうに目を細める。段々と彼のツボが分かってきた。

「あ、でも千寿紗ちゃんには何か作ろうと思ったんすけど、合間に食べてるからって振られました」

「倉早さんは凄いな。こんな状況でも働き回って」

「だから、俺が青岸さんのところに来たんですよ。ね、これからも調査続けるんでしょう？　何か手伝いますよ」

「宇和島が言ってたこと、聞いてただろ」

「そりゃ宇和島先生は一番収まりのいいこと言うでしょう。お医者さんなんだから。でも、青岸さんは探偵じゃないですか」

「医者であることと収まりのいいことを言うのは関係無いだろ」

「探偵が現場を掻き乱すのは関係ありますよね」

その目を数秒だけ見つめてから、溜息を吐いた。

「……一つだけ頼みたいことがある」

「お、何でもいいですよ」

「政崎の部屋にあった銀色のネジみたいなやつの使い方を教えてくれ」

3

厳重に施錠されたワインセラーに足を踏み入れると、独特の温度と空気に迎えられた。まともに生きていたら終ぞ足を踏み入れなそうな場所である。標本のように並んだワインを数本割るだけで、向こう数年の稼ぎが飛びそうだ。

大槻は無遠慮に中に入ると、棚の下に据えられた引き出しを開ける。

「ここにお望みのものがありますよ」

そこには政崎の部屋で見たオープナーと同じようなものが等間隔にずらりと並んでいた。見た目と彫られた柄を参照しながら、そうちの一つを取り出した。

「これと同じやつだな。政崎の部屋にあったネジ」

「ネジ、ネジって……青崎さんって本当にワイン詳しくないんですね」

「いいから。これで何かしら開けてみてくれないか。使い方が見たい」

「何かしらって言葉じゃ不遜なくらい高いワインしか無いんですけどね、ここ」

大槻はしばし棚を見回し、中から一本を選び出す。そして、オープナーの先端をコルクに突き刺して、抜こうと試みた。

だが、使い勝手のいいはずのオープナーは全く刺さらず、浅いところで空回りを繰り返す。

「どうした。あんまり捗（はかど）ってなさそうだが」

「……あ、初歩的なミスしました。これ、左利き用なので俺が使えないやつですね。俺、右利きなんで」

「コルク抜きに利き手があるのか？」

「左右どっちに回すかの違いですね。結構おっきいんですよ。これは軽い力で一気に貫通するのが売りだから、尚更逆方向だと抵抗がキツい」

そう言って、大槻が似た形の別のワインオープナーを取り出す。そうして何やらハンドルのようなものを握って回すと、ぱらぱらとコルクの欠片を落としながら、針があっさりと貫通した。きゅぽん、という小気味いい音と共に栓が抜かれる。

「ね、すぐだったでしょ。年代物のワインとかだとかなり貫通させんの大変なんですけど、これだとめっちゃ楽」

「コルクの欠片が結構ワインに入ってるが、いいのか」

「表面に浮くんで取り除いて飲むんですよ。気になるなら茶こしに掛けてから飲めってソムリエも言ってますし」

「そういうものなのか……」

「ワインの味ってのは、それくらいで損なわれるようなものじゃないんですよ」

次に大槻は棚からグラスを二つ取り出すと、自分の分を注いでから瓶を渡してきた。

「せっかくだから飲みましょうよ。青岸さんの稼ぎがどんなもんか分からないですけど、多分手届

かないくらいのものじゃないかな」

「主人が死んでやりたい放題だな」

「あの世で怒ってるかもしれませんけどね、聞こえないんで」

瓶を傾けると、さっき砕けたコルクの欠片と一緒に、深紅の液体が注がれていく。薄暗いワイン

セラーであっても、その色の鮮やかさは格別だった。浮いたコルクも気にせずに、一口いただく。

「どうっすか」

「……正直わからん。酒の味だ。ビールのが美味いな」

「あはは、政崎さんと同じこと言う。常木さんはそれ聞くと怒るんですよ。ていうか、あのゲスト

たちの中にワイン党の人は報島さんくらいしかいないんですけど」

「じゃあ、やっぱり政崎の部屋にいたのは報島か」

「でしょうね。争場さんは日本酒好きだし、天澤さんはアルコール自体嫌いみたいなんで」

「これで、意図せずして報島犯人説が補強されてしまったことになる。部屋に招くほど政崎が信頼

を置いている相手で、ワインを飲む人間は彼しかいないわけだ。

「分かりました。報島さんが酔っ払ってうっかり槍で刺したってのはどうでしょう」

「ミステリー的には最悪な回答だな。特殊性癖で片付けてるのと変わらんぞ」

「でも、酔っ払った勢いとかじゃないとわざわざ槍使わないって。あれ、刺しづらすぎるし」

その言葉を聞いて、とあることに思い至る。

「そう。刺しづらいんだ。やりづらかっただろうに、わざわざあの槍で床に留めるようにして殺してる。それは一体何故だ？　あの状況を作り出す為には、床に政崎が寝転んでなきゃいけないだろ。刺した報島は地獄に堕ちるんだから、床に引き倒してもう一度刺したってこともないだろうし」

「単純な話、政崎さんが酔っ払って床に寝てたかもしれないじゃないっすか」

「酔っ払い説は万能だな」

「で、分かるように言ってくださいよ。それがどうしたんですか」

「……槍を刺したのは報島じゃないかもしれない」

「え？」

「報島が何らかの方法で政崎を殺した瞬間に地獄に堕ちて、後には政崎の死体が残される。その死体に槍を突き刺した方が楽だろうが。というか、それ以外に酔い潰れ説を否定出来ないんだよな」

本当は現時点で言いたくはない話だった。何しろ、これを話した後に出てくる言葉は予想がつく。

案の定、大槻はとても素直にこう尋ねてきた。

「え、他の人間がいたとして、何で槍を刺したんですか？　理由を教えてくださいよ」

「……は｜、そうだよ。そうなるよな。ああ、そうなるから嫌なんだよ。お前らはさ、ちょっと可能性を指摘しただけですーぐ結論に行こうとするだろうが。探偵っつってもな、真実へ直行出来るわけじゃないんだ」

「え、可能性を指摘したんだから理由まで推理してくれないと困るでしょ。だって、単に他の誰かがいたかもしれないって言われてもびっくり出来ない」

「だからな、探偵なんて大したことは出来ねえんだよ。精々こっちが出来るのはドブ浚いだ。エラリー・クイーンに憧れてんなら本を読め。槍の一本で犯人が当てられてたまるか」

「エラリー・クイーンって何すか」

「……分かった。これについては俺が悪いな」

目の前にいるのは大槻であって赤城ではない。探偵に対する無邪気な憧れは改めて否定していかなければいけないのだ。

「まあ、俺たちの誰も槍のこととか考えないし、報島さんが犯人っていうか、そうあってほしいって思ってるだけですから。青岸さんはそれよか大分上等ですよ」

「そうか？　だったら推理なんかしない方が上等だろ。寝た子を起こしてどうすんだ」

もし報島が犯人じゃないということになったら、また三日目のような疑心暗鬼が始まるだろう。天国染みたこの島で、裁きが下ったということにしてしまった方がずっと穏当である。まんまとワインセラーまでやって来てから思うことではないが、果たしてこれは正しいのだろうか。

そんな青岸に対し、大槻は珍しく真面目な顔で言った。

「分かりますよ、青岸さん。俺もよく思います。どうせ消化されるのに美味い料理を作る意味とかあんのかよって、毎分毎秒葛藤してるんすよ」

「……分かったが、これは俺が悪いわけじゃない。何も理解してないだろ、お前」

少しだけ考えてしまったのが悔しい。大槻は何で料理人をやっているんだろうか。この世にいる数多の料理人たちに同情したく向いていて、なおかつ実入りがいいからなのだろう。恐らくは一番なってしまった。

「そんな目で見ないでくださいよ。何だかんだで俺も作ってる時は真剣なんですよ。料理人の正義に則って」

「料理人の正義？」

大槻はそれには答えずに、奔放に続ける。

「料理を作らない料理人が料理人でいられないように、探偵が事件を解決しなかったら、それは探偵じゃないっすからね。槍の謎とか分かったら教えてくださいよ。何てったって、俺は青岸さんの助手ですから。焦らすのはやめて答えだけ言ってください」

気づけば大槻は、高級ワインの半分以上を空けていた。ハイペースで飲んだからか、顔が大分赤い。

「おい、どんだけ飲むんだ」

「だって、普段は俺の管轄じゃないんすもん。鍵は持ってるけど、勝手に飲んだらクソ怒られるし弁償させられるし、この機会じゃないと飲めないっつーか……ほら、この一杯で数十万って考えたら手ぇ震えてくる」

呂律が回っていないまま、大槻がだらしなく笑う。常世島で結構な給料をもらっているだろうに、なかなかどうしてみみっちい。

「でも、流石にそろそろやめますよ。……なんか、吐きそうだし」

「ここで吐いたら本当に怒るからな。お前、何が助手だ」

「今だから言いますけど、俺、私服これしか持ってないんすよ。マジでゲロったら青岸さんの服貸してください」

「はあ？　この島に住み込んでるんだろ」

「普段はコックコートで生活してるんで……」

　そういえば、大槻は煙草を喫う時ですらコックコート姿だった。とことんものぐさなぶん、そういうところは合理的らしい。全く見直したりはしないが、筋が通っている。

「ならコックコートを出してもらえよ。俺だって大して持ってきてないのに、お前に貸すのは嫌すぎる」

「小間井さんが管理してるから、絶対言いたくないんすよ。ワイン飲んだこともバレるし」

「怒られるのが嫌なら悪いことをするんじゃない」

「いやあその言葉、今は染みますわ」

　持っていたグラスを空けると、大槻はいよいよ座り込んでしまった。

「青岸さん。俺はもう駄目みたいです。仕方ないので、ここは俺を置いて行ってください。あとは俺がどうにかします」

「青岸さん」

　ワインセラーを出る直前、大槻から声を掛けられた。まさか介抱を頼むんじゃないだろうな、と思いながら振り返る。だが、顔を赤くした大槻は、真面目な目をしてこちらを見据えていた。

「俺は作れるから作るんだし、青岸さんも解けるなら解けばいい。探偵は正義の味方、なんでしょ」

　何をどうしてくれるのかよく分からなかったが、よれよれのままそう言われては仕方がない。どの途、ワインオープナーの使い方を知れた以上、ここにはもう用が無いのだ。

時間差で投げ込まれた回答は、酔っ払いの口から出るにはあまりに真摯（しんし）だった。

「もし俺が犯人なら、青岸さんに叱られたいんすよ」

「叱るじゃ済まねえよ。地獄行きだ」

「あれほんと勘弁、絶対熱い……」

語尾はほとんど消えかけていた。このまま眠り込んでしまうかもしれない。それはそれでいい。

大槻は青岸ではなく、小間井に怒られているくらいが丁度いいのだ。

4

「酷いですよ！　何で助手のピンチに助けてくれないんですか！」

ワインセラーを出ると、伏見と出くわした。彼女は憤懣やる方ないといった様子でこちらを睨んでいる。

「今回の殺人がなければ、私が犯人にされてましたよ！　まあ、その、事件発生を喜んでいるわけじゃないんですが……」

根が真面目なのか、伏見が丁寧に言い添える。

「俺はお前を助手にしたことはないぞ」

「何でですか！　他の人より私が一番適任でしょう。だって、私たちの敵は共通しています。社会正義コンビとして、私と行動を共にするべきです」

目の奥に煌々と炎を宿しながら、伏見が熱弁する。

その目の輝きも、前とは訳が違って見えた。何しろ、青岸は知ってしまった。伏見の背景には檜森百生という名の記者がいて、彼女は彼の遺志を継いでここに立っている。その意味で、伏見と青岸はよく似ていた。いや、ずっと腐っていた青岸よりも、伏見の方が随分前向きだ。

「えっと、やっぱり嫌ですか？　まだ怒ってます？　それとも、他の人たちみたいに私を疑っているとか……」

青岸が黙っていることに不安を覚えたのか、伏見が怖々とそう言った。

果たして、連続殺人が起こったことで伏見への疑いは晴れたのだろうか。動機の面から言えば、常木の次に政崎が殺されたというのは出来過ぎている。おまけに、報島の姿が見えないのだ。お偉方の一網打尽を狙っていた彼女からすれば、満足のいく結果だろう。

問題は、地獄行きのルールだ。彼女が生きているということは、伏見は連続殺人を犯してはいない。一人は殺したかもしれないが。

誰かと共謀して殺人の権利を行使する彼女のことを想像する。そんな古典ミステリーがあったな、と朧げに思い出す。

「……お前、本当に犯人じゃないんだな？」

「私は記者です。確かに常木のことは赦せませんでしたけど、刃物を使って殺そうなんて思いません。私には言葉がある」

夢見がちな言葉だ。言葉で世界を変えるより天使の裁きのほうがよっぽど強い。この世界でもなお、報道で何かを変えられると思ってるなんてふてぶてしい。ただ、彼女のそのまっすぐさは眩しかった。……そういうものは青岸の感傷に響く。

184

「というわけで、私は青岸さんに協力しに来たんです。これからやることは一つですよね、青岸さん」

「何するってんだ」

「それもアリかもしれません。現場にでも戻るのか」

「何処かに隠れているかもしれない報島さんを探すべきなんです。ずばり、私たちは常世島を巡って、何処かに隠れているかもしれない報島さんを探すべきなんですよ！　さあ行きましょう名探偵！　やはり探偵助手といえば記者に限ります！　ワトソンもそうでしたしね」

伏見はそう言って、無理矢理青岸の腕を引いた。その力が意外と強いので、青岸は一言付け加えるのがやっとだった。

「ワトソンは医者だ、馬鹿」

今日の常世島は快晴だった。天使がそれほど好まない天気であり、青空を飛び回る影は昨日よりもずっと少ない。

ただ、天使の数自体が減ったわけではないので、館を出るとすぐに地面を這い回る天使が散見された。あまり嬉しい光景ではない。公園の鳩のように振舞う天使たちを見ると、少しくらい減ってもいいんじゃないかと思う。

「さあ、青岸さん。絶好のポアロ日和ですね。名探偵アイで潜伏している報島さんを見つけ出してください」

「ポアロのファーストネームも知らなそうな顔しやがって」

苦虫を噛み潰したような顔をして見せたが、伏見は全く応えた様子がなかった。何となく彼女と

185

はバイオリズムが合わないからだ。

それでも伏見に同行したのは、彼女の目の付けどころが悪くないからだ。ついでにその第三者が政崎を殺したのだとしたら。

政崎が殺された時に第三者がいたのだとすれば。

生きている報島が見つかれば、さっきの前提も事件の様相も全く変わってくる。なら、一度はこの島を隅々まで探しておくべきなのだ。

堕ちたのだと偽装出来る。その後は、不可視の人間になって暗躍出来るわけだ。

報島は島の何処かに潜伏しているのかもしれない。あの状況下で報島が姿を消せば、彼は地獄に

「この島、散策したりしました？」

「いや。館と喫煙塔の往復くらいだ」

「この島はゆるやかな山のような形になっていて、常世館は山の上の方に位置しています。港から常世館までは道が舗装されていますが、その他は結構そのまんまになってますね。前の持ち主が中途半端に開発しようとした跡はあるんですが……」

地図を見せながら、伏見が説明する。

「島の端から端まではどれくらい」

「二十分くらいでしょうか。小さいですよね」

「個人所有の島なら上々だろ。参ったな……」

「探すにしても、常世島には潜伏出来る場所が多すぎる。島の外周には入江や洞窟があるようだし、籠城しようと思えば出来てしまう。勿論、食料や水の問題があるだろうが、協力者がいればいくら

186

でも潜伏可能な規模だ。もし本気で捕まえようとするなら、眠っているところや気を抜いているところを押さえるしかないだろう。

それに、本当に報島が隠れている確信もないのだ。ある意味これは悪魔の証明に近い。報島は潜伏しているのかもしれない。あるいは予想通り地獄に堕ちてしまっているのかもしれない。

「もしくは、殺されて海に捨てられてたとしても分かんないわけだ」

ぽつりと呟いて、ゆっくりと頭を振る。これ以上推測を重ねても仕方がない。

そんな青岸を無視して、伏見は朗々と説明を続けた。

「島には井戸が三つあるんですけど、全部枯れてるみたいです。もし井戸が生きていたら、私もむざむざ常世館に行ったりしなかったのに」

「観念してさっさと来た後は快適だったろ？」

「快適でしたけど……それはそれで腹が立つというか……でも、館で働いてるみんなはよくしてくれてるんですよね。私を捕まえた小間井さんでさえ、話してみるといい人だし」

正義に燃えている割に、彼女はこれで流されやすいらしい。ただ、敵の本陣に乗り込んできたところを歓待されれば絆されるのも無理はないだろう。

「とりあえず、無作為に歩くよりは目標があった方がいいですよね。一番遠いこの井戸を目指してみませんか」

地図を叩きながら、伏見がそう伺いを立てる。ややあって青岸が頷くと、伏見は花が咲いたような笑顔を見せた。

「流石です。いきましょう。これで事件解決に大きく近づきますよ！」

井戸までは徒歩で十五分ほどかかった。島の端から端まで二十分、という見立てはなかなか正しかったらしい。

「これが件の井戸です。崖とかなり隣接したところにあるからか、大分深いんですけど……」

年季は入っているが、しっかりとしたつるべ井戸だ。石造りの井戸本体も、つるべを繋ぐ滑車も、まだ痛んでいないように見える。縄に触れると、予想以上の固さだった。そして何より、結構な長さがある。

何故なら、この井戸の深さは相当なものだからだ。

屋根によって日差しが遮られている所為で、底はかなり見えづらい。淀んだ空気と微かな照り返しが、そこが単なる虚ではないことを教えてくれるが、そうでなければ暗闇そのものが閉じ込められていると思ったかもしれない。

昔はここにもある程度の水位があったのだろう。だが、湧水を失ったその場所は、凶器染みた深さがあった。落ちたら死ぬ、と思うと腰が引ける。

「ね、役立たずな井戸ですよね。覗いてがっかりしました」

青岸の感じている空恐ろしさを知らずに、伏見は暢気にそう言った。

「がっかりで済むか？　落ちたら死ぬぞ」

「身を乗り出さなければ平気じゃないですか。こっちの崖から落ちたらって考えた方がずっと怖いですよ」

今度は伏見が崖に近づいていく。怖いと言っていたはずなのにうかうか近づいていくのは何故な

んだろうか。そのまま落ちるんじゃないかとひやひやしていると、不意に「あ」と明るい声が聞こえてきた。

「青岸さん！　こっちに何か窪んだところがある。青の洞窟みたいなところ」

「そんな洒落たところがあるわけないだろ」

「洒落てるかは置いといても、一旦下りれば――あ、」

その時、一足早く斜面を下った伏見が、絶句したように息を呑む。まさか、と思う。まさか、本当に報島が潜んでいたのだろうか。

足を滑らせないように下っていくと、思いがけないものが目に入った。

「青岸さん、あれ……！　船がある！　この島には無いって言ってたのに！」

そこには、いかにも高価そうなモーターボートがあった。金持ちが沖釣りに使うなら十分だろう。ただ、長らく動かされていないのか、運転席には埃が積もっている。しかも性能もよさそうだ。井戸と違ってこちらはそれなりに新しいものに見える。

直線距離で言えば井戸から数メートルも離れていない。なのに気づかなかったのは、わざわざここを覗き込む人間がいなかったからだ。

「すごい、やりましたね！　ね、ねえ、これで島から脱出することも出来るんじゃないですか!?　私たちの手柄ですよ」

伏見はすっかり興奮していて、期待に目を輝かせている。

「青岸さん。こうしちゃいられませんよ。みんなに伝えましょう！　そうすれば――」

「おい、ちょっと待て」

「何ですか？」青岸さんは少しも嬉しそうじゃないですね。ここから出られるかもしれないのに！」

「座席の感じからしてこのボートは二人用だ。頑張ってもそれ以上は乗れない。なら、これが引き起こすものは何だ？」

青岸の言葉に、伏見が目を白黒させる。そして自力で答えに思い至ったのだろう。

それに、こんなモーターボートでは本島に戻ることなんて出来ないだろう。精々沖に出るか、近くにある観光島に行くのが関の山だ。

だが、周りと距離を置くことは出来る。疑心暗鬼に駆られた人間がここに立てこもろうとし、結果的にこのボートを巡って殺し合いが始まるかもしれない。鬼気迫る天澤の姿を見た後では、そんなことは起こらないと言い切れない。

「第一、こんなモーターボートを小間井さんや倉早さんが把握してないはずがないだろ。それでも黙ってるってことは、揉め事を予期してるからだ」

運転席の埃の積もり具合を見るに、明らかにこの船は使われていない。常木の天使趣味が悪化した時に、これもお役御免となったのだろう。となれば、整備されているかも怪しいものだ。

「というか、お前、船舶免許持ってるのか」

「え、持ってませんけど……こう見えても釣りとかには出たことあります。檜森先輩が釣り好きだったので、操縦してるのを見たっていうか」

「そんなこと言ったって……じゃ、じゃあ誰か他の人に乗せてもらうとか」

「それでどうにかなるもんじゃないぞ。このサイズだって転覆するんだからな」

「確かあの中で免許を持ってるのは争場だけだぞ。朝食の席でそんなことを言ってた。あいつがお

190

前を乗せていってくれると思うか？　どの途お前は乗れない気がするがな」

「……じゃー、意味無いですね。というか、ガソリンも入ってないみたいだし、こっそり乗って出ていくのも無理か」

さっきまで元気だった伏見がみるみるうちに萎れていく。

「出て行きたかったのか？」

「本当は、……まあ、少し。だって怖いじゃないですか」

意外にも素直に伏見が認める。その『怖い』の響きに、事務所のソファーに座っていた木乃香の面影が重なる。

「こんな状況下で人が殺されて、もう三人も減って。……自分からこの島に来たはずなのに、弱っちいですけど。私は卑劣な殺人を暴くためにやって来たのに、目の前で本当に人が殺されるのを見て足が竦んでる」

「当然だろ。殺人事件なんだ」

「何だかんだで、天使がいるから大丈夫だとか思ってたんですかね。巻き込み自殺のことを取材して殺人と裁きに触れてたつもりなのに、自分が殺されるかもしれないって『久しぶりに』思ってる。

その時、沖を飛んでいた天使が旋回してこちらに向かってきた。バサバサと耳障りな音を立ててその慣れも怖いですね」

天使が降臨して以降、殺人というものと人間の間には薄い膜が張られていた。意識はしていなかっただろうが、その膜に微かな安心を覚えている人間もたくさんいたはずだ。

その時、沖を飛んでいた天使が旋回してこちらに向かってきた。バサバサと耳障りな音を立てて寄ってくる様は、いつ見ても威圧感がある。ボートに寄り掛かっていた伏見が、ひゃっ、と声をあ

げて大袈裟に飛びのいた。

「うわ、いきなり来た。天使の話してたからかな……う、こっち見てる」

「天使に目は無いだろうが」

「そののっぺりとした顔がちょっと怖いんですよね。もっとこう、表情があったら……それも怖いか」

薄気味悪い姿だが、それでも顔や声があるよりは今のデザインの方がいい。

「天澤がここに来たら、また火かき棒の出番ですかね」

「あれもあれで凄い剣幕だったな」

「ね、驚きましたよ。テレビに出てる時も絶対に生の天使には近づかなかったりとか、そもそも目を逸らしてたりとかしてたので、もしかしてとは思ってたんですけど。まさか天使嫌いだとは」

「なんというか、メロン農家がメロンを嫌っているみたいな話だよな」

「でも、嫌いになる理由も分かりますよ。この世界の天使は天国っていうよりは地獄寄りの存在ですし」

天使が天国へと人間を導く姿は確認されていない。見ることが出来るのはいつも、人間を地獄に引き摺り込む細い腕だけ。そこに人間は様々な意味を見出す。

常木も天澤も、天使というものに呑み込まれてしまったのだ。

天使に向き合い続けていると、影響を受けずにはいられない。青岸だって、このまま天国に囚われていれば、どちらかに偏ってしまう可能性はある。天使を愛するも厭うも、結局地獄だ。

「これ何でしょう。この岩のところに杭みたいなものが打ち込まれてますけど」

192

伏見の指し示した通り、船の近くの岩場には、テントを張る時に使うような杭が等間隔でいくつも打ち込まれていた。

「単に係留用じゃないか。そんなにでかい船じゃないから、こんなに必要かって話だが」

一見しただけでも十本以上ある。小さなモーターボートには、どう考えても多い。

「この船にはちゃんと錨もあるのに。巻き上げ装置は自動ですね、これ。お金かかってるなぁ……」

モーターボートを撫でながら、伏見が呟く。彼女の目にはありありとボートへの未練が見て取れた。

しばらく眺めてから、伏見がボートから手を離した。

「分かりました、青岸さん。モーターボートのことは私たちだけの秘密にしましょう。……少なくとも常世館の人が話題にするまで知らない振りをするべき、ですよね」

「よく分かってるじゃないか」

「常世島に来るのを決めたのは私ですから。逃げたら駄目なんですよね。そのことをちゃんと意識しなきゃ」

迷子の子供のような顔をして、それでも伏見ははっきりと言った。

それから更に進んで、他の井戸も見て回った。一つは身を乗り出せば底に手が付く深さで、もう一つはボート近くにあった井戸と同じくらいの深さだったが、いずれにせよ両方とも枯れていた。

中に報島の死体が放り込まれていなかったことは、幸いなのかもしれなかった。

「そういえば、俺と同じ船に乗ってたんだろ」

館に戻ると、部屋まで伏見を送った。ありがとうございましたの言葉と共に扉を閉められそうに

なったので、昨日のように足を挟む。阻まれた伏見はじっとりした目で青岸を見ていたが、不承不承といった風に答える。

「そうですよ。だから青岸さんを見つけた時はびっくりしました。だって、一回エンカウント済みですもんね。その節は、私のことを常木に報告しないでくださってありがとうございました……」

どことなく気まずそうに伏見が言う。本人の中でも、あれは反省すべきことだったらしい。今となっては伏見を見逃した判断は正しかったと思ってはいるのだが。

「あんな下手くそな尾行なんか報告するまでもない」

「そんな！　いや、それでいいんですけど、ありがたかったんですけど……。でも、青岸さんは探偵なのに私が乗っていることに気づきませんでしたね！　ということは、私も少しは成長したんじゃないでしょうか！」

「黙れ。仕事中とプライベートだと集中力が違うんだよ」

そう言ったものの、伏見はにやにやと笑って首を傾げている。

確かに、気づかなかったのは事実だ。あのフェリーが広かったのと従業員が実質倉早しかいなかったことを差し引いても、相当上手く隠されていたに違いない。

「話したいのはそこじゃない。お前を常世島に呼んだ人間の手紙とか無いか。それが見たい」

「あ、はい！　持ってます。ちょっと待っててください」

小さくガッツポーズをしてから、伏見が部屋から地味な封筒を持って来る。この特徴のない封筒から、差出人を特定するのは難しいだろう。ご丁寧に住所はワープロ打ちで非の打ちどころがない。

「中に入っていたのはこの二枚と、船内の地図です」

一枚は『常木の罪を暴きたくはないか』という文面の書かれた素っ気ないワープロ打ちの手紙だった。

そしてもう一枚は倉早の船内でのタイムスケジュールが書かれたものだった。勿論、これで絶対に見つからないというわけでもないだろうが、保険にはなる。

「他に何かないのか。手がかりになりそうなものは」

「無茶を言わないでください。でも、差出人がこの館に来ていた十人の中の誰かっていうのは間違いないですよね。催しのことを知ってたのは十人だけですし」

「だろうけどな……」

だが、伏見をこの島に呼んで得をする人間が全く浮かばなかった。あの集まりにとって記者なんかは不都合でしかない。……まあ、伏見がここに来てやったことと言えば、常木殺しの疑いを掛けられたことくらいなのだが……。

そこでふと、とある考えに行き着く。

もし、それが彼女の役割だったのだとしたら？

真っ先に疑いの目を向けられていた伏見を思い出す。

常木を殺した後に、都合よく犯人に仕立て上げられるスケープゴートとして彼女が選ばれたのだとしたら──。

「とにかく、その手紙は差し上げますから。青岸さんは引き続き真相解明を頑張ってください！」

「おい、助手活動は終わりか」

「それでは」

そのまま伏見が部屋に引っ込もうとするので、思わず引き留めてしまった。

「私は部屋で考えをまとめます。大丈夫です、青岸さんなら私がいなくても十分に探偵としての役割を果たすことが出来るでしょう……期待しています」

「お前はどの立場で物を言ってるんだよ」

「いやー、うーん、なんでしょうね……」

その時、伏見が不意に何かを言おうとした。少なくとも、青岸にはそう見えた。

けれどそれは言葉にならずに、曖昧な笑顔で誤魔化されてしまう。

結局、無慈悲に扉は閉められてしまった。別にそこまで助手を欲していたわけじゃない。伏見が同行しないのならしないでいい。ただ、釈然としないものは残った。無理矢理押しかけてくる人間なんてろくなものじゃない。過去の経験から、青岸はそれをよく知っている。

5

報島の防犯意識はまともで、部屋には鍵が掛かっていた。

今回の事件で、現場の次に情報量が高いのはここだろう。しかし、ピッキングしようにも、常世島の鍵はホテルのようなカードキーを採用していて手がつけられない。

いっそ扉を蹴破ってやろうかと思ったところで「どうなさったのですか?」という涼やかな声がした。

「そこは報島様のお部屋ですが……。いえ、青岸様が間違えるはずもありませんね。……報島様のお部屋をお調べになりたいのですか?」

196

倉早が困り顔で尋ねてくる。彼女の立場からしてみれば、たとえ安否が分からなくとも、ゲストの部屋に無断で他人を入れるのには抵抗があるのだろう。

「出来れば入りたいんだが……。この中にあるもの次第では、報島が何故あんなことをしたのかが分かるかもしれない」

「常木様と政崎様が何故あんな殺され方をしなければいけなかったかも分かるかもしれない……ということですね」

「ああ。少なくとも動機くらいは明らかになるかもしれない」

何の根拠も無い言葉だが、ここではったりを利かせなければ扉が開くことはない。

「なあ、迷うのは分かるが開けてもらえないか。何なら妙な真似をしないよう見張っててくれていい」

頼む、と念を押すように言うと、悩んだ末に倉早が折れた。

「……分かりました。マスターキーを持って参ります」

「いいのか？」と、自分で言い出しながら驚いてしまう。

「調査に必要なことだとは理解しておりますし……。それに、報島様の安否を確認するべく、私と小間井は既にお部屋に入らせていただいています。……何の知見も無い私たちがプライバシーを犯したのですから」

そして一旦言葉を切ると、倉早は笑顔でこう言い添えた。

「それに、私は青岸様の助手ですから」

その肩書きを名乗るのは倉早で三人目だ。

正直な話、今までで一番頼り甲斐のある助手だった。

　報島の部屋も、基本的に他の客室と変わらない。ただ、滞在に慣れているからか、使い方に粗雑さが見える。服があちらこちらに脱ぎ散らかされており、家具も大胆に動かされていた。空になったワインの瓶までもが床に転がっている。まるでここが自分の居城であるかのようだ。

「荷物などは整えずそのままに、とのことでしたので、私たちは殆ど立ち入っておりませんでした。報島様は何度も常世館にいらっしゃっておりますので、のびのびと滞在していただいていたようで」

「のびのびって言ってもな……この散らかりよう、折角の部屋が泣いてるぞ」

　痕跡が多く残り過ぎて、何処から手をつけていいのか迷ってしまう。そんな青岸の前で、何故か倉早の方が生き生きと振り返った。

「さて、青岸様。調べたいところがあれば私にお任せください。こう見えても私は、部屋の清掃には一家言ございます。手がかりを見つけるのも得意やもしれません」

「……あー……なるほど？」

「あら、青岸様。助手である私に何なりと御申しつけください」

　そう笑顔で言った後、倉早は不意に真面目な顔になった。

「この館で起きたことは由々しき事態です。皆様の滞在をサポートしつつ、助手として青岸様に付き従うのが一番かと。私で不足なら、小間井も青岸様に協力します」

「小間井さんか……」

常世館で働く三人の中で、ある意味小間井が一番分からない人物ではあった。倉早と同じく、彼には動機も無ければ怪しい部分も無い。青岸との関わりもなさ過ぎて、大事なことを取りこぼしているんじゃないかという気になってしまう。

そんな青岸の長考を、小間井への疑いと取ったのか、倉早が毅然とした面持ちで言った。

「ご安心ください。私や大槻や小間井が犯人であることはありませんからね」

「そんな証拠が？」

「ええ、ヴァン・ダインの二十則です。それによると、使用人が犯人であるのはタブーだそうなので。私は今回ほど自分の立場に感謝したことはありません」

「冗談だろうな」

「願望かもしれません」

倉早の完璧に作られた微笑と冗談の相性が悪すぎる。しかし、和ませようとしてくれたのは確かだった。

「……じゃあ、倉早さんは何か妙なものがあったら俺に教えてくれ。今回は仕事ってより調査のノリで」

「かしこまりました！　誠心誠意努めさせていただきますね」

一礼して、倉早がバスルームに向かう。いきなりそこに行く攻めた手管に感心しながら、ベッドに向かった。

雑然としたベッド脇には、報島の荷物がそのまま残されていた。縒れたリュックサックの中には煙草のカートンとノートパソコン、それに手帳と着替えが詰め込まれていた。

差し当たって手帳を開いてみるが、そこには細々とした取材の予定が書き込まれているだけで大した情報はない。ぱらぱらと捲っていると、カバーから何かが落ちた。

万年筆だ。青みがかったボディに金色のラインが、政崎のものによく似ていた。しかし、細部の高級感は全く違うし、そして何より要らない機能がついてしまっている。

蓋の部分を検めてから、左に捻る。すると、カチカチとダイヤルのような感触がした。そのままなおも捻り、蓋を引く。

すると、万年筆から報島の声がした。

『これは俺が処分しておきますから。……で、話を戻しましょう』

やっぱりな、と青岸は思う。これは万年筆じゃなく、それを模したICレコーダーだ。よくない用途に用いられることも多いので、正直そんなに趣味のいいものじゃない。そう思いながらも、録音に耳を傾ける。

『それで、政崎さんは本気で "同盟" から手を引くっていうんですね』

『ああ、この島から帰ったら必ず……常木の事業からもだ、どうせ常木が死んで混乱しているだろうし。これで手を切れるわけだ』

同盟、という聞き慣れない単語に引っかかったが、話の流れを聞くに、政崎たちは自分たちのことをそう称していたのかもしれない。

『一つ一つ確認していきますけど、政崎さんが手を組んでいたのは丹代さんと、津木さんとこと……』

そのまま、報島が何やら名前を上げ続け、政崎がそれを肯定したり、あるいは「それは違う」と

否定したりするやり取りが続く。

何だこれは。そう思っていると、報島が突然語り出した。

『後悔なんか必要ないでしょう。常木を殺してなかったら、俺たちだけじゃなく争場さんとかも危なかった。あいつは天使のせいでマジでおかしくなってたんです。そのこと忘れないでください
よ』

『そうだな。……あんな訳の分からない化物に大金を払うほど……常木は……』

『それだけじゃありません。もしかすると、改心したとか言って、今までのこと全部ゲロるかもしれないですよ。そうなったらもう破滅でしょ』

『……ああ、そうだ。全く……どうしてこうなってしまったんだ。あいつは本当にそうしかねなかった……』

『そうなったらきっと俺が一番に切られるんです。最悪、スケープゴートにされるかもしれない。こっちは殺される前に殺した、当然の報いです』

政崎が何言か返す。報島の声には媚びるような色が混じり、くだらないお世辞を言う。

『それじゃあ今夜また詳細詰めましょう。大丈夫です。俺は政崎さんの味方ですよ』

録音はそこで終わっていた。他に音声ファイルがないか調べてみたが、これしか残っていない。

それにしても政崎さんの味方ですよ、ときたか。報島はこの会話の後に、政崎をミカエルの槍で殺したのだ。

寒い言葉にしか聞こえない。報島がこれから何をするかを知っていれば薄ら

録音された会話の内容はよく分からない。ただ、最初の『これは俺が処分しておきますから』の意味は分かる。『これ』が指すのはこのICレコーダーそのものだろう。そういう名目で、まんま

と報島は政崎からこれを手に入れたのだ。

万年筆がレコーダーにすり替わっていると聞いただけで政崎は平静を失いそうであるし、そんな状態の彼を言いくるめるのは簡単だっただろう。そうして受け取った時にこっそり起動したのだ。

何のために？　恐らくは、後半の言葉を脅迫材料にするためだ。政崎と組んでいた要人たちの名前が、ここにはぎっしりと詰まっている。これを持ち出されれば、島の外に出ても政崎は報島に逆らえない。

「倉早さん」

「何でしょう」

「ちょっと俺は出る。ここは任せていいか？」

「ええ、大丈夫ですよ」

「ありがとう」

万年筆と手帳を拝借して、廊下に出た。

目指すは一階下、さっきぶりの伏見の部屋だ。

6

嫌な空気を察しているのか、伏見はインターホンを鳴らしても出てこなかった。前のように宇和島で釣っている時間はない。仕方ないので、借金取りのように激しく扉を叩く。

「おい助手！　助手ってってたんだから出ろ！　協力しろ！」

「叩かないでください、叩かないでくださいよ……！」

恨み言と共に扉を開けた彼女に、万年筆型のICレコーダーを突き付ける。

「単刀直入に言う。これはお前のか？」

「えっ……これ、何処にあったんですか？」

「報島の手帳に挟んであった」

「どうりで見つからないと……！　あのクソ記者め……！」

伏見が舌打ち交じりにそう呟く。

「お前まさか、挙動不審だったのはこれを探してたからか？」

「……そうです。一昨日、この館で取り押さえられた日のことです。お昼を食べた後に常木の部屋に呼ばれたんですよ。質問っていうか……尋問？　されて、付き合いのあるメディアを挙げさせられて」

きっと、倉早の言っていた通りの『制裁』を行う為だろう。

「その時に、緊張で鞄の中身引っ繰り返しちゃって。そこで落としたんでしょうね……。流石に、あんなもの持ってたら常木を探る気満々だってバレるじゃないですか。だから回収しようと思ってたんですけど」

「お前、そんなんで本当に記者としてやっていけてるのか？」

「バッグを引っ繰り返すのと記者の資質は関係ありませんからね。それじゃあ報島が私のレコーダーをパクってたんですか。本当に油断できませんね」

「いや、持ってたのは多分政崎だな。似たようなのを持ってたから間違えたんだろう」

「そうなんですか？　どっちだって一緒ですよ」

そうだろう、と一瞬思う。だが、今一番聞きたいのはそれじゃない。

「問題はこの録音だ。聞かせるから、後半の名前のところに注目しろ」

レコーダーを再生し、報島が次々に名前を挙げていたところまで聞かせる。すると、伏見が目を丸くした。

「これ、政崎との間に不正献金疑惑があった企業の重役です。それに、巻き込み自殺絡みで間接的に利益を得ていた人間も」

「常木と同盟のみんなは、もう反りが合わないってレベルじゃ無さそうだが」

「じゃあ、本当だったんだ……」

「何が」

「常木は政崎への支援を打ち切るつもりだって。実際、常木王凱は政崎の経営している会社への資金援助を連続で打ち切ってるんです。それでも、こんな島に招いてるんだから、まだ関係は継続するつもりなんだと思ってたけど……」

むしろ、今回が最後通牒だったということなのだろうか。もし常木の思い通りに動かないのなら——常木を穏やかに同盟から抜けさせないのなら、更なる経済的な制裁を加える、という。

「報島も自分は切られるって言ってたし……何だ、私じゃなくても動機あるじゃないですか。もっと濃厚なやつ……」

「この録音からすると相当追い詰められていたみたいだしな」

支援を打ち切ること自体もそうだが、報島たちはむしろ常木の天使への傾倒が進んでいっている

ことを危ぶんでいた節がある。

もし常木がこのまま天使への信仰を深めていけば、自分たちのやってきたことを悔やみ、大々的

に告白するかもしれない。そう考えても無理はない。天使に顔向けが出来るよう、自らの罪と向き

合わなければならない、なんてことまで。

「……常木一人殺して済むなら、それで解決しようってことになるのかもしれないですね」

「今の人類は、誰しも一度だけ殺人の権利がある。……まあ、奴らはそれを不当に行使してたわけ

だが」

「最低です。あるとも思ってませんでしたが、本当に人の心がない」

伏見が苦々しく言う。そして突然ハッとした顔になった。

「というか、これお手柄ですよね？　私が常木の部屋にレコーダーを忘れなければ、この会話を聞

けなかったわけですもんね。そうしたら奴らが常木をよく思ってなかったことも分からなかったん

ですよ？　私のお手柄じゃないですか！」

思わず言葉に詰まった。確かにその通りなのかもしれないが、それを素直に言うのは何だか悔し

い。伏見のICレコーダーでミッシングリンクは繋がったものの、彼女自身は何もしてないのだし。

「私がいなかったら報島の動機も分からないままだったんですよ！　そう考えると凄いことじゃな

いですか！　ね、青岸さん！　そうでしょう！」

「けど、いよいよ報島が政崎を殺した理由が分からなくなったな。この録音を聞く限り、二人の利

害は一致している。ここが仲間割れすることはないだろ。何がどうなりゃ報島が政崎の喉を槍で突

「…………結局そこに戻るんですか」

「金持ち殺人同盟の内紛が分かったところでってことだな」

着実に手がかりは増えているのに、全く真相に近づいている気がしない。常木に死んでほしかったのは二人とも同じはずだ。あの部屋で一体何が起こったのだろうか？

結局、結論は出なかった。一つ言えることは、生き残った争場も天澤も、常木王凱の死を喜んでいるだろうということだけだ。

部屋に戻る前に、改めて天使展示室に向かった。

一番目立つところに置かれている像、その手にあった槍がない。

槍を失った天使の像は不格好だった。元々の造形が猫背の猿のようだから、不自然に曲げられた腕が間抜けに見えるのだ。槍は天使の腕に凭せ掛けられていたらしく、つまりは誰でも取り外すことが出来た。

槍を失くした天使の像は神々しさも神聖さもまるで無く、槍を奪った人間はこれを見てどんな反応をするのだろうと思った。

天使展示室を出ると、もう陽が暮れかけていた。

くことになるんだ？」

7

太陽が沈む頃になると活発になるのか、窓の外には天使の姿が目立つ。殺人事件が起こっている
にも拘わらず、天使は相変わらず飛び回るだけで、真相を提示してくれるわけでもなかった。
同盟の存在を受けて、いよいよ常木の罪の輪郭が明らかになってきた。この島のゲストたちは常
木を中心として天使のルールを悪用し、たくさんの人間を不幸にしてきたのだ。
伏見が慕っていた檜森百生の一件も、今となっては常木たちの作為としか思えなかった。自分た
ちの罪に肉薄してきた檜森を、いつも通り紛れ込ませたのだろう。
赤城たちを殺したのも、『同盟』なのだろうか。彼らが巻き込み自殺の阻止に奔走していたから、
目障りになって殺したのか？　自分たちがやっていた正義の行いが、巡り巡って死の原因になって
しまったのだろうか。
いや、そうじゃないはずだ。赤城たちを狙って殺したのなら、常木が青岸をここに招くはずがな
い。あれは本物の巻き込み自殺だ。
——正義に殉じて死んだのと、理不尽な不運に巻き込まれて死んだのとでは、どちらが救われる
だろうか。
その時、青岸は自分の中に奇妙な思いが湧き上がっていることに気がついた。
赤城たちの死が単なる偶然で、常木たちの指示でなければいいという思いだ。
この感情の出所なら簡単に辿れてしまう。——理由は一つ。もう常木が死んでしまっているから
だ。もう彼に裁きを受けさせることも、復讐することも出来ないからだ。
そのことに気がついた時、衝動的に近くの壁を殴ってしまった。結局、青岸の救いもそこに行き
着いてしまうのか。もし常木が生きている間に、同盟について知れていたら——あのナイフを刺し

たのは、自分だったのかもしれない。その考えが過って、慌てて頭を振った。それが赤城の望んだ正義の味方であるはずがない。探偵である青岸は正当な法の裁きを受けさせようとしたはずだ。

けれど、青岸の中にはあの短剣と同じ形をした思いがあって、今もなお煮え滾っている。探偵として事件を調査していたはずなのに、常木王凱は死んで当然の人間だったと思ってしまう。政崎と報島が内輪揉めの末に死に、地獄に堕ちたのだとすれば喝采を送りたいくらいだ。そう思ってしまう自分は何なのだろう。これでもまだ探偵なのか。

そう煩悶（はんもん）しているだけならまだよかった。

けれど青岸はそこから一歩進んで、あの同盟の中で、まだ裁きを受けさせられる人間の存在を考えずにはいられなかった。

巡り合わせというのは恐ろしかった。気分を落ち着けるために訪れた談話室で、青岸は今一番会いたくない相手に出くわした。

「……争場さん」

争場雪杉は一人掛けのソファーに身を沈め、何をするでもなく窓の外を眺めていた。傍らにはなみなみと注がれたコーヒーがあるが、湯気は立っていない。長い間、一口も飲まずに放っておいたのだろう。

「やあ、青岸くんか」

「どうしてここに？」

「三階をうろついている天澤先生と鉢合わせたくないんだ。どうやら相当参っていてね。昔なじみ

208

の小間井さんや倉早さん以外は全員敵に見えているらしい。特に私は嫌われているんだよ。このま
まだと、彼に殺されてしまいかねない。だからここに避難したんだ。美味しいコーヒーも飲めるし
ね」

争場は冗談めかして言ったが、あながちただの軽口とも思えない。小間井や倉早が上手く宥めて
くれることを祈るしかなかった。

落ち着いた様子の争場の姿を見ながら、青岸は考える。

はっきりとした証拠は無い。

けれど、これまで出てきた傍証からすれば、争場はクロだ。何しろ、彼もまた同盟の一員なのだ
から。巻き込み自殺を行うための武器を調達し、挙げ句の果てに『フェンネル』を開発したのは争
場だろう。同盟の中で彼はそういう役割を担っていた。だから、彼の事業は降臨後も栄え続けた。
騙し騙しやっているなんてとんでもない。むしろ、争場ホールディングスはこの世界だからこそ隆
盛したのだ。

争場が探し求めていた『犯人』だ。

問題はここからだ。この島を出て、争場の罪を立証出来るだろうか。常木王凱が死んだことで、
これから彼の悪事は明るみに出るようになるのか。法の裁きを受けさせ、赤城たちの無念を晴らす
ことが出来るだろうか。

そうしなければならないと思うと同時に、そんなことは無理なのかもしれないとも思う。

ここまでやってこれたのだから、争場は相当抜け目の無い人間だろう。法からの追及は難なく躱
されてしまうに違いない。常世島で起こったことを受けて、いよいよ争場も守りを固めるかもしれ

ない。幸い同盟の主要関係者は天澤を除いて死んだのだ。どうにでも出来る。そうしたら、彼は尻尾を出さず、まんまと罪を免れるかもしれない。

そうなったら悔やんでも悔やみきれない。

しかし今、青岸には別の選択肢がある。

もし組み合いになったとしても、争場相手なら勝てる。何しろこっちは殺す気でかかっていっているのだ。このまま常世島を出れば、争場を殺せる機会など二度と無いかもしれない。争場は企業のトップで、こうして一人でいることすら珍しいのだ。

鼓動が大きくなり、耳鳴りが始まる。殺す、という選択肢がごく自然に出てくる自分が嫌だった。

けれど、止められない。

「どうかしたかい、青岸くん」

「……あなたは、」

その言葉が口を衝いて出た。

「あなたは、天使は不条理の象徴だと言ったな。……天国は、あると思うか？」

「さあ、分からない」

争場があっさりとそう返す。青岸はなおも続けた。

「天国や地獄が恐ろしいと思わないのか。俺は……俺は、あんたらがやったことを知っている。罪悪感を覚えないのか？」

具体的な言葉を使わずとも、争場には通じるだろう。

その証拠に、争場の顔から柔和な微笑の八割が消えた。元の顔つきが厳めしいので、その顔には迫力がある。それなのに、争場の声はあくまで穏やかだった。

「僕たちがやったことか……」

「そうだ」

今までのことを悔いて、自供してくれないだろうか。青岸はそう願う。そうしたら、……そうしたら、どうなるだろう。青岸は争場を赦せるのだろうか。赦すという言葉の意味すら、今の青岸にはよく分からなくなってきていた。

しかし、青岸の願いに反して、争場は歌うように続ける。

「昔、とある外国の、治安の悪い街に行ったんだ。そこには現役のカラーギャングたちが跋扈していてね。敵方のギャングと顔を合わせる度に争いが始まるから、スリリングだったよ」

話の意図が見えないまま、青岸は黙って聞いていた。

「あまりに顔を合わせる度にトラブルが起こるから、ギャングの代表が街に線を引いたんだ。ここから先はそっちの領地、ここから後ろはこっちの領地ってね。まるで子供の陣取りゲームのようだけど、意外とこれは強固に作用した」

「争いが無くなったのか」

「減ったは減ったよ。カラーギャングたちはその境界線を強く意識し、それを律儀に守って生活したからね。顔を合わせることが無くなれば、そりゃあ争いも減るよね。今まで基準が無かったから、あんなに無用な争いが頻発したんだ。それと引き換えに、増えたものもあった」

「……何だ？」

「目を覆いたくなるような凄惨なリンチ殺人だよ。境界線が出来たことで、互いにそれを守るようになり、争いが減った。その代わり、境界線を踏み越えた罪人はどんな目に遭わされてもいいという、消極的で暴力的なルールも出来上がってしまった。内容を聞けば、どうしてそんなことが出来たのだろうと不思議に思うような行為だよ。でも、境界線がそれを可能にした。領土の中では何をしてもいいって思ってしまうわけだね。彼らの躊躇いや罪悪感はこのルールの下で消えたんだ」

講義でも行っているような口調で、争場が語り続ける。

「僕にとって、天使とはこの境界線だった」

「……全く分からない。何を言っているんだ」

「青岸くんが聞いたんじゃないか。天国や地獄が恐ろしくないのか、って。まるで常木さんが乗り移ったみたいだ。もしくは、天使を過剰に恐れるようになった天澤先生のほうかな。でも、僕はそのどちらにも当てはまらない。天使が現れても僕は地獄に堕とされなかった。今も堕ちていない。なら、気にする必要なんかない」

「自分が何を言ってるのか分かってるのか？」

「昔の僕はね、むしろ感じ入る側だったよ。両親から引き継いだ事業だったが、ほら、扱う物が物だから。世界の何処かで不幸を生むのが恐ろしかった。こんなことを続けていては罰が当たるんじゃないかと怯えていたよ」

争場の目は驚くほど凪いでいた。

「天使さえいなかったら、何か響くものもあったかもしれないね。でも、僕は今境界線の中にいる。自分の場所をちゃんと守っているんだから、罪悪感を覚える必要も、死後の裁きに怯える必要も無

い。そう気づいてからは、全てから解放された」

その言葉を聞いた瞬間、青岸の身体は勝手に動いた。争場に飛びついて、痕が残りそうなほどの力で肩を摑む。争場は痛みに顔を歪めてはいたものの、その目の奥にある余裕は崩れていなかった。

「お前が『フェンネル』を作ったのか」

「いい名前だと思わないかな。プロメテウスの火はフェンネルの揺り籠で運ばれ、世界を変えた。あの炎は消えない。神話と同じだ」

肩を摑んだまま、力まかせに壁に押しつける。このまま首を絞めることは簡単だった。それで青岸の復讐は終わる。

「君は私を殺すのかな。一人までは殺せるんだから、その権利を僕に使うのかい？」

殺されるかもしれない状況なのに、争場は飄々と言ってのける。裏にあるのはお前にそんなことが出来るはずがない、という嘲りだった。殺せるものなら殺してみろ、と言外に言っている。

殺すべきなのかもしれない。争場をここで殺しても、それは『境界線内の行為』だ。争場が言うところの、神に赦された領域だ。青岸はまだ人を殺したことがないのだから。天使は青岸を裁かない。そう考えると、まるで争場を殺すことが正しいことのように感じてしまう。ただ裁かれないといういうだけで、赦しを得たような気持ちになる。争場がさっき言っていたことが、こんなにも早く理解出来るとは。

けれど、青岸の力は段々と弱まっていった。今なら殺せる、殺したほうがいい。そう考えているのに、手が動かない。

案の定、といった展開に、争場が笑う。そして、虫でも払うかのような手つきで青岸の身体を撥

ねのけた。すっかり力の抜けた青岸は、そのまま床に転がってしまう。

「俺は、正しいやり方で、お前に罪を償わせる。何年、何十年かかってもいい。正当な裁きを受けさせてやる」

青岸は絞り出すように言った。

「それは怖いなあ。けれど、こうしてかかってこられるよりはマシかな」

「そうでなくても、お前には罰が下るぞ。絶対、いつの日にか」

「非力な人間はいつでも神や天使に縋る。青岸くんも結局それか。残念だよ」

そう言いながらも、争場は嬉しそうだった。どうやら、追い詰められた人間が祈りに走ることが楽しくて仕方がないらしい。

「どうせ常木さんはもういないんだ。僕らが『やっていたかもしれない』こともう終わりだ。僕も今回で降りる。十分元は取れたからね」

そのまま争場は談話室の内線電話を取り、小間井に連絡をした。天澤と鉢合わせたくないので、誰かに迎えに来てほしいと告げる。

「あーあ。天澤先生、あのまま自殺でもしてくれないかな。絶対に僕を巻き込まないでほしいけど。僕はまだ死にたくないし、天国にも行きたくない。生きてこの島を出たいよ」

青岸はまだ立ち上がれずに、その言葉を背中で受けていた。もう争場の方を見ることも出来ない。

最悪なことに、無力感とやりきれなさで泣いてしまいそうだった。

そんな青岸を見て、争場がつまらなそうに鼻を鳴らす。程なくして倉早が争場を迎えにやって来た。彼女は座り込む青岸を見て心配そうな顔をしていたが、何も声を掛けずに争場と出て行ってし

214

まった。

一人残された青岸の手には、争場に摑みかかった時の感触が色濃く残っている。けれど、時間を戻せたところで、やはり青岸には争場を殺せないだろう。

それは青岸が臆病風に吹かれたからなのか、それともまだ正義の味方である探偵を諦めきれていないからなのか。どちらにせよ、青岸は無力だった。

その夜のことを一言で表すなら、消化試合だった。

争場と天澤は部屋に籠城し、残る青岸たちは何とも言えない空気のまま何となくダイニングルームに集まり、ほとんど会話もしないまま、小間井が出したインスタント食品を食べた。何故か大槻までがちゃっかりテーブルに着いている。しかし、相当疲弊しているのか、小間井がそれを咎めることもなかった。

このまま争場と天澤が閉じこもっていてくれるなら、むしろそちらの方がありがたかった。あの二人はどうしても場に緊張感を生んでしまう。

「明日からは天気もよくなるようで」

唯一、倉早が言った言葉だけが明るかった。

「天使にとっては悪い日和になるでしょう」

翌朝には、天澤斉が常世館から消えていた。

第五章　楽園の天使は歌わない

1

「神って何なんだろうな。天使をこんだけバラまいといて、自分は姿も見せやしない」

降臨の後、事務所で思わずそう呟いたことがある。その時一緒にいたのは嶋野で、何とも言えない気まずさを覚えた。嶋野はメンバーの中でもかなりの理論派で、降臨に際しても冷静だったからだ。

だが、嶋野は笑うこともなく「ふむ」と呟いた。少し考えてから、彼が言う。

「一つ話してもいいですかね」

「ああ」

「昔、こんな小説を読んだんですよ。小説というより掌篇ですかね。あるところに写真に写らない体質の男がいた。男は誰とも写真を撮らないことを決めていたが、親しくなった連れ合いはそれをよしとせず、彼の忠言を聞かずにたくさんの写真を撮った。連れ合いは、男が本当は写真に写りたがっていることに気づいていたからだ。しかし、男と離れ離れになった後、連れ合いは男の忠言の本当の意味に気づくんです」

216

「本当の意味？」

「男の忠告とは連れ合いの為のものだったってことです。連れ合いは写真を撮る度に男の不在を感じるようになった。写真に写らないからこそ男の不在を見せつけられる羽目になり、そこで懊悩することになった。不在が一番場所を取る。多分、この世界における神の存在もそういうものだ。あることを知っていながらけして姿を現さないことこそ、最も遍在することが出来るんじゃないでしょうか」

つまり、と前置いて、嶋野が続ける。

「神はヤバいくらい自己顕示欲が強い」

「ふは」

身も蓋もない言い方に、思わず笑ってしまう。嶋野は悪戯が成功した子供のような顔をして、丸眼鏡の向こうの目を細めていた。

「神様、見てみたいですねえ。どんな顔してるんでしょ。僕みたいに冴えないおっさんだったら、ちょっとは愛せそうなもんですが」

「ろくなもんじゃねえよ。ああでも、お前の話でやたらイメージ戦略にうるさい奴なんだろうなって印象がついた」

「そうじゃなきゃ、世界や人間をこんな風にしませんよねえ。あーあ、赤城くんが帰ってくるまでにこの書類書き上げようと思ってたのにやる気無くしました」

「もういいから飲もうぜ。今日は店じまいだ」

「石神井さんに怒られますよ。そうしたら青岸さん普通にしょげるじゃないですか」

「しょげねえよ」

「仕方ないですね。僕も一緒に怒られてあげましょうか。丁度、いいワインが入ったところなんですよ。青岸さんもこれならソイン党になりますよ」

嶋野が嬉しそうに白ワインを取り出す。その日飲んだワインは確かに飲みやすかった気もする。

2

朝食を終え、喫煙塔で煙草を喫っていると、顔に影が降りてきた。見上げると、天窓に天使の翼が見える。どうやら塔の上に張り付いているらしい。別に襲い掛かってくるわけではないのだが、見下ろされていると妙に煙草が不味い。

天使は昇ってくる煙を全く気にせず、塔の周りをぐるぐる回っている。

青岸は仕方なくポケットから角砂糖を取り出すと、いくつかを窓から放った。途端に天使が塔を離れ、砂糖に群がっていく。匂いを嗅ぎつけたのか、他の天使も何体か寄り集まってきた。こうしてみると、大きな鳩と変わりない。

天使に餌をやる趣味はないが、砂糖を撒けば天使を好きなところに誘導出来る。視界に天使を入れたくない時はこうするのが一番楽だ。角砂糖を数個でも用意すれば、三十分は気を逸らせる。

必死になって砂糖に顔を擦り付けている天使を横目に、もう一度喫煙塔に戻る。報島がつけた煙草の跡をなぞるように自分も顔に擦り付けてみる。じゅう、と音が鳴ったところで、喫煙塔の扉が開いた。

218

入って来たのは小間井だった。煙草を喫わない彼がここに来るのは珍しい。きっちりとした彼の顔が、ヤニ臭さに少し歪む。ある意味でもう慣れたパターンだった。案の定、小間井は言った。

「ご休憩中失礼致します。青岸様、すぐに来ていただけませんか」

また死体か、と言いそうになって留まった。代わりに「どうした」と言って、吸殻を灰皿に落とす。

「天澤様の部屋をノックさせていただいたのですが……返事が無いんです」

「まだ寝てるんじゃないのか？」

「そうであればよろしいのですが、普段の天澤様なら起床されている時間ですので」

そういえば、ここに来たばかりの時、談話室で彼と鉢合わせたのだった。朝から潑剌(はつらつ)としていた彼のことを思い出すと、確かに今は異常事態なのかもしれない。

争場が昨日言ったろくでもない言葉を思い出す。追い詰められた天澤が自殺でもしてくれれば、と。天澤にかかった過剰なストレスが、知らず知らずのうちに爆発したのだとすれば。

「これから天澤様の部屋を検めさせていただくのですが、よければ青岸様に立ち会っていただけないかと」

あの小間井が探偵をはっきりと頼るあたり、事態は予想より逼迫(ひっぱく)している。足早に天澤の部屋に向かうと、そこには既に倉早と伏見、それに宇和島がいた。

「おはようございます、青岸様」

「青岸さん！　大変ですよ、もしかしたら、これ……」

「お前は来る必要無いだろ。戻れよ」

冷たく伏見に言うと、彼女はあからさまに傷ついた顔をした。

「酷い！　倉早さんや宇和島先生にはそんなこと言わないくせに！　昨日の躍進で私は正式助手に格上げじゃないんですか！」

「まあ、自称助手なのに、ここにいない大槻よりはマシかもな……」

「いいから早く中を検めよう。早いに越したことはないしさ」

そう言う宇和島は診療鞄を携えていた。最悪の事態もしっかりと想定しているのだ、と思い息を呑む。

マスターキーを差し込んで扉を開けた瞬間に、部屋の中にある空々しさのようなものを感じた。

誰もいない部屋は、不在の空気がある。

そのことに裏打ちされるように、天澤の部屋はもぬけの殻だった。他と同じような広さの客室だ。報島の時と違い、部屋には私物がほとんどない。机の上に、あの日談話室で読んでいた洋書だけがぽつんと残されていた。ご丁寧にベッドメイクまで済ませてある。天澤は自分で部屋を出て行ったとしか思えない様子だった。

「ということは、まさか一人で帰っちゃったわけ？　まあ、あの人ってそういうことしそうな人ですしね」

伏見が呆れたように言う。それに対し、小間井が反論した。

「いいえ、この島に船が来るのは明日の午後です。それまでは常世島を出ることは出来ません」

「そんなこと言ったって、これはもう完全に立つ鳥跡を濁さずじゃないですか。天澤さんが常世館に戻ってくる気がしない」

220

言い返す伏見の顔が険しく強張っている。

「とりあえず、部屋を隅々まで探してみよう」

宇和島に促され、小間井たちが部屋を探し始める。そんな中、伏見は引き攣った顔のままこちらに寄ってきた。考えていることがテレパシーのように伝わってくる。

「ボートですよ。ボート」

確信に満ちた口調で伏見が言う。

「絶対そうだ。きっとモーターボートが無くなってますよ。天澤はそれで逃げたんだ」

「……まあ、この島にあれしか脱出手段がないんなら。しかし、天澤は船舶免許を持ってたのか？」

「さあ、いなくなったってことは持ってたんじゃないですか。　間違いないです」

「決めてかかるな」

「こっそり抜け出して行ってみましょう。　私たちが確かめないと」

伏見が手を引くので、青岸は流されるまま部屋を出た。どうせこの部屋に天澤はいないだろう。なら、モーターボートを確かめに行くのは悪い手じゃない。

先陣を切る伏見と連れ立って、南西の井戸へ向かった。そして、足を滑らせないように気をつけながら崖を下っていく。

しかし、伏見の予想に反してモーターボートは昨日のままにそこにあった。

正確に言うなら少しばかり位置が動いているように見えるが、無くなったりはしていない。

「……あれ？」

呆気に取られた様子の伏見が、丁寧にモーターボートを検める。だが、狭い運転席に人が隠れら

中の様子は昨日とは明らかに違っていた。ハンドルは勿論、操縦席のメーター部分の上の埃まで不自然なくらい綺麗に拭き取られている。こんなところを気にしている余裕があったのか、あるいは気にせずにはいられなかったのか。いずれにせよ、ここに誰かが来たことは間違いない。

「ガソリンが入ってる。誰かが入れたんだ」

操縦席に入り込みながら、伏見がそう呟く。

「逃げ出そうとした誰かが上壇場でやめたってことなの？　何で……」

「やめたというよりは、出来なかったんでしょう」

返事をしたのは小間井だった。急いで追いかけてきたのだろう。息を切らせている。遠くに宇和島と倉早の姿も見えた。何がこっそりだ、と内心で舌打ちをする。

「突然お二方が部屋を飛び出して行かれたので、どういうことなのかと思えば……何故ここに……」

いえ、当然ですね。これを見つけられていたとは」

やはり小間井はモーターボートのことを知っていたらしい。

「どういうことですか？　出来ないって……」

「この船は遠くには行けません。旦那様が常世島をお買いになった直後に、小回りの利く移動手段を確保しようと入手したものなのですが……やはり天使がついていっていってしまうので。それ以来、誰も使えないよう、錨の巻き上げ装置を壊してしまったのです」

「壊した？　どうしてそこまで……」

「万に一つもこのモーターボートが動かされることがないようにですよ」

笑い飛ばす気にはなれなかった。常木王凱だったらそこまでしてもおかしくはない。死んでからの方がよっぽど常木の解像度が上がっていく。喋る天使に五千万をぽんと払えるのなら、モーターボート一つを置き物にするくらい大したことじゃない。

「本来はこのボタンを押すことで錨の巻き上げが行われるのですが、今は空回りをするばかりです。動かせたとしても精々数十メートルでしょう」

青岸たちと入れ替わるようにして小間井が操縦席に入り込み、丁寧に補足をする。

それでは脱出は出来ない。ここから近くの観光島までですら十数キロの世界だ。このモーターボートにガソリンを入れた人間は、巻き上げ装置が壊れていることを知らなかったのだろう。

そして、突然動かなくなったことで気がついたというわけか。

「何にせよ、巻き上げ装置が壊れてなかったら、さっさと出て行くつもりだったってことですか？最悪ですね」

「……あのご様子だと責められないでしょう。昨日、天澤様は涙を流しながら私どもに懇願されました。何でもするから常世島から出してほしい。このままではおかしくなってしまう、と。私個人としても、どうにかして差し上げたかったのですが……本当に手段が無く……」

「ならおかしくなればいい」

伏見が吐き捨てるように言う。

「臨戦態勢なところ申し訳ないけど。……そんなことしてる場合じゃないんじゃないの」

追いついてきた宇和島が呆れたように言う。

「青岸さんもだよ。ここに留まってたって仕方ない」

「そう言うなよ。この操縦席——あ、」

そこで、宇和島が焦っている理由に思い至った。彼は重いだろう診療鞄を今も携えている。

モーターボートはここにある。天澤はこの船で脱出したわけじゃない。

なら、何処に行ったのか？

「モーターボートが動かなかったなら、何食わぬ顔で館に戻ってくればいい。けれど、天澤さんはそうしなかった。もしくはそう出来なかったんだ」

宇和島が厳しい顔つきのまま言う。きっと、これ以上誰かの命が奪われることに耐えられないのだろう。しかし、周りに痕跡のようなものは無い。適当に探すにはこの島は広い。その時だった。

枯れ井戸の周りを天使が飛び回っているのが見えた。

天使は基本的に気ままなもので、砂糖以外に興味を持つものは無い。あそこを飛んでいるのもただの気まぐれである可能性は高かった。

ただ、胸騒ぎがした。

昨日覗いた時の、固めて落としたような暗闇を思い出す。井戸に炎は無いが、あの場所から青岸が連想したのは地獄だった。

井戸には、昨日あったはずのつるべが無かった。長かった縄は両端ともぶつりと切られ、巻き上げ装置に数巻が残っているばかりだ。ボートの操縦席と同じく、井戸も昨日と違っている。違うものは恐ろしい。

「……あそこを確認してみないか？」

宇和島がはっきりと井戸を指差す。

224

向かっている最中も逃げ出したくて仕方がなかった。この予感が裏切られてほしい、と切に願う。

だが、無情にも宇和島は井戸を覗き込み、懐中電灯で底を照らした。そして、小さく漏らす。

「……惨い」

その言葉を受けて、青岸も中を覗き込む。むっと湿った悪臭が鼻を突く。生臭さと甘さの混じった妙な臭いだ。

「——ああ」

思わず声が漏れた。

井戸の底には焼け焦げた死体があった。

顔の表面も焼け爛れているが、顔立ち自体は判別出来る。——それは、天澤斉の死体だった。

覗き込んだ倉早がふらりと井戸に落ちてしまいそうになる。慌ててその身体を掴んで引き戻すと、彼女は消え入りそうな声で「ありがとうございます」と言った。

「……嘘でしょう？　何で四人目が？」

伏見も震える肩を抱いている。

「おい、宇和島。あれは——」

「……天澤さんで間違いないと思う。服とか身体の表面は焼けてるけど、体型が同じだし」

宇和島の言う通り、天澤は争場に次いで背が高い。いくら焼けていても、判別出来ないことはない。

「言っておくけど、あれは焼死体ではないと思う。あの程度の火傷ではそうそう死なない。あれが決定的な死因でないのは明らかだ」

「じゃあ死因は」

「この遠さじゃ詳しいことは分からないよ。この井戸の深さは約十五メートル。そのまま落ちただけで死ぬよ。天澤さんに神のご加護があれば、両脚骨折で済んだかもね」

宇和島が皮肉っぽくそう答えるが、その顔には覇気が無かった。放りだされた診療鞄が虚しく見える。

それじゃあ近くで、と言おうとしてはたと気づく。

天澤の死体をどうやって引き揚げればいいのだろう。

手を伸ばして届く距離じゃない。縄を身体に括りつけて下に降りれば、戻れなくなるかもしれない。井戸の底でお揃いの死体になる覚悟を決めて、あそこに行くべきだろうか。探偵をやっているのだから、そのくらいはすべきだ、という考えが過る。もう一歩井戸に踏み出し、身を中に乗り出すと、場違いな甘い臭いが更に強くなって眩暈がした。

赤城なら降りるかもしれない。木乃香ならそれを応援するだろうか。嶋野は反対しそうだが、結局は青岸の好きなようにさせてくれるだろう。こういう時にアクロバティックな解決方法を考え出してくれるのは石神井だったが、彼女はここにいない。

もう少しだけ重心を井戸の方に傾ける。そこは地獄によく似ていたし、半端に焼けた天澤の死体はそういうメタファーに満ちている。降りましょうよ、と幻覚の赤城が言う。——だって、焦さんは探偵ですし、もう四人も被害者が出てるじゃないですか。

「駄目です、青岸様」

その時、後ろから抱きしめられるような形で、身体が引き戻された。

226

「青岸様まで危険に晒される必要はありません。探偵が事件の最中に亡くなってどうするんですか」

倉早の声は優しかったが、その目はらしくなく緊張していて、引き結ばれた唇からは今にも批難の言葉が出てきそうだった。

「ああ、悪い。……うっかりしてただけだ。さっきと逆だな」

「私が言うことではないかもしれませんが、気をつけてくださらないと心臓に悪いです」

「いや、そうだな、本当に……」

「天澤様が亡くなられたのは、青岸様の所為ではありません」

噛んで含めるような言葉に、脳内の幻聴がすっと消えていく。

「手がかりのために危ない橋を渡ろうとはしないでください。青岸様の責任ではないんです」

井戸の縁に張り付いていた両手を離して、倉早の視線をまっすぐに受け止められるようになる。

「……勿論、青岸様が犯人でなければですが」

ふわりと倉早が笑う。今度は冗談だとすぐに分かった。

「そうだな。……俺は犯人じゃないし責任もない」

「そうでしょう」

改めて井戸を振り返ると、懲りもせず伏見が大きく身を乗り出していた。一瞬だけ、伏見がそのまま降りて行けばいいんじゃないかと思ってしまう。だが、いくら恐怖心が無くとも、あの死体を担ぎ上げて戻ってくるのは物理的に厳しいだろう。

「……それにしても、何でこんなところに？　ボートは崖下でしょ？　こんな井戸に落ちるなんて

「……」

伏見が死体に語り掛けるように呟く。

「他のどなたかもモーターボートに乗ろうとして、どちらが乗るかで口論になったというのはいかがでしょうか。それで、犯人は誤って井戸に天澤様を突き落としてしまったなどというのは」

小間井が推測を立てる。

「それなら、今回の犯人は天澤さんを殺すつもりはなかったっていうことなの？　偶然天澤さんを殺してしまっただけで……」

「私はそう考えますが……」

「少し不自然だな。モーターボートのことで揉めることないだろ」

青岸がそう言うと、二人とも黙ってしまった。

「そんなにモーターボートと結びつける必要も無いんじゃないの」

口を挟んだのは宇和島だった。

「特にモーターボートの件で揉めたわけじゃないのかもしれない。モーターボートがあるという事実を餌にして、井戸におびき寄せただけなのかも」

「何故そんなことを……？」

戸惑った様子の倉早に、宇和島は厳しい顔で言った。

「最初から目的は天澤さんを殺すことだったのかもしれない。けれど、体格的に敵わないから井戸に落としたというのも考えられる。別に女性陣に疑いの目を向けさせたいとかじゃなくて、単純な

228

話ね」

「最初から殺すつもりで……」

「だとしたら、この四件目の殺人の犯人は今までとは何ら関係のない人間だってことになると思う けど。今朝、争場さんは部屋にいるのを確認してるんでしょう?」

「ええ、そうですね。争場様は部屋で朝食をお召し上がりになっています。……大槻は確認しておりませんが……」

「大槻くんが息災であれば、今回の犯人は初犯だよ。まだ神様の慈悲が届くライン」

倉早の証言に対し、宇和島がばっさりとそう言い捨てる。殺人の衝撃から立ち直った後は、殺人が起きたという事実そのものに怒っているらしい。

「本当に体格差のある相手を殺すためだけに井戸に呼んだと思ってるのか?」

「青岸さんの言いたいことは分かってる。確かに効率は悪い。でも、それ以外にわざわざ井戸を使って殺す理由はないだろう」

宇和島の言うことは一理ある。が、どうしても納得がいかなかった。この館には本当に体格差のある人間を殺す術はないのだろうか?

その疑問に答えたのは小間井だった。

「残念ながら、常世館には家畜用のスタンバトンもボウガンも猟銃もございます。体格差を克服するだけの凶器ならいくらでも」

「それらの場所は? 凶器の存在を知らなかった可能性は」

「モーターボートに入っていたガソリンは外の倉庫にあったものです。ガソリンが見つけられるな

ら、凶器を調達するのは難しくないかと」

青岸の問いに対し、小間井が冷静に説明し、更にこう続けた。

「……そして、倉庫の南京錠は壊されていました」

「……中は⁉ 凶器なんか全部捨てた方がいいんじゃないですか⁉」

伏見がヒステリックに言う。

「幸い、無くなっているものはありませんよ。もし凶器になるものを全て処分されるおつもりなら止めはしませんが」

「そりゃそうですよ！ 私はそうすべきだと思います。青岸さんも同意してくれますよね？」

「そもそも、お前はまだ殺人が起きると思ってるのか？」

「青岸さんだってそう思ってるんじゃないですか」

伏見の言葉に、一瞬言葉が詰まった。まだ殺人が起こることはあるだろうか？

「ともあれ、ひとまず館に戻ったほうがいいんじゃないかな。争場さんと大槻くんが残ってるんだろうし」

宇和島の提案に、各々が頷く。

「……争場様には私がお伝えします。天澤様が井戸に落ちて亡くなられたと」

倉早が沈鬱な面持ちでそう言った。

「殺人だって言わなくていいのか？」

「そんなことを言ったら、争場さんはますます出て来なくなるんじゃない」

宇和島が溜息を吐きながら言う。

争場はこのまま出てこないつもりなのだろうか。明日の午後には船が来るのだから、それが一番賢い。争場が一番警戒していた天澤も死んだのだ。むしろ、彼にとっては都合がいい展開だ。

「で、戻る前に一つ気休めを言っておくよ」

「気休め？」

「今回は遺体が焼かれてるんだ。事故や自殺じゃない。でも、そっちのほうが安心できるのかな。少なくとも、次殺せば犯人は地獄行きだ」

宇和島がいつかのようにそう言うが、誰一人安心している人間はいなかった。

既に四人が死んだ。この世界にも連続殺人があることを、身をもって知ってしまった。

3

行方を心配されていた大槻は、玄関ホール前でまたもや煙草を喫っていた。

「大槻！　ここで煙草を喫うなと言っているでしょう！　何故それだけのことが守れないんですか！」

「うわ、皆さんお揃いで。小間井さん、コックコートで煙草喫うなって言ってたじゃないですか。今日は私服ですよ」

「どちらかを守ればいいわけじゃないんです！　喫うなら塔で、かつ私服で喫いなさい！」

「だって気づいたら誰もいないから、不安だったんすよ。まさかみんな死んじゃったのかなって。そりゃ煙草も喫いますって」

不謹慎極まりないことを言う大槻の眉が下がっている。ろくでもない発言だが、不安だったのは嘘じゃないのだろう。

「……天澤様が亡くなられました。お前も少しは常世館の一員として自覚を持ったらどうなんです」

「え、天澤さんまで？　そっか、マジでか――……」

「もし身につまされるのであれば、着替えてきて皆様に何かお出ししなさい。旦那様に見初められたその才能を発揮するのは今でしょう」

「……分かってるんですけど、ねえ」

言いながら、大槻はするすると逃げて行ってしまう。小間井に叱られたから、もうしばらくは部屋から出てこないかもしれない。

館に戻ると、倉早は宣言通り争場の部屋に向かった。果たして、争場はどんな反応をするのだろうか。

「それでは青岸様、私たちはそれぞれの仕事に戻ります。伏見様や宇和島はどうするか分かりませんが、何かあればお申しつけください」

一礼して小間井が去っていこうとする。その背を呼び止めて尋ねた。

「なあ、常世島はどうなるんだ」

「……難しい質問です」

いつでも張りつめた空気を纏っていた彼が、この事件の最中に急に老け込んでしまったようだった。

232

「旦那様が亡くなられた後にこの島をどうなさるかを聞いたことはございませんので……以前は懇意にしていらっしゃる皆様──それこそ、政崎様や天澤様への贈与を考えておられたかもしれませんが……」

その二人も死んでしまっている。そもそも、常木と彼らの関係は悪化していた。もし生きていたとしても、そうなっていたかは分からない。

「もしかすると常世島自体が誰かに売却されるかもしれませんが、こう天使の多い島に買い手がつくかどうか」

「天使趣味の人間なんか捨てるほどいそうだが」

「天使趣味で、なおかつ島を買い上げられるほどの方が見つかればいいのですが。塔には煙草の臭いが染みついていますし。……これは冗談です」

似合わない微笑を浮かべながら、小間井が弱音を吐く。

「旦那様は天使が島を離れることを過剰に恐れていらっしゃいましたが、この島から天使がいなくなるようなことはあるのでしょうか。私はこの島が永遠に天使に囚われ続ける気がしてならないのです。旦那様がいなくなっても……いえ、旦那様がいなくなられたからこそ、天使は一層この島を見放さないのではないかと。そんな島を誰が所有したいでしょうか」

「常世島に愛着はないのか？」

「どうでしょう。……私は旦那様にお仕えしていただけですので」

小間井が苦しそうにそう呟く。

「……旦那様が天使に傾倒するようになったのは理由がございます」

「理由？」

尋ね返しながらも、心の中では分かっていた。小間井はこの常世島で、ずっと常木に付き従ってきたのだ。

「旦那様は元より手段を選ばない方でした。そういう方だったからこそ、一代で事業をここまで大きくすることが出来たのです。しかし、その上で踏み躙られたものがあったことを知っています。旦那様は今になってそれを恐れ、あろうことか天使に救いを求めました」

小間井が言っているのは、恐らく『フェンネル』絡みのことだろう。この島に集まっていた五人が行った赦されない罪だ。

「私は旦那様をお止め出来る立場にありましたが、そうしなかった。そうしているうちに、旦那様が殺されてしまった。……私はもう償う方法がない」

「そんなことはないでしょう。だって、小間井さんはそれを悔いていて、まだ……」

「いいえ、終わったのです。旦那様がいなくなり、常世島も天使も捨て去られます。だからこそ、私にはもう……」

小間井がゆっくりと首を振る。何だか妙に思い詰めた表情だった。この島の終わりが、彼の人生の終わりとでも言わんばかりだ。

「喋る天使の面倒はまだ見てるのか？」

「面倒を見ると言っても、天使は世話を必要としません。私たちにできることなどないのです」

天使に対するコメントはビジネスライクで、何の熱も籠っていなかった。

234

4

談話室には誰もいない。優雅にここでくつろいでいた天澤がもう懐かしい。あの朝に戻りたいとは思わないが、こんな結末を望んでいたわけではなかった。

高級なコーヒーを淹れ、わざわざ台無しにするために砂糖をいくつも放り込んでいく。立ち上った甘ったるい匂いがあの井戸を思い出させて気分が悪くなった。思い出せば思い出すほど、コーヒーの黒と井戸の中は似ている。一口啜っただけで後悔した。こんなものを喜ぶのは天使くらいだ。

煙草は喫った。コーヒーも飲んだ。なのに、目蓋が重くなっていく。まだ何も解けていない。みすみす四人が死ぬのを許したというのに、何の役にも立っていない。

身体がどんどん重くなり、ソファーに沈み込む。睡眠薬でも盛られたのかと思ったが、それにしては自然な眠気だ。

だから、これは現実逃避でしかなかった。つくづく自分は探偵失格だ、と自嘲する。

現実逃避に相応しく、都合のいい夢を見た。

事務所には赤城がおり、何かの本を読んでいる。カウチでは木乃香が眠っている。嶋野と石神井の姿は見えないが、きっとそのうち帰ってくるだろう。これはそういう夢なのだ。

「焦さん、分かりましたよ」

不意に赤城がそう言った。

「何がだ」

「天使がいても探偵は不要じゃありませんよ」

都合のいい夢の中であるはずなのに、ここには天使がいるらしい。いや、それも含めて都合のいい夢なのか。赤城の言葉はなかなか心の躍るものである。憎まれ口を叩くのも忘れて「何でだよ」と尋ねた。

「連続殺人が起きなくなって、人を殺すことは前よりずっと単純な行いになって、悪い人間は天使が自動的に裁いてくれて、だと、確かに探偵の役割なんか無くなったように感じますよね」

「その通りだろ」

「でも、よくよく考えたら探偵っていうのは、事件に巻き込まれた人を幸せにするのが役目なんです。ということは、探偵って別に天使がいたってお役御免じゃないんですよ」

読んでいた本を閉じて、赤城がこちらを向く。

「天使が誰かを幸せにしたかって言われると、疑問が残るでしょ？　なら、天使がいたって探偵もいる世界のほうがいいな。僕は」

それがあまりに理想的な台詞だったので、そこで目が醒めた。

元より探偵に裁く権利などないのだ。探偵が犯人を指摘しても、裁くのは司法だった。それが天使に挿げ変わったとして、探偵の根っこの部分は変わらない。何しろ探偵は事件を解決して誰かを幸せに導くものなのだから。

いや、その前提が既に理想なんじゃないか？　と言われてしまえばそれまでだ。第一、赤城はかなり探偵贔屓（びいき）である。フェアじゃない。

236

大きく溜息を吐いて、手元のスマホで時間を確認する。眠っていたのは大体一時間ほどだった。

結構な時間だ。

「事件発生中に居眠りする探偵なんか聞いたことないよ」

視線だけを横に向けて、呆れた顔の宇和島を確認する。一番見つかりたくない相手に見つかってしまった。

「……なんで事件の最中に居眠りする探偵がいないんだろうな。普段より気張って動いてんだから、むしろ居眠りしそうなもんだが」

「一、探偵は真面目かつ誠実なので居眠りをしない。三、談話室で眠っていたら犯人に殺されてしまう恐れがある。となると、青岸さんが居眠りを出来るのも天使のお陰だということになるね」

「連続殺人が起きないって前提は終わったと思ってんだけどな……」

「そうだね。地獄に堕ちてでも青岸さんを殺したいって思ってる人間がいるかもしれないしね」

「御冗談を」

「本当にね」

宇和島の声に怒りが滲んでいるのは、迂闊さを責めているからだろう。目の前でたくさんの人が死んだのに、青岸がこれだと怒りも覚えるはずだ。つくづく宇和島には迷惑を掛けている。

「……都合のいい夢を見た」

「そう。青岸さんにひらめきが下りてきて、犯人をあっさり指摘出来たとか？」

「それは都合のいい夢じゃねえよ」

「じゃあ何。青岸さんの都合のよさって」

「こんな世界で探偵のいる意味なんてないって言ったら、それを否定される夢だ。⋯⋯探偵は人を幸せにするもので、それは天使には出来ないことだって⋯⋯」

都合のいい夢の話なんかしたら、宇和島の怒りを加速させるだろうか。だが、言わずにはいられなかった。

すると、宇和島は何故か小さく笑った。

「いきなり何だよ」

「いや、懐かしいなって。それって赤城さんの言葉だろ」

「どういう意味だ」

「同じこと、赤城さんも言ってたよ。覚えてたから夢に出たんじゃないの」

一瞬思考がまとまらない。一体、宇和島は何を言っているのだろうか。夢の中の赤城と同じことを、赤城が言っていた？　そんなはずはない。そんな言葉を、青岸は聞いたことがなかった。

「降臨が起こってからどのくらいだったかな。赤城さんが不審死を調べていた時に、同じことを言ってたんだよ。青岸さんには言わなかったの？」

「⋯⋯知らん。聞いたこともない」

あの頃は何もかもに忙しく、赤城とも改まって話をした覚えがない。この言葉を赤城から聞いたはずはないのだ。

宇和島は訝し気な顔をしていたが、ややあって頷いた。

「そういうこともあるのかもしれない。天使がいるんだ」

死んだ人間が夢を通して何かを伝えてくることはなく、夢なんかただの願望でしかない。少なくとも青岸はそう思っている。

青岸が知っているはずのない言葉が、夢を通して伝えられる。そんなものを天国の証明だとも思わない。ただの偶然か、もしくは本当は何処かで耳にしていたかだ。死後の世界が本当にあって、赤城が最後に探偵について思っていたなにがしかを伝えてくれるはずがない。

この世界はそこまで優しくはない。

それでも、青岸は立ち上がった。無言で談話室を出て、天使には出来ない仕事をしに行く。

5

館の外、塔とは反対側に位置するところに件の倉庫はあった。

細長い小屋のような形をしていて、潮風対策なのかニスで綺麗に塗り上げられている。小間井の言っていた通り、鍵は壊されていて誰でも開けられるようになっていた。

中にはロープが数束、スコップやバケツ、猟銃が一挺に家畜用のスタンバトンが一本あった。

たとえば、このスタンバトンなんかを使えば、体格差のある人間でも天澤を井戸に突き落とすことが出来ただろう。

内部の壁は経年劣化で退色していたが、一部分だけ元のクリーム色が残っていた。A4サイズの長方形。この間まで何かが貼ってあったようだ。

何かが無くなっていても、部外者の青岸には分からない。そもそも何があったのかを示すものが

倉庫内に何も無いので、もしかすると小間井たちだって何があったかを正確に把握していないかもしれない。

だから、今青岸がやるべきことは、ここから必要なものを拝借することだ。

倉庫内で一番長くしっかりしたロープを一束丸ごと貰い、モーターボートの置いてあった場所に向かう。夕焼けに照らされ、白い船体がオレンジ色に染まっていた。操縦席に異常はない。

目的は、船の近くにあった杭だ。肩に掛けていたロープの束を下ろし、実際に杭に通していく。

杭と杭の間は係留用にしては明らかに近く、これを通すことによってロープはまっすぐ綺麗に伸びた。全部で十個もあるそれを通すと、十二メートルほどになるだろうか。実際に通してみても、いよいよ用途が分からない。

最後の杭は崖と殆ど垂直に打たれていた。見上げると、井戸の屋根がギリギリ見える。

崖に同じような杭が打たれていることに気がついたのはその時だった。

岩場に打たれているものよりも大ぶりなものが二本だけそこにある。そこにもロープを通すと、ロープは崖を斜めに這って登るような形になった。

それを見て、妙なひらめきがあった。さっき通したばかりのロープの一端を持って崖を登る。すると、遠くの方にも転々と杭が打たれているのを見つけた。子供が遊ぶ線結びゲームのようだ。十分な長さのあるロープは、杭と杭を悠々と繋いでくれる。

直感通り、井戸の近くにも六本の杭が打たれていた。目立たないようにするためなのか、少し遠くを迂回するように打たれている。そこにも慎重にロープを通すと、井戸とモーターボートが半円

状の軌道を描いて繋がるような形になった。

これはどういうことなのか。浮かんだ疑問符を頭を振って追い払い、思考を修正する。考えなければならないのはそれじゃない。このロープで何が出来るかだ。

無残にも千切られ井戸に落とされたつるべと縄のことを考える。仮に、この杭に沿ってロープを這わせ、つるべとモーターボートを接続することが出来たら。モーターボートを操縦する人間によって、井戸のロープを引かせることが出来る。この装置があれば、一体どうなるだろう？

モーターボートを見る。船舶免許を持っていると公言していたのは、争場だ。もしや昨日このボートを動かしたのは争場だったのではないのだろうか。争場は平静を失い始めていた天澤を危ぶんでいた。自分だけは何としてでも生きて常世島を脱出したいとも。そんな時にこのモーターボートのことを知ったら、争場はどんな行動に出るだろうか。

今日はこんなに晴れているのだから、昨日は月も綺麗にみえたことだろう。そんな中を、争場はひっそり進んでいく。誰にも知られないようにこの島から出ていくためだ。

しかし争場は杭によって慎重に這わされたロープには気づかなかっただろう。そしてモーターボートを発進させる。もし、桶がついていた方のロープで絞首縄を作り、それをスタンバトンで気絶させた天澤の首に掛けていたとしたら──。

犯人は、争場に天澤を殺させることが出来る。

いや、と青岸は思う。仮にそうだとしたら、天澤の身体は井戸の外に放置されていたはずだ。つるべにロープが結んであることには気づかなくても、大の大人である天澤が井戸の近くに倒れていたら気がつくだろう。そんなリスキーなことは出来ない。

もしや、その為の井戸なのだろうか。首に縄を掛けられた天澤を井戸に吊るしておけば、争場に見つかることはない。それなら井戸の役割がはっきりする。

「クソ、駄目だ。それじゃあ意味がない」

わざわざ口に出してそう否定する。

この井戸の深さは十五メートルもある。首に縄を掛けた状態で井戸に放り込めばその時点で天澤は死ぬだろう。当然だ。仮に井戸が足の着くくらいの深さだったらこの計画でも大丈夫だったろうに。

惜しいところまで来ている自覚はある。探偵を全う出来ている気はしなくとも、謎が解ける気配はある。だが、あと一歩のところで届かない。

青岸は赤城の素性をさっぱり当てられなかった。ささやかな手がかりから魔法のように全てを明らかにするなんて無理だと今でも思っている。あんなものは単なるお伽話でしかない。だが、今はそのひらめきが欲しい。何でもいい。答えが知りたい。

祈るような気分で、もう一度井戸を覗き込む。朝と違い、そこからは立ち上るような腐敗臭がした。こんなところに放置されて、天澤の腐敗はどんどん進行してしまっているらしい。

まともに弔われることもなく暗闇の中にいる天澤は、そういう地獄に堕とされたようだった。あれほど天使に拒否反応を示し、怯えていたというのに。彼が天国研究の分野で好き放題に振る舞っていたことを思うと、その行く末は因果応報に思えなくもなかった。

その時、青岸の頭にとある奇妙なビジョンが浮かんだ。

深すぎる井戸、落とされた死体。回収出来ない場所の天澤斉。

じわじわと手に熱を感じる。自分が柄にもなく興奮しているのが分かる。この方法なら出来るかもしれない。

不意に天使が井戸の屋根に留まった。天使は夕暮れの方に顔を向け、細い首を頻りに傾げていた。

何も映さない削られた顔にも夕日が落ちる。

数瞬の沈黙の後に、青岸は空気を裂くような透き通った鳴き声のようなものを聞いた。地下室で聞いたのと同じような音だ。恐らくは幻聴だろう。あるいは、海鳴りがそう響いただけなのか。

それでも、青岸にはこれこそが祝福に感じた。

6

「お前は門番みたいだな」

「そうっすね。でも、料理人じゃなくなったから、代わりの仕事を見つけるのが道理っていうか」

館に戻ると、大槻はまたも玄関の前で煙草を喫っていた。ここまでくると舌への影響がどうこうというより、普通に健康が心配だ。そもそも、青岸とエンカウントする為に喫煙塔で喫うと言っていたのに。その発言のブレがちょっと不服だった。

でも、もういい。そんなのが建前であることは分かっている。

「まあいい。俺はお前に用があった」

「何すか。何か食べたいものとか？」

「お前が料理を拒否したのは、常木王凱が亡くなったからだと思っていた。殺人犯が潜んでいる状

「そうそう。牧師造薬殺人事件でしたっけ？　あれって料理人の間では死ぬほど聞かされるんですよ。あれのために食料庫に鍵掛けろとかにもなっちゃって。めんどいことこの上ない」

「鍵は結局倉早さんたちに返したのか」

「まだ持ってますよ。千寿紗ちゃんが一応持っとけっていうからホットサンド作ってあげたでしょう」

「そうだったな。美味しかった」

パーカーにべったりと汚れをつけながらも、大槻はサンドイッチを持ってきてくれたのだ。あれは嬉しい思い出としてちゃんと記憶に残っている。

「常木王凱が殺されてから、お前はぱったりと公の場で料理をしなくなったんだよな。お前は仕事が面倒で嫌いだって言ってたから、不自然に思えなかったが。違った。お前は料理をしたくても出来なかったんだ」

大槻が手元の煙草を足元に落とした。縺れたスニーカーで吸殻を踏むと、ジュッと軽い音がする。

「……え―、心外っすね。俺は料理が出来なくなったわけじゃないですって。さっきの美味しかったっていう言葉は何だったんですか？」

「正確に言うなら、小間井さんの前では作れなかったんだな。お前が料理を作れば、小間井さんと倉早さんが給仕の担当だ。そこでコックコートを着ていなかったら咎められる」

ごく自然に、大槻の視線が自分の着ているパーカーに向く。常木が死んだ次の日からずっと着ている、何の飾り気もないパーカーだ。一応洗ってはいるのか、ミートソースの染みは薄くなってい

た。

「単刀直入に言う。常木が死んだ夜、お前はコックコートを汚したんじゃないか？　それも、簡単には落ちない汚れで」

「簡単には落ちない汚れって？」

「そうだな、たとえば血とかな」

大槻の丸い目がすっと細められる。その喉が軽くひくつくのを、青岸は見逃さなかった。

「血が着いたコックコートを着ていたら、どう考えてもお前が常木殺しの犯人だよな。だから、お前はずっと着たきりだったコックコートを脱ぐしかなかった」

「ひで――、一応毎日洗ってましたけど。で、夜乾かして寝ると」

「それはそれで苦学生かよ」

「というか、コックコートくらい常世館にはたくさんありますし。新しいのを出せばいいじゃないですか」

「いや、駄目なんだよ。あれだけ縒れたコックコートを着ていたお前が、殺人事件の翌朝に新品を着ていたらあらぬ疑いを掛けられるだろ。何か汚すようなことをしたに違いないってな」

そんなことになったら青岸だって大槻を疑っていただろう。

だが、あれだけ着倒していたコックコートを頑なに着なくなったのも、それはそれで不自然に映ってしまった。ワインセラーで青岸に着替えを借りようとしたことだって妙だったのだ。私服が駄目になっても、大槻にはあのコックコートがあったのだから。

「こっちは喫煙塔の近くでお前の煙草の吸殻も見つけてるんだ。常木が死んだ翌日に探してたのは

それだったんだろ。なんでそんなものを探してたんだ？」

「そりゃ、庭にゴミを捨ててしまった罪悪感っすよ」

「そんなわけあるか。吸殻が見つかったら、あの日外に出なかったってのが嘘だってバレるからだろ。大人しく話せ」

「あー、何だよ。見つかった時点で詰んでたのか。あの時見つかんなかったから、風で海にでも運ばれて行ったんだと思ってたのに」

舌打ち交じりで大槻がそう呟く。やはり、大槻は吸殻を探していたらしい。何が会えるかと思って、だ。馬鹿馬鹿しい。自分を落ち着かせるよう一息吐いてから、大槻はようやく認めた。

「まあ、正解です。俺がコックコートを汚したのも、その所為で料理が出来なくなったのも本当。大っぴらに私服で厨房に立ったら、小間井さんは絶対理由聞いてくるし」

あ、でも、料理が面倒臭すぎて嫌いっていうのも本当です、と大槻が丁寧に言い添える。

「それで、なかなか落ちない汚れが血だっていうのも本当ですよ。まさか、そこまでバレるとは思いませんでした」

「じゃあお前、本当に——」

「いや、そうじゃないですって！　そう、そういう勘違いが生まれるから、絶対に言いたくなかったんすよ。俺は常木さんを殺してないし返り血も浴びてない。俺はただ、……青岸さんの力になりたかったんだ」

「は？」

意外な言葉に、思わず気の抜けたような声を漏らしてしまう。

「丁度いいから、俺があの夜何をしてたか、再現しますよ。ポケットには角砂糖もあるし」

「待て、お前何するつもりだ？」

言うより早く、大槻が角砂糖を撒く。天使はすぐに臭いを嗅ぎつけ、大槻の近くに飛んできた。

「じゃあ、見ててくださいね」

そう言うと、大槻は近くに降りてきた天使の肩を掴むと、思い切り地面に押し付けた。天使の翼は妙な弾力があり、ぼよぼよと大槻を押し返すが、こう押さえ込まれてはどうにもならない。天使はまだ砂糖に未練があるのか、手を懸命に伸ばしている。しかし、拘束自体を振り払おうとはしていない。されるがままだ。大槻はそのまま天使を引っ繰り返すと、喉元を押さえつける。そして、取り出したサバイバルナイフを喉に差し込んだ。

「うわっ!?」

「大丈夫ですよ。天使って気をつければそんなに血出ないんで」

気にしているのはそこじゃない——と言う間も無く、大槻は手早く作業を進めていく。ややあって、大槻は天使の身体を解放した。

その瞬間、地面に転がった天使が低い声で鳴く。

「ぅぅぅぅぅぅぅぅ——」

その声は、地下室で聞いた声とほぼ同じだった。

「……人間でもあるんですよ。死体の喉が空気で鳴るの。地下室で見たあいつ、喉元に変な傷があったから。そういうことなんじゃないかと思ってたんですけど、当たりっすね。何処かの詐欺師が喉元に刃を入れて鳴るようにしたんだ」

天使は地面に散らばった砂糖を顔に擦り付けながら、飽きることなく喉を鳴らしている。音が漏れる度に傷口には血が滲んだが、気にもしていないようだった。天使には恐らく痛覚がない。声も無い。やがて、天使は何処かへ飛び去って行った。空を飛ぶと余計に天使の声があたりに響いた。

「……ちくしょう、すっかり騙されてたな」

「一番騙されてんの常木さんですけどね。小間井さんが言ってたんですけど、あの天使いくらで買ったと思います？　五千万ですよ、五千万。天使に切れ込み入れるだけで五千万って、もう馬鹿馬鹿しいっつーかなんつーか」

けらけらと楽しそうに笑って、大槻が肩を竦める。パーカーには微かに血飛沫がついていた。

「あの日は勝手が分からなくて、べったり血がついちゃったんですよ。五体くらい試して、三体は鳴いたかな。達成感がヤバくて、喫った煙草が滅茶苦茶美味かった」

「馬鹿か。それで商売道具汚すなんて」

「そうなんすけど、着替えるのめんどいし、常世館にはコックコートがしこたまあるから……。次の日の朝にあんなことにならなかったら、普通に新しいの着てただろうし」

「俺の為にやったのか。この実験」

その言葉に、大槻が無言の肯定を返す。

「……なんで」

「青岸さんがあんな紛いもののこと気にして生きるなんて間違ってるから」

大槻はいつになくまっすぐな声で言った。

「地下室での青岸さんは相当狼狽してたじゃないですか。祝福とか意味分かんないっすよ。青岸さ

んの受けた痛みとか、何だと思ってんでしょうね、あいつら。このままじゃ、青岸さんはずっとあんなもんのこと気にすんのかなって」

そう言う大槻の顔は、傍から見ても傷ついているように見えた。青岸が喋る天使にショックを受けているのを見て、大槻も密かにショックを受けていたのだ。

「何でそこまでしたんだ。俺とはこの島で初めて会っただろ」

「そうですね。交流したことはないです。あの時、俺は危ないからって避難してたし。でも、俺青岸さんたちにずっと感謝してました。大分前のことなんですけど」

その言葉で記憶が蘇る。

あれは、真矢木乃香が初めて関わった事件だ。

三つ星レストランのシェフに何度も殺害予告が送られて、休業に追い込まれた事件だ。犯人も手練れのハッカーで、木乃香の活躍が無ければ発信元が特定出来なかった。

あのレストランの目玉は、若年ながら独創的な発想と確かな腕を持った天才料理人で、犯人はメディアに多く取り上げられているその料理人を妬んで犯行に及んだとのことだった。

「あの頃、俺は俺であんまり立ち回りが上手じゃなくて。こっちはこっちで調子に乗ってるだの何だので叩かれたんですよ。その時思ったんですよね。どれだけ真面目に頑張ったところで、こっちに少しでも落ち度があればつつかれる。俺はメンタルが強いほうだと思ってましたけど、店が休業に追い込まれた時は辛かったっすね。もうやめようって思うくらい」

「……当然だ。誰かに悪意を向けられて平気な人間なんていない」

「でも、青岸さんたちに頼んで、犯人が捕まって事件が解決したでしょ。心強かったし嬉しかった

な。いつまで続くのかも分かんない状況でさ。そんで解決後に、青岸さんの事務所の真矢さんって人が、俺にメールを送ってきたんです」

「木乃香が？」

あの傲岸不遜なホワイトハッカーのことを思い出す。

「そうです。といっても、短いやつなんですけど」

「どんなメッセージだったんだ」

『正義は必ず勝つ』

「はあ」

『だから負けるな』って」

事件を解決し、事務所で嬉しそうにしていた木乃香のことを思い出す。

あの頃はまだ、木乃香が正義のために青岸探偵事務所に来たとは信じていなかった。行く場所がない木乃香のことを、赤城が半ばなし崩しにスカウトしてきたのだと思っていたのに。本当は、当初から木乃香は正義に燃えていたのだろうか。ブラック企業の採用広告を荒らし、素っ気ない態度を取っていた彼女は、最初から赤城昴と同類だったのか。

「結局俺は自分で店やる気になれなくなっちゃって、そこから先は転々とするようになったんですけど。でも、料理をやめなかったのは青岸さんたちのお陰ですよ。世の中は正しくもないクソだけど、正義はあるんだって思ったから。折角助けてもらった俺の才能、捨てるのは忍びないかなって」

「助けられたのか、俺たちは、お前を」

「そうですよ。……青岸さんたちが、……真矢さんがどんな目に遭ったかを知ってると、おいそれと言えなくて。ずっと黙ってたんすけど」

大槻が気まずそうに目を逸らす。

「だから、今回のことは――青岸さんの心が踏み躙られるのは、正義じゃないかなって。まあ、タネ明かししたら笑ってもらえると思ったんすよ、こんなくだらないことだったんすよーって」

「まあ、大概笑える話だけどな、これは」

「常木さんが殺されるって知ってたら俺もあんなことしなかったのにな――、マジでついてないでしょ」

本当にそうだ。あそこで常木が殺されさえしなければ、大槻は血のついたコックコートを平然と晒し、新しいものを要求していたに違いない。大槻は単に運が悪かっただけなのだ。

そして、その行為の源は青岸探偵事務所に繋がっている。この因果と、大槻が口にした正義の言葉が重かった。

「……俺には正直に言えばよかっただろ」

「天使に切れ込み入れた時の血ですって言って信じてもらえますか？　濡れ衣着せられんなーって思ったら怖くて言えなかった。切れ込み入れた天使は放流しちゃったし」

さっき井戸のところで聞いた鳴き声が蘇る。あれは幻聴でも何でもなく、現実に聞こえていた音だったらしい。

「……お前、それ探偵に言うことかよ。俺はちゃんと信じてやったよ」

「そうなんすよ。だから、俺が悪いんすよ。ね、青岸さん」

大槻が笑う。その笑顔が何とも言えずに苦しかった。

これで、残っていた疑問の一つが解けた。井戸の謎も大方解けたのだから、適切なパーツを適切に組み合わせれば、ちゃんとした物語になるはずなのだ。

そこでふと、とあることに気がついた。

「お前、実験の為に館を出たならそこで誰かにすれ違わなかったか？」

「え？　いや……。こっちもこそこそ移動してましたから。怪しい人とか見ませんでした。そもそも俺の部屋は現場とは階が違いますし」

そう言われても、俺も後ろ暗いこととしてたわけで……あ、」

その時、大槻が何かを思い出したような表情を見せた。ややあって、大槻が言う。

「そういえば、常木さんが殺されたってことは……不自然なこと一つあるかも」

大槻が小走りで喫煙塔の方に駆けていく。そして、丁度青岸が煙草の吸殻を拾ったあたりまでやって来た。

「俺が天使で実験してたのはここです。この位置、三階のゲストたちの部屋の横なんですよね」

「ああ。そうだな。あの窓がそれぞれの客室ので……左から報島、政崎、争場、天澤だったか」

「ゲストの四人、飲んだ後はみんな部屋に戻ったって話だったっすよね。でも、ここが暗かったんだ」

「なら外はどうだ？　外から見て気づいたこと、何か無いか」

どうにかここから解決の糸口を見つけたい。縋るような気持ちで、なおも尋ねる。

そう都合よくはいかないか。けれど、大槻があの夜に出歩いていたというのは重要な手がかりなのだ。

大槻が、左から二番目の部屋の窓を指差す。

「他の部屋は電気が点いてた。つまり、この部屋の人間は戻ってきてない……というか、少なくとも他のゲストよりは遅れて部屋に戻ってきた。でもこの部屋、報島さんの部屋じゃなくて政崎さんの部屋なんすよね。おかしいじゃないっすか」

「確かにそうだ」

何しろ、大槻の証言が正しいなら、あの夜に常木の部屋に戻ったのは――常木を殺したのは、政崎來久だったことになる。

だが駄目だ。そうなってくると、第二の事件に重要な掛け違いが発生してしまう。次に槍で殺されたのは政崎だったのだ。これで報島が地獄に堕ちてくれないと、計算が合わない。

「ああクソ、なんてこった。考え直しじゃねえか」

思わず悪態を吐いてしまう。決定的な事実が明らかになったのに、その所為で謎が増えてしまった。

そんな青岸の焦燥を余所に、大槻は妙に嬉しそうだった。

「これかなりファインプレーじゃないっすか？　青岸さんに言われるまで忘れてたし、そもそもこれがどういうことなのかもよく分かってなかったけど」

「まあ、そうだな……ファインプレーではあるんだよな……お前が天使とわちゃもちゃしてなかったら、重要なことを見落とすところだった……」

「やったぁ、じゃあ常世館をクビになっても、青岸さんのところで助手として働かせてもらえるっすね」

253

「まだその設定生きてたのかよ」

「生きてるっすよ！　ね、俺のこと怪しまなくてよくなったんすから、もう俺を助手に出来ますよね」

大槻が人好きのする笑顔で笑う。助手。冗談のように交わしたその言葉が、何だかもう懐かしかった。

「俺を助手にしたら、滅茶苦茶いいと思うな。俺は天才料理人だから、何処行っても同じくらい美味い料理が食えますよ。行く先々でご当地の食材を使った美味いもんを食べられるのはいいんじゃないすか」

「いいところを突いてくるな」

「そうでしょう。きっと楽しくなりますよ」

今思えば、伏見も、倉早も、大槻も、青岸探偵事務所に起こったことをちゃんと知っていたのだろう。だからわざわざ助手に立候補してくれたのだ。今も事務所の空白に苦しんでいる青岸を、救おうとしてくれていたのかもしれない。

けれど、青岸は大槻を雇ったりしないだろう。自分が大槻の思いに向き合えるだけの立派な探偵ではないのもあるし、もしまた同じように助手を失うようなことがあれば、青岸はいよいよ耐えられないからだ。

そんな青岸の思いとは裏腹に、なおも明るく大槻が言う。

「青岸さんは探偵、俺は料理人で役割分担をしましょう」

それは確かに画期的かもしれない。相方が天才料理人だと、どっちが助手なのか分からなくなり

そうだが。そうして、任せるべきところは任せてしまえばいい。青岸探偵事務所だって、実のところそんな感じだった。各々が自分の得意な役割を担って――。

「役割」

思わずそう復唱する。その二文字と大槻の証言、そしてあの朝の出来事が繋がり、脳の奥が熱くなった。

どうしたんですか、と訝しげにこちらを覗き込む大槻の肩を摑んで叫ぶ。

「分かった！　分かったぞ！」

「え？　あ？　マジですか！？　本当に！？」

「ああ。――早く中に戻るぞ！　何が起こるにせよ、止めないとまずい！」

大槻は全く分かっていないようだったが、それでも青岸に合わせて懸命に頷いた。興奮と焦りで歪む視界の中、館に走って戻る。

そうしてエントランスホールに足を踏み入れた、その瞬間だった。

「あ……ああああああああああぁぁああああ……！」

よたよたと覚束ない足取りで、争場が廊下からこちらへ歩み寄ってくる。争場の目は焦点が合っておらず、その手は見えない何かに縋りつくように空を掻いている。

「ちょっ、どうしたんですか、あれ、争場さん――」

大槻が甲高い声をあげる、それに負けないほどの絶叫が――争場の断末魔の叫びが、ホールに響き渡った。

争場の両脚がどす黒い炎に覆われる。肉の焦げる臭いがあたりに立ち込め、争場は半狂乱で炎を

払おうとするが、炎はその手にも容赦なく纏わりついて全てを焼け焦がしていく。炎の中からまた一体また一体と人間と天使が溢れ出し、細い手で争場の身体を掴んだ。節くれだった指の一本一本が争場の身体に突き刺さり、なおも焼け続ける彼を逃さない。その間も争場のつんざくような絶叫は止まらない。

「いやっ、何――‼」

騒ぎを聞きつけて談話室から出てきた伏見が、目の前の惨状に座り込む。こうなればどうすることも出来ない。地獄は人間が手出しの出来ない領域なのだ。

天使が徐々に争場の身体を炎の中に掴め取り、地獄へと引き摺って行く。争場の言葉にならない叫びは、それでも助けを求めていた。だが、そこからものの数秒で、争場の身体は完全に深い虚へと沈んで行った。

エントランスホールには痛いほどの沈黙が戻ってきた。あれだけのことがあったのに、もう何の痕跡も無い。ホールに敷き詰められた絨毯は焦げ一つなくそこにあった。

「争場が、地獄に堕ちた」

青岸は呆然とした面持ちのままそう呟く。

境界線の話をし、居丈高に罪悪感から解放されたと言った争場。青岸に尻尾を掴まれることなく、これからも逃げおおせると自信に満ちた態度で言っていた彼が、地獄の炎に焼かれた。天使のルールに例外はない。二人殺せば地獄行きだ。争場はそれに則って裁かれただけなのだ。

昨日青岸が殺さなかった男が、天使の裁きを受けたのだ。

そこでようやく重要なことに気がつく。争場が地獄に堕ちたということは、館から退場した人間、

256

はもう一人いるはずだ。

争場はエントランスホール奥の廊下からやって来た。恐らくはそこに、争場を地獄に堕とした犠牲者がいる。廊下に出て、真っ先に地下室の扉へと向かった。察しのいい青岸を褒めるように、扉が開いている。

そして階段を半分も降りないうちに、犠牲者が見つかった。

「……小間井さんが」

そこには、首にナイフを突き立てられた小間井が倒れていた。血だまりは大きく、一目で死んでいるのが分かる。追いかけてきた伏見と宇和島もその様子を見て絶句していた。

間に合わなかった。——間に合わなかったのだ。

全てが明らかになった時に、こういう結末は予想していた。だが、止められるはずだった。

青岸はよろけながら小間井の死体に近寄り、持ち物を確認する。もし青岸の推理が正しいなら、小間井の持ち物には何か痕跡が残っているかもしれない。

そして、制服の胸ポケットにそれを見つけた。

咄嗟に入れてそのままだったのだろう。破らないように慎重に取り出す。ぐしゃぐしゃになった紙は変色していて、経年劣化で乾ききっていた。そこには目当ての情報が——あの倉庫にあるもののリストが記されていた。あの小屋の壁から剥ぎ取られたのはこれだったのだ。

「小間井、さん」

背後からか細い声が聞こえる。普段の彼女からは想像も出来ない、弱々しい声だった。その声を

合図にしたかのように、全員が道を空ける。

「そんな……どうして……小間井さんが……」

倉早は階段を降りると、倒れ込むようにして小間井に縋りついた。あたりには彼女の小さな泣き声だけが響く。

「明日の午前九時だ」

その時、青岸が静かに言った。全員の視線が、ここにいる探偵に集中する。

「明日の午前九時に、談話室に集まってくれ。迎えの船は午後一時だろう。それまでの時間を俺にくれ」

「何をするつもりなんだ」

固い声で宇和島が尋ねる。それに対し、青岸ははっきりと答えた。

「この事件の真相を明らかにする」

7

殆ど使っていなかった青岸の手帳には、六人の名前が書かれている。

・常木（心臓を刺されて死亡）

・政崎（喉を突かれて死亡）

・報島（行方不明・地獄に堕ちた？）

- 天澤（井戸から転落し死亡？）
- 小間井（首を刺されて死亡）
- 争場（天使の裁きを受け地獄に堕ちた）

前半四人の分は、推理が固まるまでに書いた。今となっては何の意味もないものだ。後半二人は今書いた。推理を披露する覚悟を決めてからの名前だ。

六人の死者。残りは五人。

普通に考えれば、既に計算が合わない。

青岸を抜かすとしたら残りは四人か。一人につき一件の殺人ノルマをこなしたところでどうにもならない。

それでも、恐るべき執念でそれは達成されたのだ。

一人一人の名前を指でなぞってから、手帳を閉じた。まだやるべきことがある。

その時、用事を頼んでいた大槻が部屋のインターホンを鳴らした。その顔にはどうにも隠し切れない笑顔が浮かんでいる。

「どうだった」

「ばっちりです。内線の通話記録、調べてきましたよ。結構手間取りましたけど。いやー、確かに常世館に来た時にやり方聞いたんですけど、忘れちゃうもんですね。ここで分かんないことは、大抵小間井さんに聞けば分かったし」

そう言ってから、大槻が気まずそうに目を伏せる。その気まずさをフォローするように尋ねた。

「これは本当にお手柄だな。あったか?」

「青岸さんの言う通りっすよ。小間井さんが死ぬ少し前に、争場の部屋に内線が掛かってきてます。場所は——」

「天使展示室か?」

大槻が答えるより早く確認する。

「当たりっす。よく分かりましたね」

「だろうな。……そうじゃなきゃ辻褄が合わない」

先に天使展示室には行ってきた。そこで、自らの推理が成立するかどうかは確認済みだ。内線のことと合わせれば、さっき何が起きていたのか、あるいは何が起こるべきだったのかは大体推察出来る。

そこにどんな意味があるのかも、全部だ。

「小間井さん、宇和島先生たちが移動させたんすよ」

不意に、大槻がぽつりとそう漏らす。

「とはいえ、小間井さんの部屋にそのまま置いただけですけど。あのまんま地下室に置き去りにするよりいいっすよね」

「……そうだな」

「千寿紗ちゃん、もう大丈夫って言ってましたけど、かなり精神的にきてるみたいです。殆ど千寿紗ちゃんまで死んじゃいそうな感じで。宇和島先生の話だと、伏見さんも結構メンタルやられてたみたいですけど。二人で談話室にいたのも、カウンセリングみたいなもんで。それなのに、談話

室を出て一番最初に見たのが地獄に堕ちる争場なんて、きっついよなぁ」

引き攣った笑顔を見せる大槻を見て確信する。伏見だけじゃない。大槻も傷を負っている。青岸だってそうだ。人間が地獄に堕ちるのを見て、ショックを受けないはずがないのだ。

今でもあの断末魔が耳にこびりついて離れない。地獄に堕ちるだけのことを行っていたとはいえ、実際に炎で焼かれる様は目を背けたくなるものだった。

「ねえ青岸さん。……どうしてこうなったのか、本当にもう分かってるんすか」

「ああ。お前の報告で全部繋がった」

「そうっすか……」

大槻の目には期待と恐れが混じっている。不可解な殺人事件、その解決に至る期待。

この中に、犯人……が、いるんすか」

そして、真実を解き明かした時にどうなってしまうのかという恐れだ。

「そうだな、犯人はいる」

「争場は地獄に堕ちたのに？　そもそも、犯人って何なんすか？　そいつは地獄に堕ちてないんすよね。だったら、それは罪なんですか？　犯人なんか——」

何かを察しているのか、大槻の声はほぼ懇願するようだった。しかし、それに報いてやることは出来ない。

「俺は探偵だ。誰かを裁くのが役目じゃない。謎を解くのが仕事だ。俺が出来るのはそれだけなんだよ」

今の青岸の中の『探偵』は正義の味方ではない。かつてはそうありたいと思っていたかもしれな

いが、今となってはただの憧れに過ぎない。あの炎の中に置いてきてしまった。

この謎を解いて誰かを幸せに出来るとも思えない。夢で聞いた赤城の言葉なんて以ての外だ。降

臨後に求められる探偵になんか、青岸焦は一生なれない。

「聞きたくないなら聞かなくていい。お前もこの島を出るんだろ。こんな事件なんかもう忘れたほ

うがいいんだ」

「いいや、聞きます。何があったのか、全部知りたい」

大槻ははっきりと言った。

「そのために探偵がいるんですから」

8

小間井が面倒を見ていたというから、この天使はもう誰からも顧みられないのかもしれない。い

っそ外に放してやろうかとも思うのだが、果たして天使はそれで嬉しいのだろうか。天使は意思も

感情も持っていないように見える。天使とは、ただ人間を地獄に引き摺り込むことによってのみ神

の御心を示すものだ。この地下と外にどれだけの違いがあるだろう。

「うううううううう」

天使の声は、大槻が聞かせてくれた声と同じだった。自分がそんな音を発していることすら天使

は知らないだろう。銀色の檻ばかりが綺麗で、あとは全てグロテスクなオブジェクト。その前に、

青岸は座り込んだ。

「天国はあるか」

檻の中の天使にそう語り掛ける。

あの催しの時とはうって変わって、天使は青岸の方を向かなかった。檻の中で蠢きながら、顔の無い頭を左右に揺らしている。

「天国はあるのか」

もう一度語り掛ける。タイミングよく「ぅぅぅぅぅぅぅぅぅ」と天使の声が返ってきたが、それは何の意味もない残響だ。青岸が檻に手を掛けて揺らしても、天使は全く反応を返さない。なおも青岸は語り掛ける。

「赤城は天国に行ったのか。木乃香は。嶋野はどうなんだ。石神井は元気にしてるのか。天国に車はあるか？　車を買うのが夢だったんだぞ、あいつは。まだ数十キロも走ってなかったんだ」

揺さぶる度に天使の身体が揺れ、喉から音が鳴る。だが、求めている言葉は何一つ返ってこない。人が死んだら土に還るだけなのか。神に祈りを捧げて、天国での再会を誓っても、そんなものは何の意味もないのだろうか？

「教えてくれよ。人間に救いはあるのか。何のために人間なんか作ったんだ。俺たちが愚かなのを見て笑ってるのか」

答えなんか何処にもない。もし赤城昴が神だったら、この世から一切の不幸を取り去ってくれただろうか。誰も苦しむことのないような楽園を作ってくれたかもしれない。神が存在するはずなのに、この世界は不完全すぎる。ここで人間が生きていかなくちゃいけないなんて、ちょっと冗談がきつい。だったら生きている人間に地獄の存在なんか教えないでほしかっ

た。人間の魂が天に召された後で、改めて地獄に堕としてくれればいいのに。

「……ちくしょう、なんだ、なんだってんだよ……俺にどうしろっていうんだ」

最後の方はほとんど涙声になってしまった。地下室のコンクリートの床に灰色の染みが出来ていく。

しかし、天使は泣いている青岸の方を向くことなく、檻の中で自分の翼を追いかけていた。と、また声がする。そうだ、天使とはそういうものなのだ。

長かった常世島での時間も終わる。この事件を解決して、青岸は日常に戻るだろう。結局、天国の在処は分からないままだ。それどころか、青岸は今、誰の為になるかも分からない真実を明らかにしようとしている。救いなんてどこにもない。

少しの間一人で泣いてから、青岸はようやく檻の鍵を開けた。天使は扉が開いたことにも気がついていないのか、しばらくは檻の中を回っている。天使が檻を出たのは、それから二十分後のことだった。

天使はさして嬉しそうな様子でもなく、虫のように檻を這い出してきた。青岸なんか見えてもいなそうな様子に、うっかり笑いそうになる。何だよ。祝福とか本当に嘘じゃねえか。

地上に向かう扉を開け放してやろうかとも思ったが、地下室を這う天使がそちらのほうに身体も向けないので、結局そのままにする。彼らには人間と似通う手があり、何処にでも行ける翼がある。

天使より先に地下室を出て、明るい日差しに目を細めた。

この島で得た実感が一つだけある。赤城とのいつかの会話が蘇る。

楽園とは探偵のいない場所のことなのだ。

第六章　楽園とは探偵の不在なり

1

約束の時間、談話室には生き残った五人全員が揃っていた。

出席率は完璧といっていい。最初はこの館に十一人もの人間がいた。今は半分以下だ。二人殺せば地獄行きのルールの中で、まさかここまで減ってしまうなんて。

「さて。俺は今から、この事件の真相を明らかにする」

天使が降臨する前は、こういう「さて」から始まる解決篇だってお馴染みだった。それが今では懐かしい。

「言っておくが、俺が真犯人を指摘するのも、この事件を解くのも、俺が探偵だからだ。事件の犯人は地獄に堕ちていない。なら、この世界にいるだろうクソの神はその罪を見逃している。裁くのは天使の役目で、俺のじゃない」

「それってつまりどういう決意なの？」

宇和島がそう尋ねてくる。ややあって、青岸は答えた。

「俺の話なんか聞かなくていいってことだ。第一、ミステリーってのはどいつもこいつもどうして

探偵の話なんか聞くんだろうな？　俺はあれを司法の代理だと思ってたんだが、もうこの世界には天使がいる。だから、推理なんか聞きたくないってやつは出て行っていい」

青岸の言葉を聞いても、談話室を出て行こうとする人間はいなかった。全員が青岸の与太話に耳を傾けてやるつもりらしい。

「でもさ、青岸さん。常木・政崎殺しの犯人は報島で、天澤・小間井殺しの犯人は争場だってことで決着がついたんじゃないの？」

不意に、伏見がそう口を挟んできた。

「いいや、俺が真犯人と呼ぶのは、それらを仕組んだ人間の方だ」

「仕組んだ人間？」

「そう。教唆犯であり実行犯であり、この世界ではとっくに絶滅した六人もの連続殺人を行ってもなお、地獄に堕ちていない奴のことだ」

二人殺しただけで地獄行きの基準において、この罪の重さは破格だろう。しかし、その人物は今も地獄に堕ちずここにいる。全能の神はそいつが何をしたかも観測しているはずだというのに。

だから、余計に分からなくなった。常木王凱や争場雪杉や、今回の犯人の殺人を見逃している神の正義に、一体どれだけの価値があるのか。境界線の中で行われた罪を、神は黙認し続けている。

この点について真犯人の意見を聞いてみたかったが、談話室を出て行こうともしない真犯人の表情からは、内面が少しも読み取れない。もしかすると、わざわざ青岸が探偵をやろうとしているのは、その犯人の心に少しでも近づきたいからなのかもしれない。どこまでも個人的な話だ。

この事件の犯人は青岸の助手になろうと言った時、一体何を考えていたのだろう？

「順を追って話す。まずは常木王凱殺人事件からだ。結論から言うと、常木を殺したのは報島じゃない。政崎來久だ」

「政崎さんが？　だってそれは……」

宇和島が訝しげに言う。

「あの日の夜、訳あって大槻が外にいてな。政崎の部屋だけ明かりが点いてなかったのを見てる。両隣の報島と争場の部屋、それに天澤の部屋は点いてたそうだ。ということは、政崎は部屋に戻ってない」

大槻が外に出ていた理由は端折って説明をする。

「それに、俺は常木の部屋で万年筆を拾ってる」

「青岸様が私に尋ねてきたものですね」

倉早の言葉に頷いてから、話を続ける。

「政崎の万年筆が何故あんなところにあったのかが疑問だった。だが、何のことはない。あれは単純な口実作りだ。周りが捌けた後に、万年筆を忘れたって言いながら常木の部屋に戻るためのな。それで、二人きりになった後、常木を刺し殺した」

「怪しい奴が普通に犯人っての、マジであるんすね」

大槻が薄く笑いながらそう言った。

彼の言う通りだ。だが、常木の死体が発見された朝の政崎の狼狽にもこれで納得がいく。言い訳があまりに支離滅裂すぎて逆に怪しめなかったが、あれは単純に嘘を吐くのが下手過ぎただけなのだ。おまけに彼は口実に使った万年筆を置いてきてしまった。

「もしかして、政崎が常木を殺したのは、例の出資の話が原因？」

伏見が思い出したように言う。

「推測でしかないが、そうだろう。常木は政崎への援助をどんどん打ち切っていた。もし常木が生きていれば、政崎との繋がり自体も切ろうとしていただろう。常木というパトロンを失った政崎の立場は、かなり辛いものになるはずだ」

実際はそこまで苛烈なことをしなかったかもしれないが、伏見のＩＣレコーダーに録音されていた政崎との会話を思い出す。取り返しがつかないレベルまで思い込みが進行していたら、殺すしかないと思うかもしれない。

「政崎には常木王凱を殺す理由がある。考えてみればそっちの方が自然ですよね」

「でも、それだと次の事件の辻褄が合わなくなる」

納得した伏見に対し、宇和島が冷静に言った。

「ネックになってるのはそこだった。政崎來久が常木王凱を殺したんだとすれば、報島が地獄に堕ちたって線は無くなってしまう。だから、半ば逆説的に報島が犯人ってことになったんだ」

「であれば、報島様は一体どこへ行かれたのでしょうか」

倉早が凜とした声で尋ねる。

「……まあ、報島が過去に人を殺していて、政崎を殺して地獄に行ったって可能性は考えなくもないか。だが、報島も殺されたんだろう。死体は海に捨てれば済むしな」

「それなら、政崎を殺した人間が報島も殺したって言うんですか？　それだと変ですよ。二人を殺せば犯人は地獄行きだ。でも、二人が殺された直後に地獄に堕ちた人間はいないはずでしょ。あの時

はまだ八人全員が部屋に揃ってた」

分からないことへの苛立ちを隠さずに、大槻が唇を尖らせる。

「そう。そのルールがあるからこそ、姿の消えた報島が常木殺害の犯人だとされていた。でも、あの場には例外的に二人の殺害が可能な人間がいた」

そう返してから、青岸は軽く息を吐く。この推理に至るまでに、何度もあのことを思い出した。犯人が地獄に堕ちるのを見て、燃え盛る車の中にいる仲間のうち、二人の死を確信した日のことを。

ややあって、青岸はこう続けた。

「報島を殺したのも、政崎來久だ。ただし、地獄に堕ちる前に逃げ切ったんだ」

「逃げ切ったって……どうやって？」

「たとえば、報島を殺した方法が毒殺だったらどうだ？　報島が毒で死ぬより先に、政崎が自殺すれば地獄には堕ちない」

全員が息を呑む。何故気づかなかったのだろう。方程式を誤魔化す方法はある。地獄に堕ちる前に自ら命を絶ってしまえば、地獄に連れて行かれることはない。たとえ政崎が二件目の殺人を犯したとしても、報島が死ぬより先に自らが死んでしまえば、天使の裁きからは逃れられる。

「実際のところ、常木に切り捨てられようとしていたのは政崎だけじゃない。この島に呼ばれていたお偉方の全員だ。ここにいるみんなは気づいているか、あるいは知ってたよな。あいつらが何をしてたのか」

皮肉にも、生き残っているほぼ全員が常木王凱の悪事を知っている。おぞましい同盟を組み、この世で特権的な殺人を行っていた実業家のことを。

「先に言っておく。伏見、お前をここに呼んだのは、恐らく報島司だ」

「え？　何でですか？　だって、私はいわば常木王凱の——あのゲストたちの敵ですよ？　呼ぶメリットがあるとは思えない」

「そう。お前は敵だった。だから選ばれたんだよ。伏見の役割はまんまスケープゴートだ。犯人として疑われやすい人間がいないと疑いの目が向きやすい。お前がいなければ俺、宇和島、大槻、小間井さん、倉早さんの中から常木殺しの犯人を仕立て上げなくちゃならない」

常世館に勤める人間は避けたかったのだろう。すると残るのは青岸になるが、探偵に濡れ衣を着せるのを躊躇う気持ちは理解出来る。世間一般のイメージからすれば、警察と大差無いからだ。

だから、彼女が必要だった。本来なら、政崎が常木を殺して、それで事件が終わるはずだったからだ。後は迎えの船が来るまでに、彼女に濡れ衣を着せるべく、証拠を捏造すればいい。まだ船が来るまでは四日もあったのだ。

しかし、物事は思い通りにはいかなかった。

一回で終わるはずだった殺人が、彼らを巻き込んで続いてしまったからだ。

「それじゃあ政崎が殺された日の話をしよう。あの日、今後の話をするために、政崎は報島を部屋に呼び出していた。そうして奴は誰かに晩酌の用意をさせたんだよ。自分はいつもの瓶ビール、そして報島には赤ワインを。犯人にとっては政崎を罠にかけるのに絶好の機会だ。これを利用して犯人は政崎に報島を毒殺させたんだ。勿論、報島は知らないうちに」

「一体どうやって……」と、伏見が呟く。

「恐らくは、毒が仕込まれていたのはワインのコルクだろうな。そうすれば、この状況が成立する。

270

現場を見た時から妙だと思ってたんだ。あの時は気づかなかったんだが、ワインオープナーが左利き用だったんだ。ワインを飲む側の、報島は右利きなのに」

報島の利き手は喫煙塔でも確認済みだ。

それを思うと、気づくのが遅すぎる自分に嫌気が差す。本来なら、あのテーブルの上を見た時点で察していてよかったのに。対する政崎は右手に腕時計を嵌め、左手でフォークを使っていた。

彼は左利きだ。

「報島があのワインオープナーを使おうとしても上手くいかない。となるとどうなる？　左利きである政崎が開けてやることになるだろうな」

「確かに、相当手間取るはずっすからね。かといってワインオープナーを取り換えろってわざわざ言うまでのことでもないし」

大槻が頻りに頷いているのを見てから、言葉を続ける。

「左利きの政崎がワインオープナーを使って開ける。毒入りのコルクの欠片がワインに入って毒入りワインになり、意図せずして報島に毒を盛ってしまう。程なくして報島が苦しみ始めて、政崎は慌てただろうな。だが、意図していなくても、これは政崎の罪だ」

牧師造薬殺人事件と同じだ。

あの時も、神父から貰った薬を子供たちに飲ませ死なせてしまった母親が地獄に堕ちている。裁かれるのは、直接手を下した人間だ。水銀の含まれた薬を直接飲ませた母親は、殺意が無く毒を飲ませた意識すらないまま炎に撒かれたのだ。

世界中で食料庫に鍵が掛けられるようになったのも降臨の影響だ。もし食材に毒でも混入され

ば、意図せずして地獄に堕とされてしまうかもしれない。パニックが起こらなかったのは、地獄を知った人々がそれに怯えていたからだろう。それでも、食料品の管理は以前に比べれば厳重になった。

「……目の前で報島様が苦しみだして、政崎様は動揺なさったでしょうね」

倉早が表情を変えずに言う。

「これは俺の想像だが——タイミングを見計らって、犯人が部屋に来たんじゃないかと思っている。その先の解決策を政崎が思いつくとは思えないからな」

政崎は突発的なトラブルに冷静に対処できるようなタイプじゃない。だからこそ、導いた人間がいるはずだ。青岸が話を再開するより先に、宇和島が言った。

「そうか、政崎が盛った毒で報島が死ねば、政崎は、地獄に堕ちてしまう」

「ああ、そうだ。犯人がそれを指摘したことで、政崎は究極の選択を迫られた。このまま地獄に堕ちるのを待つか、あるいは報島が毒で死ぬ前に自殺するかだ。どっちを選ぶかなんて決まってるよな」

一同が押し黙る。誰もが一度は目にしたことのある地獄の炎を思い出しているのだろう。この世に生きる人間の価値観を変え、世界を変革した炎と断末魔。同じ状況になったら、青岸だって自殺を選ぶ。

「じゃあ、政崎さんは自殺ってこと……？」

伏見が呆けたように呟く。

「ああ。政崎は犯人が用意した短刀か何かで喉を突いて自殺したんだ。その後に、報島が死んで、

272

めでたく政崎は二人を殺害しながらも地獄行きを逃れたわけだ」

2

「さて、ここからは真犯人の動きだ。報島と政崎の死を確認した犯人は、まず死んだ政崎の喉に天使展示室から拝借した槍を突き刺した。　理由は当然、自殺した時に出来た喉の傷を上書きする為だ」

「傷を上書きしたのは何で？」と大槻が尋ねる。

「傷をそのままにしてたら宇和島が自殺だって判断するかもしれないだろ。だから、判り出来ないくらい傷を損ねる必要があった」

いくら宇和島が優秀な医者でも、傷の形がああまで変形していれば判別は不可能だった。槍を用いる不自然さよりも、傷を隠すほうを優先したのだ。

「この上で報島の死体を海に投げ捨てれば、現場の状況が——政崎を槍で殺した報島が地獄に堕ちたように見える状況が再現出来る」

「ていうか、何でそんな回りくどいことをしたんですか。　報島さんを犯人に仕立て上げなくちゃいけない理由がよくわかんないんですけど」

大槻がなおも質問を重ねてくる。それに対し、青岸は冷静に答えた。

「報島が政崎と常木を殺して地獄に堕ちた」という筋書きを付けず、単に二人の死体を放り出していたらどうなる？　犯人のやった自殺の強制が簡単にバレるだろう。そもそも、報島の死体は毒

殺の痕跡が残ってるんだ。そうしたらこの時点で、もう犯人は絞れてしまう。　給仕を行って不自然

じゃない小間井さんか倉早さんだ」

　その言葉で、全員の視線が一人のメイドに向かう。

　ここにはもう小間井がいない。

　生き残った容疑者はたった一人だ。

「そうですね。であれば、私か小間井が疑われていたでしょう」

　全員の視線を集めている倉早は、全く動揺した風もなく、穏やかな微笑を湛えている。そのこと

に軽く動揺しながらも、青岸は続けた。

「……だから、報島の死体を隠し、いったんの罪を報島に着せる必要があった。実際、俺たちもそ

の考えで納得しかけていたからな。順序が逆だってのに、何故凶器に槍を使ったのかなんてことに

目を向けさせられた」

「なるほど、ますます私と小間井への疑いが深まってしまいますね。……小間井が生きていたら、

何か反論したかもしれませんが」

「千寿紗ちゃん、ふざけてる場合じゃ――……まさか、本当にそうなの？」

　大槻の顔は蒼白だった。犯人として指名されかけている千寿紗よりも、よっぽど狼狽しているよ

うに見える。

　その中にあってもなお、倉早千寿紗は青岸のことを見つめていた。

　自分を裁こうとする探偵を射抜くように見つめ、気高いままで立っている。ややあって、彼女は

言った。

274

「お話を続けてください、青岸様。まだ終わらないのでしょう？」

「ああ、終わらない。次は天澤斉の殺人を暴く」

倉早の目をしっかりと見つめ返して、青岸はそう宣言した。

「天澤を殺した犯人って……地獄に堕ちた争場なんじゃないですか？」

伏見がそう口を挟む。

「その通りなんだが、ここで重要なのは『何故そうなったか』だ。争場の立場に立って考えてみろ。あと一人殺せば地獄行きなのに、小間井さんを殺そうとするか？」

「それなら、地獄行きの覚悟を決めていたということになるけど」

「争場がそれだけの覚悟をしていたとは考えにくいと思わないか？ これもまた同じなんだよ。争場は自分が天澤を殺したことを知らなかった。だから、地獄行きに怯むことなく殺人を犯せた」

「流石に、井戸に突き落として気づかないなんてことはないだろう」

宇和島が呆れたように反論する。だが、青岸は淡々と言い返す。

「ああ、そりゃ無理だ。だから、天澤は井戸に落ちたことが直接の死因じゃないんだろ」

「じゃあ何が原因だったと思ってるの？」

「実は、俺と伏見は事件が起こる前にあのモーターボート近くの枯れ井戸に行ってるんだよ。その時は井戸につるべも縄もちゃんとあった。落ちそうになった天澤が咄嗟に摑んだ可能性も考えたが、結構な強さと長さがあった。流石にあんな風に切れたりしない。あれが凶器だ。天澤は絞殺された
んだ」

そう言ってから、改めて倉早に向き直る。

「倉早さん。ここからは犯人の名前にあんたを当てはめて話す。反論があるなら逐一言ってくれ」

「分かりました。青岸様の仰る通りにさせていただきます」

そこには全く動揺がない。給仕を言いつけられた時と同じトーンだ。

「まず倉早さんは、天澤の奴をあの井戸まで呼び出した」

「天澤様はお忙しい方です。私などの誘いに応じていただけるとは思いません」

「いいや、応じたはずだ。何しろあそこにはモーターボートがあるんだからな」

常木に次いで政崎が殺され、報島が姿を消した時点で、天澤はかなり精神に恐慌をきたしていた。そんな折りにモーターボートの話をすれば、彼は一、二も無く飛びついただろう。

「そうして井戸の近くまで天澤を呼び出した倉早さんは、スタンバトンで天澤を昏倒させた。不意を突くのは難しくないだろう。天澤は根っからの天使嫌いだ。そして、常世島には大量に天使がいる。見るのも嫌な天使から目を逸らしている間は無防備だ」

「……天国研究家の天使嫌いが仇となるなんて」

伏見が苦々しくそう呟く。本当にその通りだ。

「そして気絶した天澤を井戸まで運び、首に縄を掛けて中に落とす。もう一方の縄は杭を使って地面に這わせて、モーターボートに繋げる。長さが足りなかったらつるべの方に縄を継ぎ足せばいい。誰かがモーターボートを動かした時に、天澤の首が吊られる仕掛けが出来上がる」

これで、あのモーターボートは錨の所為で数メートルを進むのがやっとだが、この仕掛けにとってはそちらの方が都合がいい。張られた縄にほんの少し持ち上げられるだけでも、人間はあっさり死ぬだろ

う。

「それじゃあ、モーターボートを動かしたのが争場さんってことになるのか。小間井さんを殺すこ
とで地獄に堕ちたのは彼なんだから」

「ああ、そうだ。争場は争場で常世島からなんとしてでも出たいと言っていたからな。それに、争
場は船舶免許を持っていたし、こっちもモーターボートの引きはよかっただろう」

「でも、おかしいですね。それだと、井戸に落とされた時点で天澤様は生きてなくてはいけません。
そうじゃないと、私が殺したことになってしまいます」

倉早はあくまで穏やかに反論する。

「ですが、あの井戸の深さは十五メートル。井戸に落とした時点で天澤様の命はありません。そも
そも、青岸様のお話では、天澤様の首には縄が掛かっていたのですよね。それでは余計に無理で
す」

それに対して反論したのは大槻だった。

「じゃあ、天澤さんがそもそも井戸の外にいたとかは？　船に引っ張らせるんだったら別に井戸の
中に置かなくてもいいんじゃないですか。井戸の近くに座らせるとか」

「井戸の近くに人が座ってたら、モーターボートを動かそうとした人間が気づいていたんじゃないです
か。あっちは大分パニックだっただろうけど、井戸の方を見たらすぐに分かるっていうか……」

伏見が微妙な顔のまま、言葉を続ける。

「そうなると、やっぱり天澤の身体は井戸の中になくちゃいけなくて……あれ、そうなると結局深
さの問題があるよね？」

「深さの問題を解決する方法が一つだけある。井戸をその時だけ浅くすればいいんだ」

「どういうことですか？　まさか、あの時だけ水位が凄く高かったとか？」

青岸の言葉に、伏見がそう食ってかかる。それに対して、大槻がなおも反論した。

「そんなわけないって。あれは完全に枯れた井戸だった。千寿紗ちゃんもそう言ってたでしょ」

「ええ。私の知る限り。一夜にしてあの井戸に水が戻ってくることはありません」

「そのくらい俺も分かってる。だから、あの井戸は他のもので埋まってたんだ。しかも、時間が来れば、勝手に無くなるもので」

「それなら砂とか石とかで埋めたわけじゃないのか。それじゃあ勝手に無くなったりしないし、そもそも痕跡が残る。なら、一体何？」

宇和島が訝しげに尋ねる。ややあって、青岸は言った。

「天使だよ。あの井戸には天使が詰まっていたんだ」

そう言って、青岸は窓を開いた。ぶわっと風が入り込み、カーテンを揺らす。そのままポケットから角砂糖を取り出すと、地面に放り投げた。

やがて、ものの数秒で天使たちが集まってきた。あののっぺりとした顔と痩せた身体で、どうやって砂糖の事を嗅ぎつけているのだろう？　天使は地面に集まり、角砂糖に顔を擦り付けている。天使は折り重なるように互いの身体に載った砂糖を探り、一つの大きな塊のようになった。

集まって来た天使たちの上に更に角砂糖を放ると、天使は地面に集まった。

代わるに窓の外を覗き込んだ一同が、何も言わずに納得する。人間がただ一つ知っている天使の貪欲な習性。それが今、まざまざと晒されている。これ以上グロテスクさと神々しさを混同

278

してしまわないように、青岸は窓を閉めた。

「手順はこうだ。井戸の底に砂糖を投げて天使を呼ぶ。天使が数体集まってきたら、更に砂糖を追加していく。十体も井戸の底に集まれば結構埋まるだろうな。それで井戸の深さを四メートル程度にしたら、首に縄を掛けた天澤を天使の上に落とす。あとは争場がやって来て、船を動かすのを待てばいい」

争場を呼び出した方法は予想がつく。倉早がこっそり手紙でも出せばいいのだ。モーターボートを見つけた、免許のある争場なら使える。夜中の一時にはガソリンを入れておくので人払いをしている内にお逃げください、などと。

そして井戸の中で天澤の絞首縄は吊り上げられ、彼は死ぬ。船はある程度で止まり、争場は引き返してくる。錨を上げようとするが上手くはいかない。やがて彼は館に戻ってくる。その間、井戸の中では天澤が死んでいる。

「天使は三〜四十分くらいすれば砂糖を食べ終えて退散するしな。痕跡は残らない」

天使が去った後は天澤の首に巻き付いている縄を切り、彼を落下させる。地下十五メートルの深さにある死体は回収出来ない。

「死体を焼いたのは、多分念を入れたんだろうな。死体が回収されることはないと踏んだんだろうが、首についた縄の跡を誰かが指摘するかもしれない。表情にも首吊りの特徴が出ていたかもな。

舌が出ていたり、目を剝いていたり」

ただ、それの所為で井戸の中にあの独特の臭いが残った。微かな砂糖の残りが焼け、甘く焦げたような匂いが出てしまったのだ。

「そして、次に殺されたのは——最後に殺されたのは小間井さんだ」

思わず表情が歪んでしまう。ここから先を語ることを、心が拒絶している。逃げ出すくらいなら、探偵とは名乗れない。それでも、青岸は止まるわけにはいかなかった。

3

「小間井さんの事件はシンプルだ。そもそも、俺たちは争場が小間井さんを殺したことを知っている」

「あれは事故っていうか……誰かが仕組んだ結果ではなさそうな気がするんだけど」

宇和島の言葉に対し、大きく頷く。

「ああ、俺も事故だと思っている。少なくとも、倉早さんはそれを想定していなかった。何しろ倉早さんはあの時、天使展示室から内線を掛けていたんだからな」

倉早がぴくりと身を震わせた。

「内線の通話記録が残ってる。天使展示室から争場の部屋に。掛けたのは倉早さんだな」

「……だったらどうだというのでしょう?」

「その言質が取れただけで十分だ。それで、倉早さんの最後の計画が分かる。盗まれた猟銃と合わせてな」

「盗まれた猟銃って?」

倉庫事情に疎いのか、大槻がそう口を挟む。

280

「あの倉庫には本来、猟銃が二挺あったんだ。根拠は後で話す。一挺しか無かったのは、倉早さんが盗んでおいたからだろう。倉早さんの計画には猟銃が絶対に必要だった」

「じゃあ、本来は……倉早さんが争場を猟銃で撃とうとしてたってこと？」

伏見が恐々とそう尋ねる。

「そうじゃない。だったらわざわざ天使展示室に呼び出す必要はない。争場に部屋の扉を開けさせて、そのまま撃てばいいだけなんだ。天使展示室には他の客室には無いとある特徴があった。それが分かれば、彼女が猟銃とその部屋で何をしようとしていたのかも予想がつく」

「天使展示室と他の部屋の違いって何？　天使に関するものが大量に置かれてるってこと？」

「違う。あの部屋の扉は、この館の中で唯一外開きの扉なんだよ」

「ここにもう一挺の猟銃がある」

あの部屋は元々は小劇場として作られた。きっと、五十席ほどの客席にささやかなステージがあったのだろう。だから、あの部屋は外開きだった。

万一の時の避難をスムーズに行う為に、大小拘わらず劇場の扉は外に開くようになっている。他の部屋や客室は、通常通り内開きの扉だ。だから、天使展示室が選ばれたのだ。

「外開きの扉、ですか。確かにそうですね。それがどうかなさいましたか」

布を掛けていた猟銃を取り出し、手に持つ。そのまま青岸は、左手で受話器を取るような仕草をすると、右手で器用に銃口を自分に向けた。

「これが天使展示室で内線を掛けていた時のあんたの格好だ」

「ちょっ……危な……！」

伏見が悲鳴混じりの声をあげる。そのまま、青岸は引き金を指先で突いた。

「天使展示室の扉の取っ手に紐の一方を結び、もう一方を引き金に結ぶ。そうすれば、天使展示室の扉を開けた人間の手で引き金が引かれるわけだ。これをやるには内開きの扉じゃ無理だろ？　だから、天使展示室を選んだ」

「……銃を下ろしてください、青岸様。万一のことがあっては困ります」

「安心しろ、弾は抜いてある」

「そうですか。……ならよかったです」

倉早はあくまで穏やかにそう言った。大槻の顔は真っ青だった。きっと想像の中では、倉早の身体が撃ち抜かれているのだろう。その想像は正しい。

「待って、青岸さん。俺、全然ついてけないんだけど……それって……何かおかしくないっすか？　千寿紗ちゃんがそういうこととしたって言ってるけど、それじゃあ千寿紗ちゃんが……」

「そう。倉早さんは猟銃に撃たれて死ぬはずだった。彼女の目的は、争場に殺されることで、彼を地獄に堕とすことだったんだ」

内線を掛けている時の彼女は、一体どんな気持ちだったのだろうか。誰かを地獄に堕とすために、自分の命まで捧げてみせるなんて。

「しかし、争場は内線に出なかった。その時既に部屋から出て、小間井さんと一緒にいたからだ」

ここから先は、倉早の知らない部分だ。完遂を急いだ彼女の計画は歪んでしまった。青岸はポケットから折りたたんだ紙を取り

動が、彼女の計画を狂わせ、命を救ってしまったのだ。小間井の行

282

出した。

「死んだ小間井さんは備品のリストを懐に入れていた。猟銃が二挺あったってことの根拠はこのリストだよ。小間井さんは倉庫から無くなっているものは無いと言っていた。けれど、実際は猟銃が一挺足りないことに気がついていた。その犯人が倉早さんであることも」

だから、疑いを逸らすために、倉庫の備品リストを破って隠したのだろう。小間井は彼女を庇っていたのだ。

一連の事件の全てを小間井が察していたとは思えないが、少なくとも争場に対して何らかのアクションを起こすことは予想していたはずだ。理屈は分からずとも、彼女が犯人だと直感していたに違いない。

そうでなければ、そこからの小間井の行動に説明がつけられない。

「小間井さんは、倉早さんが争場を殺そうとしていると思ったんだろう。……地獄に堕とそうとている、とまで考えたかは分からないが。しかし、説得されて止まるようなら、倉早さんはこんなことをしていない。なら、どうすればいいか？」

倉早は答えない。ただ、青岸の回答を待っている。

「……自分が先に争場雪杉を殺せばいい。小間井さんはそう考えた」

そして、小間井は倉早より先に争場を地下へと呼び出した。

「小間井は争場をナイフで刺し殺そうとする。しかし、争場は強い抵抗を見せ、ナイフを奪い取り、逆に小間井さんを殺してしまった。自分が天澤を殺したことに気がついていなかった争場は、そのまま地獄に堕ちた。これが事の真相だ」

内線に争場が出なかったので、倉早は一旦展示室の外に出た。そこで、地下での騒ぎを知ったのだ。自らの命で以て地獄に堕とすはずだった相手が知らぬ間に地獄に堕ちたと聞かされて、倉早は酷く驚いたはずだ。

その代わりに小間井が死んだと聞いて、どれだけ絶望しただろう。

彼女は小間井が自分の計画を察することに、全く頓着していなかった。銃を持ち出した後の彼女の計画は、すぐに終わるはずだったからだろう。小間井がこんなに早く行動を起こすなんて思っていなかった。そして何より、小間井が自分の為に争場を殺そうとするなんて想像もしていなかったのだ。

「小間井さんと倉早さん以外はあの時間帯にアリバイがある。天使展示室で内線を掛けたのは倉早さん以外にありえない。俺の推理が間違っているというのなら、展示室で何をしていたのか教えてもらおうか。通話記録なんて気にしてなかっただろう？　本来ならあんたは死んでるはずだったんだからな。言い訳をする必要すら無かったんだ」

アリバイも言い訳も何一つ必要じゃなかった。あそこで倉早千寿紗の『殺人』は終わっていたはずなのだから。そう思うと、彼女のミスはミスとも呼べない。

全てを暴かれた美しきメイドは、深い悲しみに浸っているような目をして、ただただ青岸のことを見つめていた。

その時青岸は、彼女が生きていてくれてよかった、と心の底から思った。

4

「千寿紗ちゃん、本当に……」

沈黙を破ったのは大槻だった。何か彼女を庇うための言葉を探しているのだろう。

「……倉早さんが、どうしてそんなことをしなくちゃいけなかったんですか」

宇和島の声も強張っている。こんなに分かりやすく動揺している彼を見るのは久しぶりだった。

「宇和島先生の言う通りでしょ！　千寿紗ちゃんがこんなことをする理由が無いって！　だって、そんなの……」

宇和島の言葉を受けて、大槻がなおも食い下がろうとする。

「大槻さん、もういいです」

それを制したのは他ならぬ倉早だった。ゆっくりと横に頭を振ってから、改めて口を開く。

「もういいんです。私は元々、罰を逃れようとはしていません。私は、計画が終わるまで時間を稼げればよかったんです。そして、それは果たされた」

「それじゃあ、認めるのか」

「お見事です。青岸様。あなたはやはり名探偵だったのですね」

倉早千寿紗はその言葉と共に、出会った時と同じ美しい笑みを浮かべた。

「一つ、聞きたいことがある」

青岸は振り絞るような声で言った。

「何だ」

「何で、争場を地獄に堕とそうとしたんだ。自分の命と引き換えにしてまで」

「あの男こそ、地獄に堕ちるべき人間だったからですよ」

倉早は全く惑うことなく、はっきりと言った。

「何処から話せばいいでしょうか。皆さん、常木王凱たちが巻き込み自殺を利用して殺人を委託していたことはもうご存知かと思いますが――元々、初めにその悪事の一端に触れたのは、私の父でした」

「まさか、……檜森百生？」

「ええ。離婚した後、私は母に引き取られ、倉早姓を名乗るようになりましたが。遥か昔は檜森千寿紗という名前でした」

そこが繋がるのか。百から千へ。父親から娘へ。

「そんな、嘘でしょ……。倉早さんが、……檜森先輩の、娘さんなんですか……？」

伏見が信じられないと言った風に言う。

「ありがとうございます、伏見さん。……あなたがこの島に来た時、驚きました。……伏見さんは父との約束を守ってくれたんですね」

その言葉で、伏見がいよいよ泣きそうな顔になる。

「檜森百生は……正義なんて言葉を芯から愛しているような人で……、だから、常木王凱に殺されてしまった」

「森井銀行の爆破事件ですよね!? 先輩は……あの事件で、……子供を庇って」

伏見の言葉に、倉早は静かに頷いた。

「自分の身に危険が迫っていることは……理解していたはずなんです。それでも、父は諦めません

でした。常木への追及の手を緩めなかった。だから、遅かれ早かれ殺されていたでしょうね」

言いながら、倉早が目を細める。まるで目の前で悲劇が再上映されているかのような目だった。

「あの事件で用いられたのは『フェンネル』でした。小型ながら殺傷能力が高く、延焼が長く続くのでより多くの被害者を巻き込める。……あの爆破事件の時、父は咄嗟に目の前にいる子供を助けるために走りました。まだ五歳の、小さな男の子です。そうして、その子を抱きかかえるように庇って死んだんですよ」

「知ってます。檜森先輩は、その子さえ助けなければ――先輩は死ななかったって。だから、先輩の死には意味があるって」

「伏見さん。……この話には、続きがあるんですよ」

え、と伏見が短く声を漏らす。それを受けて、何故か宇和島が苦しそうに眉を寄せる。その理由はすぐに分かった。

「……檜森は……父は、爆発からその子を守りました。その時に首に爆弾の破片が突き刺さり、死んだんです。その後、父にはすぐに火が燃え移りました。ご存じでしょう。フェンネルの火は消えない。あっという間に父の死体は火に包まれました。――助けたその子を腕に抱きながら」

「嘘だ、そんな……」

伏見の目からは大粒の涙がぼろぼろと溢れ出していた。この様子を見るに、伏見には知らされていなかった事実なのだろう。

「子供さえ庇わなければ父は巻き込まれない位置にいました。けれど父は、目の前の子供を見捨てられる人間じゃありません。そんな父を、私は誇りに思っています。でも、そんな人間だったから

こそ、まんまと殺されたんです。その上、助けようとした男の子まで焼き殺されることになってしまった。もし父がもう少しだけ躊躇っていたら、そんなことにはならなかったのに」

「……酷い。惨すぎる」

そう呟く大槻の顔も真っ青になっていた。恐らく、青岸も似たような顔をしているだろう。

どうして善人が報われるだけの世界ではないのかと、倉早が真面目な顔で尋ねてきたことを思い出す。もし神様が存在するのなら、どうして善人が虐げられなくてはいけないのかと。それを尋ねながら、彼女は何度も何度も父親の死をリフレインしていたのだろうか。

あまりに壮絶で理不尽で、人の善意を踏み躙るような事件のことを。

「犯人は元銀行員で、不当解雇に憤っての犯行でした。元上司も客も大勢巻き込んで死んでやろうと。ここまでは多くの巻き込み自殺と変わりません。違うのは用いられたのが『フェンネル』であること。そして、彼の家族が死後に謎の金銭的援助を受けていることです。……常木たちの組んだ同盟の遣り口でした。檜森百生が命懸けで摘発しようとしていた手口です」

「殺人にならない殺人、か」

「ええ、そうです。青岸様。この仕組みを思いついたのは、元々は天澤斉でした。そうして常木に取り入り、同盟の下地を作ったのです。天国研究家の肩書きの下で、彼がどんな実験を行っていたか。

……そして、次に彼らは争場を引き入れ、この計画に必要な凶器を調達する術を手に入れた。それだけじゃない、同盟に加わった争場はより効率よく目的を達せられるフェンネルを開発した」

フェンネルの出現で、世界の悲劇は一段階上に進化した。フェンネルさえ流通しなければ、被害者の人数はどれだけ抑えられていただろう。もし赤城たちの命を奪った車に積み込まれていた爆弾

がフェンネルでなければ、彼らは一命を取り留めてくれただろうか。それを考えると、胸に獰猛な憎しみが込み上げてくる。

地獄の炎に焼かれる争場を目の当たりにしてもなお、そんなことを考えてしまう。

「争場の助力を得て、常木の同盟はますます強い力を手に入れました。更に常木は政界に幅を利かせるために政崎を、マスコミに通じるために報島を引き入れ、降臨後の世界をいいように利用してきました。けれど、彼らの罪は天使に裁かれない。私はどうにかして復讐をしてやろうと思いました。神が何もしてくれないのなら、私がやるしかなかった。常世島付きの使用人の求人を見つけたのはその時です」

「よく通ったな」と、青岸はそのままの感想を口にする。

「ええ。条件だけ見れば好待遇ですし、倍率も高かったと聞いています。私も通るとは思っていませんでした。――でも、私には在ったんです。青岸様と同じものが」

「同じもの？」

「『祝福』ですよ」

殆ど呪いのような口振りで、倉早がそう言った。

「私が面接会場に入った時、窓の外が不意に暗くなったんです。面接官も私も、不思議に思って窓の外を見ました。すると、……大量の天使がいたんです。窓に張り付くように、びっしりと。その所為で日差しが遮られて、まるで夜のようでした」

「そんなことがあるの？　天使は意思を持たないはずなのに」

宇和島が驚いたように言う。

「意思など無かったのかもしれません。何故あんなことが起こったのか、私にも分からないんです。しかし、そのことが伝わって、私は採用されることになりました。常木はこのことも『祝福』と呼び、狂喜していました」

果たして、神は見ているのだろうか。この時、天使が窓の外に集まっていなければ、倉早は常世島にやって来ることもなかった。彼女がここで働かなければ、六人が命を落とすこともなかった。

きっかけは天使で、常木が望んだ祝福だった。

「私は機会を窺いました。父をあんな目に遭わせた常木と争場だけではない。同じように利権を貪っていた他三人にも罰を与えてやらなければいけない。けれど、地獄に堕ちることを覚悟してすら、二人以上は殺せない。……天澤が仕組んでいたように、爆弾や火事を利用すれば話は別ですが」

皮肉気に倉早が言う。

「巻き込んでの爆殺を考えたこともあります。しかし、争場だけはそれも赦せませんでした。争場は父の魂を焼き尽くした。なら、彼も同じ目に遭わせなければ——地獄に堕としてやらなければいけなかった。父に抱かれて焼け死んだ男の子の気持ちを、そんな結末を招いてしまった父の無念を、欠片でも理解させてやるために。そうして機会が訪れたんです。常木王凱の天使狂いが暴走し、政崎が裏切りを考えるという絶好の機会が」

「きっかけは政崎が常木の殺害を目論んだことだったのか」

「ええ。私は使用人として忠実に仕えながら、彼らの動向を探っていました。そして、常木の精神の悪化によって、政崎がもうどうにもならないほど経済的に追い詰められていること、それを察し

て報島がそれとなく常木を始末するよう咳（そそのか）していることを知ったのです」

結局、彼らが行っていたのは最後まで同じことだったのだ。自分の手を汚さないために、スケープゴートに自らの罪を押し付ける。寛大にして盲目の神は、その汚濁のリレーを見逃してしまう。

「常木殺害の計画を知っていたのは報島だけだったのか」

「恐らくは。そうして常木殺しの罪をなすりつけるために、報島が伏見さんを呼びました。今回しかない、と私のほうも思いました。後は、青岸様のお話しの通りです。上手く行っていたはずでした。……私の代わりに小間井さんが、死ぬこと以外は」

倉早が喉の奥を引き攣らせる。

「小間井さんは倉早さんに死んでほしくなかったんだろう」

「ままならないものですね。本来ならば、私は地獄に堕ちるべき罪人です。小間井さんは何の罪も無かったのに」

そうじゃない。小間井もまた葛藤していた。常世館で過ごしている以上、常木王凱のやっていたことと無縁では生きられない。青岸は小間井が苦しげに吐露していた言葉を知っている。見て見ぬ振りをし続けていた小間井も、自分を罪人だと思っていた。代わりに争場を殺そうとしたのは、きっと罪滅ぼしでもあったのだ。

「教えてください、青岸様」

その時、倉早の目からとうとう涙が零れた。この長すぎた常世島での日々を濃縮したような、重過ぎる涙だった。

「どうしてこうなってしまったのでしょう。何故天使が蔓延（はびこ）り、何のために地獄があるんですか。

どうして常木や争場のような人間が裁かれず、小間井さんや父のような人間が助からない世界なのですか」

その答えを青岸は持っていない。それどころか、青岸は神と天使の気まぐれに一番振り回され、人生を食い荒らされてきた。地獄がある理由も、天国の有無も何も知らない。そのことを、倉早だって知っているはずなのに。

黙ったままの青岸に対し、泣きながら倉早が笑う。

「……私はですね、青岸様。後悔はしていません。争場を地獄の炎で焼けたこと、残りの四人も殺せたこと。それは私の誇りです」

「それは」

青岸の言葉を遮るように、倉早がそう尋ねる。

天国の在処を探しにここに来た。しかし、ここで引き合わせられたのは、喉を裂かれたただの天使だった。青岸が愛した仲間たちは天国でドライブを楽しんでいるのか、本当に知りたかったその答えはまだ見つからない。

「……いや。だが、あってほしいと願っている」

結局のところ、全てはそれに尽きた。死んだ赤城も、木乃香も、嶋野も、石神井も、あるいは檜森百生や小間井も、天国で安らかにいてほしい。たとえそれが生きている人間が無責任に望むフィクションでも、青岸はそれを捨てられない。

青岸の回答に、倉早が小さく頷く。それがどういう意味なのかは分からなかった。

「ありがとうございます、青岸様。あなたに解いていただけてよかった。青岸様がいなければ、私の怒りも、私の苦しみも、暗闇の中に置き去りにされるばかりでした」

その時、たとえようもない悪寒がした。

倉早までの距離は数メートルしかない。止めるなら今しかなかった。

それでも、また一歩だけ遅れてしまった。

「私は天使に捕まるつもりはありません。天国も地獄も否定します。私が行くのは完全な虚無、ただの脳機能の停止です」

それだけ言うと、倉早千寿紗は懐から出した短刀を、躊躇いなく喉元に突き刺した。

5

鮮血が噴き出し、細い身体がゆっくりと崩れ落ちた。

倉早が血溜まりの中に倒れ込むのと、駆け出してきた宇和島が傷口を押さえるのとは殆ど同時だった。だが、出血の勢いは弱まらず、みるみる内に倉早の顔から色が失われていく。

「誰か！　僕の部屋に診療鞄があるから取って来て！」

「分かった！」

その言葉と共に、大槻が部屋を飛び出していく。

「……クソ、傷口が深すぎる……」

「どうにかなるのか？」

「分からない。輸血も出来ないし、止血したいけど、それだけじゃ……」

倉早の目からは徐々に光が失われ始めていた。口からもごぽりと血の塊が溢れる。

程なくして大槻が診療鞄を持って戻ってきた。けれど、それではどうにもならないところまで来てしまっていた。目の前で倉早が死のうとしているのに、青岸には何も出来ない。

どうしてこうなったのだろうか。彼女まで死ぬ必要はなかったはずだ。倉早自身に理由を尋ねてみたくても、もう彼女は喋れるような状態じゃなかった。

「どうしよう、どうしよう、倉早さんまで、死んじゃう……」

伏見が途方に暮れた泣き声を漏らす。死、という事実が間近に迫ってきている。宇和島は何やら懸命に処置をしているが、自分の身体に躊躇いなく刃物を突き立てた人間が助かるものだろうか？

このまま神は、倉早千寿紗を殺すのか。復讐だけを考え、この島まで辿り着いた彼女のことを、むざむざ死なせてしまうのか。

焦燥交じりの言葉が頭に過った、その時だった。

開いていた扉の隙間からするりと天使が入ってきた。天使は回遊魚のようにくるくると回りながら、ホールにいる五人を見つめている。その天使に気がついたのは青岸だけだった。

反射的に飛びかかろうとしてしまったのは、その天使が異様な姿をしていたからだ。全体的に細く長いその天使は、足を縺れさせながら徐々に上がっていく。ここまでくると、翼よりもむしろこの手足の方がずっと目立つ。

悪夢でも見ているような気分で、青岸は天使の行方を見守る。

天使は長い手足を天井に貼り付けると、だらりと頭を垂らした。それに合わせて、天井を無視す

294

るように柔らかい光の柱が差し込み、倉早千寿紗を照らし出した。彼女の周囲だけが美しい光で切り取られ、神の御業を厭っていたはずの青岸すら息を呑むほどだった。

話に聞いたことはあるものの直接見るのは初めてだった。

神の試し、神の愛、アノディヌスだ。

青岸の視線に気がついたのか、大槻と伏見も天使の方を見た。宇和島は治療に集中していたが、その光に身を震わせている。

「神様が千寿紗ちゃんを赦してる」

ぽつりと大槻が言った。大きく見開かれた目から止めどなく涙が溢れていく。

「そうだ、千寿紗ちゃんは神に赦されたんだ！　助かる！……助けられる！」

大槻が祈るような調子でそう繰り返す。

「そうだ、千寿紗ちゃんの行いは正義だ！　何も悪いことはしてないんだ！　神様が赦してるんだ、ずっと見ていただけの神様が、今になって役割を果たそうとしてるんだ！」

神に赦される。赦されるとは、一体なんだろう。

神は何故ここにアノディヌスを遣わせたのだろうか。治療の見込みも無いような傷を負っているのに、可能性があると——奇跡が起きるとでも言いたいのだろうか。

奇跡が起こるとするならば、大槻の言う通り、彼女の殺人は正当なものだと認められたのだろうか？　復讐によって五人もの人間を殺し、一人を死なせ、本来ならば地獄に堕ちるほどの罪を犯したはずの彼女が？

神の裁量というなら、人間側の青岸は甘んじて受けるしかない。何故なら青岸はただの人間で、

単なる探偵だ。

けれど、だからこそやりきれなかった。

ここで彼女を赦すなら、何故神は彼女の父親を助けなかったのか。

どうしてこんな結末に向かわせてしまったのか。

青岸はここで死んだ五人のことを断罪されるべき罪人だと思っている。倉早の罪を暴き立てても

なお、この五人は地獄に堕ちるべきで、殺人犯である倉早の側に立ちたいと——心の中では思って

いる。神も同じ気持ちであるなら、どうして五人を殺したのが大いなる天罰ではなく、彼女の細い

腕だったのか。

それを考えるだけで気が狂いそうだった。窓の外には顔の無い天使が飛んでいる。何の感情も読

み取れない、共感すら阻むような顔で、じっと人間の傍にいる。

「死ぬな」

気づけば、青岸までそんな言葉を口にしていた。

「死ぬな、違う、殺すな。倉早さんを殺すな。頼む、殺すな」

「殺さない、死なせたりしない。今度こそ、今度こそ助けるから……」

宇和島の悲痛な言葉が返ってくる。けれど、これは彼に向けた言葉じゃない。その上、ここにい

ない神に向かって、青岸は必死に頼む。

「頼む。殺すな。助けてくれ。……頼むよ、一度だけでいい」

「お願いです、神様。倉早さんを死なせないでください。お願いします。助けてください。お願い

します」

寿紗は死んだ。

そうして全知全能の神が光を差し込ませたにも拘わらず、それから数分も経たないうちに倉早千

喉に切れ込みの無い天使は、何も言わず、ただそこにいた。

——もし世界が少しでも正しいなら、倉早千寿紗を死なせないでくれ。

燃える車の前で手を焼いた時と同じ切実さで、ただ祈った。

「倉早さん、生きてくれ。頼む。神が祝福してるんだ。……死なないでくれ……」

伏見も泣きながらそう祈りを捧げる。

エピローグ

Ubi sunt qui ante nos
In mundo fuere?
Vadite ad superos,
Transite ad inferos,
Hos si vis videre.

先の世に生きていた者たちは
何処にいるのだろう？
天国に行くのだ、
地獄へと堕ちるのだ、
彼らに会うのを望むなら。

（ガウデアムス）

1

『えーっと、これでいいかな。ま、どうせ編集で消すところだし』

赤城昴はしばらくカメラを睨んだ後、意を決して喋り始めた。

『えー、この映像を誰かが見ている……というか焦さんしか見る人いないんですけど、見てるとしたら、僕はもうこの世にはいないでしょう。僕がこの世にいたら見ないでください！　これは僕が天国に行った後のメッセージです』

軽く咳払いをしてから、赤城は続ける。

『僕が死んだとしたら、それは十中八九正義のために死んだんだと思います。どういうことで僕が死ぬようになったとしても、その道は必ず正義に繋がってます。あ、なんか泣けてきたな……。あー……ほんとでください。僕は自分の人生を誇りに思ってます。あ、なんか泣けてきたな……。あー……ほんと

『僕がいなくなっても、一人になったとしても、焦さんは探偵を続けてください。きっと、焦さんが探偵でいることで、救われる人がいます。だから、絶対、絶ッ対、やめないでください。探偵は誰かを救えるんです』

赤城が軽く涙を拭う。そして、もう一度カメラに向き直った。

『あ！　ちょっと焦さん今は駄目です！　撮影中なんで！』

『何やってんだお前』

……あ……』

『何の撮影だよ。死ぬのかお前』

『うわうわうわーー聞いてたんですか、最悪ですよそれは……早く言ってくださいよ』

『縁起悪いもん撮ってんなよ。何が死んでも悲しまないでくださいだ』

『僕はそのくらいの覚悟で青岸探偵事務所の一員をやってるってことです。正義の味方でいようと思ったら、危ないこともあるかもしれませんからね』

『俺はそんな探偵稼業に命とか掛けらんないぞ。お前、思い詰めすぎじゃないか?』

青岸は回ったままのカメラにちらりと視線を寄越しつつ、決まり悪そうに笑う赤城を見る。

『覚悟ですよ、覚悟。勿論、そんなことにならないように頑張りますけどね』

『えー、この映像を誰かが見ているってことは……まあ、焦さんとか赤城くらいしか見ないと思うんだけど、や、折角だから私が死んだと同時に各動画サイトに自動でアップロードするようにしちゃおうかな。私が死ぬ頃には、このしょぼい事務所も結構有名になって、真矢木乃香の名前もすっごい勢いで知られてるだろうし。みんなに追悼させてあげた方がいいかもしれないよね』

木乃香はにやりと笑った後、カメラに向き直って続ける。

『私が死ぬってことは、めちゃくちゃ強大な敵がやって来て、私は多分名誉の死を遂げたんだと思う。死にたくないけど、死ぬならそんな感じかな。どうよ。だからー、まあ泣いてもいいんだけど、天国にいる私に感謝してね』

木乃香が言葉を切る。十秒ほどの沈黙が流れる。

『でも、私がいなくなっても、焦さんと赤城はいるから。探偵、やめないから。この世界も多分大

丈夫でしょ。あの二人、絶対諦めたりしないし。私がいなくても、残りのみんながどうにかしてくれるよ』

少し悩んでから、木乃香は背後に映っていたソファーに寝転ぶ。よくよく考えたら、みんなの反応が見れないのに、こんな映像意味ないか』

『言うことなくなった。

『あれ、木乃香何してんの？』

ソファーに寝転んだ木乃香とカメラを交互に見ながら、赤城がそう尋ねる。遠くで『お前と同じことだよ』と言う青岸の声がする。

『同じことって……』

『あのさー、さっきパソコン漁ってたら赤城が前に撮ったセンチメンタル遺言映像見つけたんだよね』

『え？　あれ見たの？』

『いいじゃん。感動的でさ。だから私も真似しようかなと』

『あれ見たのか……うわー……うわあ……』

『若気の至りか？　でもあれそんなに古くないよね？　まあ、何があるか分かんないもんねー。焦さんと一緒にいられて幸せでしただっけ？』

『それは言ってない！』

真っ赤になる赤城の前で、ソファーに寝転んだ木乃香はけらけらと笑っている。

『どうも、二十年後の私ー？　石神井充希だけどー？　地下鉄はいよいよ二階建てになった？　ほ

んと、今朝の通勤も最悪だったのよねー』

カメラの前で石神井が笑顔で手を振っている。それに対し、赤城が呆れたように言った。

『真面目なメッセージを潰すって言ってたの石神井さんじゃなかったでしたっけ』

『あ、そうそう。これを誰かが見てる時、私は死んでるのよね。あー、ちょっと怖い感じ。私は再

就職大成功！　青岸探偵事務所に来てよかったー！　ね、この事務所が軌道に乗ったら車を買う構

想があるらしいんだけど、これが誰かに見られた時にはもう買ってるのかしら。やっぱりお色はゴ

ールド一択？』

『石神井さん何撮ってるのー？』

通りがかった木乃香が不思議そうにそう尋ねる。

『これ？　遺言！　未来へのメッセージ。木乃香ちゃんも一緒に映りましょうよ』

『違う。遺言！　何があるか分かんないからって……ほら、僕も木乃香も撮っただろ？』

赤城の言葉に、木乃香がうわーと奇声を上げる。今となっては、あの映像は黒歴史になってしま

っているらしい。絶対映んない！　という拒絶の言葉と一緒に、木乃香が遠ざかっていく。

『えー、私も正義のために死んだりしたのかしらね』

『うーん……まあそうなるのかな……。石神井さんはちゃっかり生き残りそうな気もするけど…

…』

赤城がそう答えると、石神井が笑った。

『なら、なかなか悪くない人生だったかもしれないわね。きっと天国でいい生活が出来るでしょう

し、マイカーも手に入るし』

『おい、まだ車買えるほど余裕無いぞ』

そう言ったのは、カメラに気づかないまま入ってきた青岸だ。

軽やかに笑ってみせる。

『名探偵さんがいるんだから安泰よ。それに、私たちは自分の愛の為に戦ってるんだから無敵！

ほんと、後悔無いわ』

おじーちゃんおばーちゃんになっても探偵事務所やりましょうね、という石神井の言葉に、画面

外に移動した青岸が『流石に隠居しようぜ』と気の無い返事を返す。

『カメラ回してまーす』

赤城の声と共に撮影が始まる。手持ちカメラの画面は盛大にブレていて、見づらい。床には酔い

潰れた木乃香が眠っている。毛布に包まって、大きな蓑虫（みのむし）のようだ。

カメラが動き、真っ赤な顔の嶋野が映る。まだ半分以上残ったワイングラスを手に、嶋野がだら

しなく笑った。

『これを見てる時は……見る時は……？　あれ？　まあいい、えー……私が死んでるのかもしれな

いね？』

『嶋野さん飲み過ぎじゃないですか？』

『まだいけますよ！』

『マジで遺言になるぞ』

そう言う青岸も、まだハイペースで飲み続けている。すっかり出来上がっているのか、隣にいる石神井は手を叩いて笑っていた。

『私は日々充実していますよ。人はいずれ必ず死にます。しかし、私、嶋野の意思は、残りのメンバーに引き継がれていくことでしょう。そうして、やがて世界に私たちの信じた正義が芽吹いていくわけなのです！』

嶋野が高らかにそう言って、グラスを掲げた。

『我ら、みな常に華の中にあれ！』

映像はそこで終わっている。

2

惨劇が起こってもなお、天使は悠々自適に空を飛び回っていた。自分たちが見守り、目の前で罪を犯し、事件に翻弄されていた人間など見えていないかのようだ。哀れみも蔑みも無く、ただ裁きだけを下す手。

倉早千寿紗が死んだ後、アノディヌスは速やかに解除された、ようだった。

彼女が息絶えた後すぐ、天井に張り付いていた天使が首を揺らし、這うように部屋から出て行った。まるで、自分の役割は終わったとでも言わんばかりだった。病院にいるアノディヌスとは趣が異なっている。

にそこから動くことはないらしいので、その部分も普通のアノディヌスは基本的天使は奇跡を施さず、治療するチャンスだけを与えて静観した。倉早千寿紗には迷いや躊躇いが

欠片も無かった。そんな人間がつけた傷に太刀打ち出来る余地があったのだろうか。

じゃあ、あのアノディヌスはただの皮肉だったのか？　罪を犯した倉早を嘲笑うためだけに、神が遣わせた天使だったというのか。本当にそうなのであれば、せめて死に際の倉早がアノディヌスの存在を認識出来ていなければいい。そう願わずにはいられなかった。

あるいは大槻がそう信じたがっていた通り、あれは祝福なのだろうか。神が倉早千寿紗を赦し、天国に迎え入れる前段階としてアノディヌスを遣わしたのだろうか。

いずれにせよ、天使に人生を翻弄されてきた彼女にとっては、どちらも相応しい結末には思えなかった。

青岸はゆっくりと両手を握り合わせる。祝福を受けたらしい手は今日も滑らかに動いた。

どうして、天使はあの燃える車に降り立ち、青岸のことを遠ざけたのか。その理由を、青岸はずっと考えていた。

しかし、常世島に降り立ち、常木が祝福と名付けるだろう様々なことに触れる度に、その不可解さこそが天使と神に対する本質なのではないかと思うようになっていた。

勿論、まだ青岸は天国に焦がれ続けている。これから生きていて、きっとその渇望が止むことはないだろう。だが、天使や神に意味を求めること、納得出来る理由を求めることの辺獄からは抜け出せるような気がしていた。神の方程式の答えが分かったのではなく、そこに代入されるべき解が存在しない可能性に気がついたのだ。

天使の降臨により世界の形は書き換わったが、人間はそれでも生きていかなければいけない。元よりそういう生き物なのだ。書き換えられた理由ではなく、書き換えられた世界でどのように生き

るかだけが、人間に与えられた自由なのではないか。

神の真意も天使の真意も、きっと分かるはずがないのだから。

一介の人間でしかない青岸に推し量れるものは、精々、倉早千寿紗の真意くらいだ。

長い間常世島に滞在しているにも拘わらず、倉早千寿紗の部屋には私物と呼べるものがほとんど無かった。館付きのメイドであるにしても殺風景すぎる。彼女はここでどんな時間を過ごしていたのだろう？

備え付けのデスクには赤いペンが二本×の字に重ねられていた。

他にはノートパソコンと、その横に封の開いていない赤ワインがある。

引き出しにも、倉早千寿紗の人となりを知る手がかりはほぼ無かった。強いて言うなら、彼女がどれだけの覚悟で以て今回の計画を実行したのかが分かっただけだった。

引き出しを閉めて、もう一度ワインのボトルに目を向ける。少しだけ迷ってから、青岸はそのボトルに手を伸ばした。

「飲んじゃだめだ、焦さん」

背後からそう声を掛けられる。そこには、ドアノブを握ったままの宇和島が立っていた。

「……飲みやしないよ」

「今の焦さんならそんなこともしそうだなと思って」

宇和島の顔は強張っていた。きっと、よくない想像をしているのだろう。自ら死を選んだ犯人の部屋、そしてワイン。想像力を働かせるには十分すぎる組み合わせだ。

その上、今の青岸は死んでもおかしくないと思われている。宇和島の洞察は正しい。自分でも、この失意の底でどうしてまだ生きているのかが不思議なくらいだった。ややあって、青岸は静かに言う。

「俺は死のうとしてたわけじゃない」

「……そう」

「それに、このワインは毒入りじゃない」

「どうしてそんなことが分かる？」

「毒なら引き出しに入ってた。薬包紙に包まった粉末、何かは分からないが多分ビンゴだ」

包みは全部で三つあった。死ぬには十分な量だろう。あの状況下で、彼女が毒を必要としていた理由なんて一つしかない。

ところからこちらに移したからだろうか。隠そうとしていなかったのは、隠していた

「自分で飲むのにわざわざワインに混入させる人間がいるかよ」

倉早千寿紗は元から死のうとしていた。そのための準備もしていたのに、あるいは救われたからこそ、終わらせる覚悟をしていたのだ。小間井に命を救われた

「それが分かってるなら、そんな顔をしないほうがいい」

青岸には自分がどんな顔をしているかは見えない。それを見た宇和島の表情から推し量るに、相当酷い顔をしているらしい。

「もし自分が謎を解かなかったら、なんて思ってる？ そうしなければ、倉早千寿紗は死ななかったんじゃないかって。馬鹿な話だ。あなたは探偵で、謎を解くのが役目なのに。それを後悔する権

「いきなりまくし立てるなよ。赤城と彼るぞ」

「どうして倉早千寿紗が昨日の夜に死ななかったか、焦さんには分かってるんじゃないですか」

利なんてあなたには無い」

そうだ。倉早千寿紗は昨日の夜に死ぬことも出来た。青岸の出来損ないの推理ショーなんかを聞かずに、さっさと暗闇の向こう側に行くことだって出来たはずだった。それを踏まえて、青岸は敢えて言う。

「さあ。俺が間違えるとでも思ってたんじゃないか。無能探偵の所為で他の人間が冤罪引っ彼せられると思ったら、おちおち死ぬことも出来ないだろ」

「違う。倉早さんは、本気であんたに解いてほしかったんだ。自分の戦いを、青岸焦に解いてほしがっていた」

「いいや。百歩譲ったって、小間井さんの一件がどういうことだったのかを知りたかっただけだろ。倉早千寿紗には、小間井が争場に呼び出されて殺されたのか、それとも小間井が争場を殺すつもりで呼びつけたのかすら分からないんだから」

あの事件だけは完全に倉早千寿紗の計画の範囲外だ。自分の命を絶つ決断をしたにせよ、最後の心残りになっていたのだろう。

なら、ある意味で倉早は青岸に期待していたのかもしれない。談話室に来た瞬間から、彼女は青岸に行間を埋めてもらいに来ていたのだ。青岸は、それに応えたに過ぎない。

「それは、彼女を救ったことになるんじゃないか」

宇和島ははっきりと言った。

「証拠は揃ってるんだ。倉早さんは青岸さんの推理を聞く前から自殺を決意していた。しかし、最も実行がたやすい夜のうちに、それをしなかった」

「気が変わったのかもな。追い詰められるまでは、彼女は生きようとしていたのかもしれない」

「彼女の決意は固かった。結末が変わったとは思えない。本来、昨日の夜に死んでいるはずだった倉早さんは、焦さんの推理を聞く為に思い留まった。たった数時間だけでも、焦さんは倉早さんの寿命を延ばしたんだ」

「詭弁だ」

「ああ、詭弁だ。でも、青岸さんは医者の僕よりもずっと長く彼女を生き永らえさせたんだ」

「聞いてきたように言うんだな。お前の本業は霊媒師か?」

「聞いてきたんだよ。僕は、倉早さんが最後に言った言葉を知っている」

宇和島はデスクに近づくと、机の上に重なっていた赤いペンを二本、床に払い落とした。思わず「何やってんだ、」と当惑した声が出る。それに対し、宇和島が返す。

「これが倉早さんの最後の言葉だった」

「……どういう意味だ?」

『ペンを払って』

それはまたシンプルなメッセージだった。最後の瞬間に意識を取り戻した彼女が言うには、簡潔に過ぎる言葉だ。

「だから倉早さんの部屋に来たんだよ。ここに来るまではペンが何のことなのかも分かっていなかったけど、十中八九それだね」

「何でそんなことをお前に頼むんだよ。そもそもこのペンって何なんだ。彼女はどうしてそんなこと

——」

「分からない。必要じゃなくなったからじゃないの」

「必要じゃなくなった——……」

それで、あることに思い至る。倉早と出会ったばかりの頃、彼女と交わした他愛ない会話の中に、これと同じものがなかったか。あれは確か、船の上でのことだ。退屈を紛らわせる為なのか、それとも好奇心が疼いたのか、倉早が探偵としての青岸たちのことを聞きたがったことが。

それに青岸が気がついた瞬間、宇和島が言う。

「探偵は謎を解くだけじゃなくて、犯人をも救えるんじゃないかと、そう思うのはいけないことかな」

「それを俺なんかに託すよ」

この部屋に入り、倉早千寿紗が死のうとしていたことを知った時、違和感は覚えた。

何しろこの部屋には、倉早の遺書の一つもない。

昨夜、もしこんな状態で彼女が死んでいたとすれば、倉早千寿紗が何故彼らを嵌めたのかも、どうして彼女が死ぬことになったのかも、何一つ分からないままになってしまう。

さっき告白したように、彼女にはやりきれない思いがあった。必死に訴えかけ、常木たちの非道を暴いてみせた。あの思いを誰かに伝えないまま死のうとするだろうか？　と。

そうじゃない。彼女はちゃんと伝えていた。

彼女は遺書の代わりに二本のペンを遺したのだ。

310

もし倉早が予定通り何も言わずに死に、青岸が部屋で遺されたこの二本のペンを見つけたとしたら、何を思っただろう。

答えは簡単だ。彼女のメッセージに応えようと、必死で事件に向き合い、真相を考え続けたはずだ。

「……俺が辿り着く保証は無かった」

倉早千寿紗が犯人であることにも、彼女がどう戦ったのかにも、気づかないまま終わる可能性もあったのだ。青岸焦は天使の降臨した世界で、長らく探偵として腐っていたのだから。

「俺が真実に辿り着くかも分かんないのに、そんなもん遺されても困る。じゃああれか？　俺が間違えたらあのペンは重なったまんまだったってのか？」

泣きたくなんかないのに、自分が段々と涙声になっていくのが分かる。床に落ちたペンの像が滲んでよく見えない。赤いペンは、こうしてみるとただの赤い線にしか見えなかった。

「どいつもこいつも、俺なんかに期待しやがって」

「期待したくもなるよ」

宇和島が言う。

「だって焦さんは生きてるんだから」

かつて交わした、彼女との会話を思い出す。

——秘密の暗号に入れ替わり、そんなに華麗な解決篇が現実にあるなんて。こう言ってはなんですが、少し憧れてしまいます。

——国際信号旗は暗号ってわけじゃないかもしれないが、あれは船長の機転だな。

——それをちゃんと受け取って助けてくれた青岸様は名探偵ですね。

倉早千寿紗は、そう言って笑っていた。青岸が話した探偵譚に出てきた船と船を繋ぐ静かな交信。あの事件で用いられた『暗号』だ。

赤い線を二本×の字に重ねたサインの名前は、ヴィクターという。危険が去れば取り払われる、

『私はあなたの助けを必要としています』

3

「船だ……よかった……よかったー！」

船がやって来ると、伏見が大袈裟な歓声をあげた。港に集まっている宇和島や大槻も安心していないわけではないだろうが、それにしても伏見のはしゃぎぶりはめざましかった。

「いや、本当に……本当に怖かった……」

「大丈夫か、お前。散々息巻いてたのはどうした」

青岸が呆れたようにそう言うと、伏見が打って変わって真面目な顔をする。

「息巻いてるのは本当です。私の戦いはこれからですから」

港に集まる前に、伏見は同じ台詞を口にしていた。

312

どれだけ時間が掛かろうとも、常木たちがやってきたことを暴き、彼らが犯した罪を闇に葬らせない。それが、伏見の誓いだった。

「倉早さんは自分の手で裁きを下さなくちゃと思っていました。……確かにその通りです。私は常世島に来て、結局何も出来ませんでした。ただの囮（おとり）に使われた、無能な記者です。檜森先輩に託されたことを、少しも果たせなかった」

伏見が悔しそうに目を伏せる。だが、それも束の間、その瞳がしっかりと青岸を捉えた。

「でも、このままじゃ駄目なんです。裁きを天使に任せるべきじゃない。人間は人間のやり方で、彼らに裁きを与えなくちゃいけなかったんです」

船の気配を察知しているのか、港には天使が集まってきていた。耳障りな翼の音を立てる天使たちに、伏見は挑むように拳を突き出す。

「同じことは繰り返しません。私は記者として、この世界に正義を取り戻します。絶対に。……だから」

そこで伏見が言葉を切った。続きを言おうか言うまいか迷っているようだった。しかし、彼女は意を決したように、その先を口にする。

「青岸さんは探偵として戦ってください」

「…………」

すぐに返事は出来なかった。

倉早千寿紗の部屋でメッセージを見つけた時、それを取り払うよう宇和島が頼まれたと知った時、青岸の心に小さな漣（さざなみ）がたった。

最後に救難信号を下ろした倉早は、青岸の推理で欠片でも救われたのだろうか。

だとすれば、天使が存在するこの世界で、それでも正義の側に立つ探偵にも意味があったと思える。

そう思わなければ、彼女の最後の言葉が無駄になる。

だから、青岸は言った。

「……ああ、約束する」

頭の中に、赤城の、木乃香の、石神井の、嶋野の撮った映像が過ぎる。

赤城が一人で撮っていた『遺言』は、気づけばただのホームビデオになっていた。一緒に時間を過ごした四人との大切な軌跡だ。

四人がいなくなってからは、それを見返すことすら出来なくなった。一度でも見返してしまえば、それはホームビデオではなく、本来の用途に戻ってしまう。それが恐ろしくて、ずっと仕舞い込んでいた。

だから、最初に赤城が頼んだことを、青岸は記憶の奥底に追いやってしまっていた。

どうして忘れていたのだろう。元々、青岸は一人で探偵をやっていたのに。

一人になったところで、それを止める道理は無かったはずなのに。

常木と同じようなことをしている人間はまだいるだろう。天使が裁くことの出来ない悪があることを、青岸は目の当たりにしたのだ。

なら、この世界で探偵がやるべきことは、まだいくらでもある。

「約束する。俺は、探偵を続ける」

「約束ですよ。青岸さん」

伏見がそう言って笑う。

到着した船から常木の部下や警察が降りてくる。この島で起きたことを、青岸はこれから嫌と言うほど話すことになるだろう。天使がこんなにも多く存在する島で起きた戦いと、悪と、正義の話を語るのだ。それは暗く、希望の無い惨劇に取られるかもしれない。

船に乗り込む時に、青岸は改めて常世島を振り返った。

晴天の日の常世島は、天使の姿も少なく晴れ晴れとした青空がよく見えた。

何のしがらみも無く眺めたこの島は、美しい島だった。この世の楽園を名乗るに相応しい島だ。

青岸が求めた四人の姿はない。彼らの幻覚ですら、ここに降り立つことを赦されない。

その時、耳障りな物悲しい声が二重に響いた。

誰もが、その声がする方を見る。

船の上空で、二対の天使が優雅に飛び回っていた。彼らが飛ぶ度、その喉から奇妙な音が流れ出る。今の青岸は、あの声の主を知っている。近くでよく見れば喉に切れ込みが入っているのが分かるはずだ。あれは取って付けられた、まがいものの天使の声だ。

けれど、今はそれが出航を報せる汽笛のように高らかに響く。

（了）

■参考文献
『ラテン語名句小辞典』（2010）野津寛著　研究社

また、天使を含む世界観設定においてではなく、作品の根底に通じるテーマとして「地獄とは神の不在なり」（『あなたの人生の物語』テッド・チャン著　ハヤカワ文庫SF　本篇および、巻末にあるテッド・チャン氏の作品覚え書きにおける「美徳は必ずしも報われるわけではないというものだ――悪い出来事は善人の身にもふりかかる」という一文に強い影響を受けています。

装画を手がけてくださった影山徹様、装幀を手がけてくださった内川たくや様、この小説に長い間お付き合いくださった担当編集者の髙塚菜月氏に格別のお礼を申し上げます。担当を引き継いでくださった塩澤快浩氏、また、もっと斜線堂有紀のミステリーが読みたいと言ってくださった読者の皆様、お手に取ってくださった皆様に心よりの感謝を捧げます。

。んきますの開われつうろな物事、神田
のの承。よつへんくてM部のこ

の勝

本書は書き下ろしとして刊行されました。

二〇二〇年十二月十五日　印刷
二〇二〇年十二月二十日　発行

著者　キム・チョヨプ

訳者　カン・バンファ

発行者　早川浩

発行所　株式会社早川書房
　　　　東京都千代田区神田多町二ノ二
　　　　電話　〇三-三二五二-三一一一
　　　　振替　〇〇一六〇-三-四七七九九
　　　　https://www.hayakawa-online.co.jp

印刷・製本／株式会社亨有堂印刷所　製本・大口製本印刷株式会社

わたしたちが光速で進めない理由

ISBN978-4-15-209961-7 C0093